SUIBU LIUHEN

碎步留痕

谢 冕 著

山东画报出版社

济 南

图书在版编目（CIP）数据

碎步留痕 / 谢冕著. -- 济南：山东画报出版社，
2025. 3. -- ISBN 978-7-5474-5110-6

Ⅰ. I267.4

中国国家版本馆CIP数据核字第20248XM625号

SUIBU LIUHEN
碎步留痕
谢　冕　著

图书策划　张晓东
责任编辑　刘　丛
装帧设计　姜海涛
插画作者　朱贤巍

出 版 人　张晓东
主管单位　山东出版传媒股份有限公司
出版发行　山东画报出版社
　　　　社　　址　济南市市中区舜耕路517号　邮编 250003
　　　　电　　话　总编室（0531）82098472
　　　　　　　　　市场部（0531）82098479
　　　　网　　址　http://www.hbcbs.com.cn
　　　　电子信箱　hbcb@sdpress.com.cn
印　　刷　山东临沂新华印刷物流集团有限责任公司
规　　格　140毫米×203毫米　32开
　　　　　　　12.5印张　10幅图　250千字
版　　次　2025年3月第1版
印　　次　2025年3月第1次印刷
书　　号　ISBN 978-7-5474-5110-6
定　　价　68.00元

风景的祝福

　　毫无疑问的是，随着商业驱动的大众旅游的勃兴，随着当代社会和文化环境的变化，旅行和旅行写作的某些功能和意义丧失了。

　　二十多年前出现的大型山水实景演出，大概是可与迪士尼乐园比肩的中国创意，资本、人欲、声、光、电，由此长驱直入，向地方、山水渗透，改变了风景，也改变了观看风景的视觉机制，塑造了理论家们所说的"游客的凝视"。按照美国文化批评家保罗·福塞尔的说法，这可能意味着旅行和旅行写作都将一去不再。在一部出版于1980年的著作中，他曾大胆地断言，1918—1939年，即两次世界大战之间的英国旅行写作，在旅行的弥留岁月里最后一次展示了"年轻、聪慧和文采飞扬的感觉"。

福塞尔的说法当然是极端的,而且分明受到后来事实的嘲弄。但他并没有完全说错。至少,今天的纪游文写作必须对风景的商业化、迪士尼化的现状做出有效的回应。

幸运的是,谢冕老师的纪游散文在旅行文学的沉沉暮色中仍然给人带来了一种"年轻、聪慧和文采飞扬的感觉"。风景的诗化是谢冕老师纪游文的典型特征,也是其对抗环境侵蚀的有力武器。这些美文或是从敏锐捕获的新鲜气象中获得灵感,或是从依稀难辨的残迹中追寻昔日的启示,搭建起视角独特的观景平台,使旅行者得以与风景建立起新的视觉关联,形成新的精神契约。

我曾再三阅读这些纪游美文,试图寻找谢冕老师诗化策略的合法来源:沿徐霞客勘定的长江源金沙江顺流而下,寻古探幽;三登岱岳,赴槐花之约;大风雨中勇攀黄山莲花峰;在江南流连美景,在温州感受月色……谢冕老师口讲指画,我则心慕神追。桐乡缘缘堂"静谧的温暖",陇南西汉水之滨的七夕盛会,长江边上那个叫"星南"的村落,嘉陵江边的灯火……都让我感动,让我难忘,让我再三击节。还有,黄山消失了的白鹭,云南哭泣的蝴蝶……将会刺痛谁的神经?我相信,只有诗人的敏感,才会捕捉到旅途中如此精微的信息;唯有诗的笔法,才能传达出风景的灵性、风景的伤痛。然而,我的疑惑也由此而生:诗化的风景是不是也有可能掩盖我们这个"失去宁静"的时代更为复杂的文化症候?这自然不只是我个人的担忧,事实上,谢冕老师并没有一味陶醉于风景的"诗意",他对当代"风景"的症候深有洞察。《寻找雨花台》

《消隐了的桨声灯影》发出的严厉追问，至今仍在耳畔回响；他在《温州的月光》中也清楚地意识到现实的风景与诗中风景、梦中风景的巨大落差；《不想看三峡》所表达的立场和态度则更为坚定、决绝。

旅行文学记录的不仅是大地上的旅程，也是内心的旅程。谢冕老师六十岁以后才开始纪游文的写作，早期作品多把旅途见闻作为社会反思和文化反思的对象，辞义清俊，思理严密，这无疑是他在文学研究领域思想成果的外溢和延伸。七十岁以后，谢冕老师的写作态度逐渐发生变化，直至最后，他坚定地亮出珍爱生命、传递快乐的"反季节写作"的旗帜。谢冕老师说："我一生写过许多沉重的文字，现在我要写一些轻松的文字，春天的花，秋天的月，夏天的雨，冬天的雪，这都是我所喜爱的，我也把这喜爱转赠给我亲爱的朋友们。"他还说，"生活中的烦恼够多了，我不希望再给人们增添烦恼。我希望人们在阅读时忘记人间的一切不悦，希望阅读成为人们逃避愁苦的一种快乐。"在这一时期的纪游散文中，旅行成为展示乐观、勇毅的人生态度的一个庄严仪式。每一次出行都仿佛是生命迎风起舞的日子，充满了期待，充满了豪壮。在《绕杭州西湖长跑》《大风雨登黄山莲花峰》《中天门的槐花》中，名山胜水做证，谢冕老师那潇洒、快乐的身影就是最给人鼓舞、最令人惊叹的风景！

无疑，当今旅行写作所面临的问题是值得深入讨论的，借谢冕老师从《儒林外史》中引述的一句话说："百年易过，底须愁闷；千秋事大，也费商量！"存疑惑，待思量，无妨于我们领受"反季节写作"所标示的生命智慧：借中天门灵异的槐花阵为名山招魂；在江心屿诗意朦胧的月光下，梦回魏晋、大唐……这是来自一位文学老人的祝福，送给旅途，送给风景，也送给这些美文的阅读者。

游记的范式

2024年3月某日，我受人民日报出版社和导师谢冕先生委托编选《谢冕精选集》。我是一个做事渴求尽善尽美的人，虽然对谢老师的代表性作品了然于心，但因为出版社对这套书有自己的标准和要求，我还是决定重新阅读谢老师的全部作品，能拿出一个符合出版社要求的"谢冕精选集"。在阅读的过程中，屡屡遇到谢老师的"游记文章"，以前我在不同时期读过这些文章，没有连缀起来先生笔下的"大江大河"。在同一时间遇到谢老师不同时期写的"游记文章"，我一下子被惊到了，先生竟然写了这么多"游山玩水"的好文章！谢老师真是当代游记文学之大家呀！

见到先生时，我把自己的惊讶之语倾倒出来："先生的游记文章可以辑录一书，篇篇都是好文章！游记文学、地理文学、环保文学、自然文学……"我还没说完，先生大笑："你也发现了？"显然他很喜悦我的"发现"，我把篇目拿给他看，先生更加得意了，他说："我喜欢游山玩水，我写得很用心，刘福春已经编了一本游记文章集《碎步留痕》。"当时，山东画报出版社秦超编辑约稿，当即交由山东这家曾经引领出版风向的出版社。那天师兄孙民乐在场，先生当场指示：你俩一人写一篇序，原来那篇代序作为跋。

先生喜欢文坛佳话，他自己也喜欢创造文坛佳话，当年曾经依照朱自清和俞平伯同题文章《桨声灯影里的秦淮河》让学生和朋友跟他同写《清风明月下的东湖》，他开创了我们学科让学生给老师著作写序的"先河"，1986年大师兄黄子平给《谢冕文学评论选》写序，我曾经给谢老师的三本散文集写序，让学生写序是先生跟学生保持"特别亲密"关系的方式，既是信任，也是考试。先生带学生举重若轻，行云流水，看你的悟性和造化，很多事情他不说破，自己体悟去！

如此看来，先生很偏爱这本《碎步留痕》，这是他的足迹，是他的人生风景，更是他的文化追求！《碎步留痕》上接郁达夫的《屐痕处处》，中间隔了近九十年，谢老师的足迹跟"五四"先生们的足迹接轨了，郁达夫、朱自清、俞平伯、徐志摩、沈从文等似曾相识的游记里，带着新文化的风，染着典雅的调子，张着吸纳山水的眼睛，那一代知识分子好喜欢写游记，走到哪写到哪，故乡、域外、田野、城市，"屐痕处处"有文章。再后来，"游山玩水"几乎成了不务正业的代名词，当代文学里那几篇不太像游记的名篇《天山景物记》《香山红叶》总觉得文气不够，征服欲过于浓烈。后来的游记又过于"游"，消费主义带来的物质欲望太重，旅行气足，导览导游导购，缺历史文化，更缺优雅文气，谈何好文章！

《碎步留痕》之于当代游记散文实在太重要了，可以说接续了"五四"知识分子游记，填补了当代文人游记的空白！谢翁如修翁，醉可写文，游后有记。归根到底，"游山玩水"的人要有一颗自由的心灵，有一双欣赏山水的慧眼，当然还要有一副好身体。三次登泰山，两次槐花约，敬拜文化名山！长江母亲河竟然有十几篇，篇篇都是好文章，可诵可咏！专注于自然，专情于山水，专念于生命，我们看到一颗活泼泼的自由灵魂。他深爱着祖国的大好河山，深爱着母语里的山水，他沿着古人的足迹登山涉水，看月吟诗。斯文在此，斯人在此！

谢冕先生说："文学批评只是我人生的一小部分，我喜欢探险、漂流和登山。"也许，喜欢探险和登山既跟先生的性情有关，也跟先生小时候喜欢《徐霞客游记》有关，他有几种不同版本的《徐霞客游记》，喜欢至极！先生著文，从来不以游戏心态，他玩得尽兴，写作却极其认真，每一篇都要精心构制，堪称文章之佳作。游记很难写，真性情，大境界，好文笔：既要描摹景致，也要抒情和议论。怎么抒情？抒什么情？发什么议论？这可是游记之大难题。前有范仲淹《岳阳楼记》之"先天下之忧而忧，后天下之乐而乐"，后有"人文山水"的"文化苦旅"，游记文章还能怎么写?《碎步留痕》提供了一种游记写作的"范式"，先游后记，边游边记，游而自由，记而有方，抒情有的放矢，要有格调，有品位，有境界。不滥情，决不为抒情而抒情，一是容易流入抒情单调而肤浅，还有一种是抒情故作深刻而无的放矢，骨子里要有一种彻底的真精神，不装腔作势，不故作高深，天地万物本就在那里，去阅读，去认知，去攀登，去尊重，物我两忘，情深意切。阅尽千山万水，先生还是胸怀天下和享受美好生活的文人，他谛听着自然和文化的隐秘信息，生生不息，碎步不已!

因为热爱，所以行走。热爱生活，热爱山川自然，像谢老师一样去"吃喝玩乐"!"吃喝"有《觅食集》，"玩乐"有《碎步留痕》。共享文字之美，美食之美，江边清风，山间明月，这才是不躺平的真实人生!

2024年8月29日

目录

辑
一

记长江

往北是通天河

——记长江之一

往北是通天河。通天河再往北，那里河流呈网状，有的是在地表，有的是在地层，水汩汩地冒出地面，在那里的沙碛和草甸间默默地集聚。这里离长江源头还有相当的路程，但远归远，却无时不在酝酿着一场充满生命力的迸裂、喷发和惊天的磅礴。

通天河过了玉树之后决意南下，这就是金沙江了。从这里开始，它万里奔流既为了亲吻中原大地，也为了寻找伟大的出海口。

此刻我面对的是金沙江。金沙江出了青海地界，仿佛喝醉了酒，一路踉跄着奔流而下。那流水急湍如双刃剑，锋利地劈开两岸的峻岭巉岩。剑锋的一边是昌都，剑锋的另一边是甘孜，金沙江是一道电闪，硬是给它们画了一道永恒的边界线。它依然酒意微醺，贪看两岸的山光水色，也不免多情留恋。

横断山却是不管这种情意绵绵，它果断地引领那无羁的水来到了云南的丽江。丽江是雪水滋润的古城，水推动那风车，水流过河边的茶座和昏暗的灯笼，从高山村寨下来的牛群缓步走过石板的市街，牛铃显得遥远的梦也似的叮当着。

酒醒了，远道而来的金沙江，惬意地围着丽江城绕了一个满满的圆圈。也许是被东巴古文字的神秘所诱，也许是被那悦耳的纳西古乐所迷，也许竟是恋上了玉龙雪山上的仙女。它完整地在古城的边上绕了一个圈，一个近于三百六十度的圈！

那日从山巅下到河谷。两山之间，江声如雷，来到近岸，却是惊涛崩裂。金沙江在这里来了个华丽的大转身，这就是著名的长江第一弯。而后，它回身再向北，好像是浪子回头，要返回那遥远的长江源。可是毕竟忍不住那美丽的诱惑，过了宁蒗地界，它还是恋恋不舍地回身南下。万里长江的第一弯，在这里画了一个完满而美妙的大"之"字。

在"之"字的第一个折点上，千仞绝壁的深谷中，金沙江到这里窄如一道裂缝，而激流受到两岸崖壁的羁束，却如受惊的烈马腾空踢宕，犹如雪峰半空爆裂，飞溅了漫天的白玉！这时节，冷不防，激流奔涌之处，一团火焰自高空腾跃而过：虎跳峡！

2011年8月30日，于北京昌平

万里巨流无声

——记长江之二

　　长江浩浩荡荡到了武汉，一路上呼啸风云，漫卷天日，把湍流、险滩、峭壁、断崖，把一切的艰难辛苦都放在了身后。在武汉，长江改变了姿态，不是倾泻，不是冲击，而是包容万象、近于温情的铺展。此时不论你是站在江岸，还是站在长桥的顶端，近看江流，它是"不动"的，它醉眼惺忪，如梦如幻。这是奔腾之后的沉寂，也是奋激之后的静谧。

　　过了武汉再往东行，即是黄石、九江一线，惊涛浩渺，星月在天，依稀却是当年折戟沉沙之处，也许竟是把酒问天之所。文治武功，有若浩浩江流，涵融今古，一泻千载。长记当年携侣登镇江金山寺，见寺前嵌有前人诗句："江流天地外，山色有无中。"一时惊为天造地设，似是某人、某年、某月、某日，专为此情此景而书。熨帖自然，深叹前贤笔墨，有若神功！

这一路水网连绵，舟楫如织，波涌天地，天地间却是充盈着浓浓的诗意。转眼就是采石矶了，那岸边留有李白足迹，人们告知此系诗人酒酣捉月处，太白楼翼然此间，是后人对美丽和浪漫永远的追念。这正是：

楼压惊涛万里江山供醉墨
山临幽壑四时风物助诗怀

流水在石头城下眷恋地打旋，秦淮雅韵，六朝金粉，但见燕子矶兀然险立江渚。这里是吴头楚尾，江山形胜之地，前人留下了美妙的文字："篷窗中见石骨棱层，撑拒水际，不喜而怖"，"看江水澈洌，舟下如箭……有峭壁千寻，碚礌如铁。"（张岱《陶庵梦忆·燕子矶》）

万里巨流无声。

辛卯中秋于昌平北七家

长江是在梦中

——记长江之三

　　我们从江陵乘夜船去公安。公安城里灯火明灭，酒香满街。当年这里很"落后"，没有霓虹灯，也没有广告牌，更没有嘈杂的播放器。昏暗中，城市像是在打着哈欠。几张红漆的桌椅，橱柜里堆放着卤煮的甲鱼——这是当时最便宜的下酒菜——有一面厚厚的闪着油光的案板，一溜儿排开蒙着红布的大酒坛。酒肆是寂静的，从那里飘出的酒香也是令人沉醉的寂静。

　　公安古城仿佛在等待乘舟千里、从江陵带着满身酒香来归的诗人。午夜，江陵在彼岸做梦，公安在此岸做梦，它们都睡眼惺忪。看那古旧的情景，即便不是在唐代，至少也是在明代。这时节，袁宏道披着长衫，从书房静静地来到这酒肆。他和他的友人也是醉眼酡颜、步履蹒跚。袁宏道诗文均佳，而文尤胜。他的尺牍让人着迷。记得当年，我几乎能背诵他的那些潇洒风流的给友人书。

我们是利用公暇偷偷地从江陵来到公安的，为的是要在风清月朗的夜晚，和心仪已久的袁氏兄弟把酒一聚。夜深，长江睡着了。江风习习，江声如鼓，那江水，如一匹无限延长的布，黑黝，闪着暗光，向着无限延长的遥远。隔岸灯火摇曳，夜航的轮船拉响沉闷的汽笛，靠岸，又离岸。人声也是如此，近了，又远了。

　　长江是在梦中。

2011年9月1日，于北京昌平

竹林掩映的村落

——记长江之四

这是我的村落。它的名字很美，字面上是"星南"，当地人读成"星兰"。星兰更美，星星如兰，兰如星星。星兰是长江边上的村落。长江还在远处，大约要走十多里地，那里的集镇叫滩桥。滩是江滩，滩边有桥，应该是江边的码头了。对于星兰而言，滩桥是一个大地面。

那时我住在星兰一队。从星兰到滩桥，十余里都是乡间小路。水网地区，遍地都是港汊河渠，稻田连绵着稻田，竹林连绵着竹林。稻田加上竹林，把大地遮掩得密不透风。这道路锦绣铺成，清晨是蛙声遍野，黄昏是炊烟缠绕。农家烧的是棉花梗和芝麻梗，空气里总是迷人的清香。

所有的瓦屋都没有窗子，与外界联系的唯一通道是堂屋的门。门竟日开着，鸡和燕子可以随意出入。不设窗户似乎是有意的，为了让柴烟满屋子飞，好熏那梁间储备过年的猪肉。农家节俭，每年养一只猪，半只卖钱补日用，半只留着自家过年（保存的办法就是烟熏）。平时是舍不得吃肉的。

这里是古云梦泽，是诞生《楚辞》的地方。楚人多才，楚女多情。《楚辞》里的色彩、节律、韵致和风情，都流传在鲜活的生命里。长江用乳汁浇灌了这里的田园风物，也滋润着这里的万千生灵。江汉平原上的女人鲜美如花，已婚女子都绾着发髻，发间缠红丝绳，髻间插银笄，银光闪闪。她们巧笑美目，倩兮盼兮，一个个鲜明俏丽，一个个顾盼生辉，令人禁不住浮想《九章》《九歌》中那些如仙似幻的湘夫人和山鬼们。

星兰一队有座瓦屋，那是我曾经住过的家。这是独门独户的自然村，门前一水池，我从那里挑水，也在那里洗衣。门后是大片的竹园，春天的笋是我餐桌上的佳肴。房东的女儿回家了，我们就割一片烟熏的肉来款待她。

2011年9月2日于北京昌平

瓜洲古渡口

——记长江之五

来到瓜洲渡口，正是芦花萧瑟的时节。王安石那首名诗镌刻立在江岸。只是此时，我们没有见到那绿遍两岸的无边春色。秋深了，风是硬的，需要用厚衣来挡住那强劲的江风。眼前的江水有点凝滞，沉重得流不动，是"载不动许多愁"的样子。

从这里遥望隔岸的京口，也是苍茫的一片。"京口瓜洲一水间"，这一水间，却是空阔的无涯；"钟山只隔数重山"，在眼前，山影都化成天边那灰色的云了。读诗的人都知道，诗人的话在可信可不信之间，更多的时候写的总是他心中之所想。无疑，他是把辽阔的长江两岸拉近了。

对比之下，倒是唐人的句子更能引发此时的思绪。"潮落夜江斜月里，两三星火是瓜洲"，想象中此际夜潮轻轻拍岸，江水微漾，那黑黝黝涌动着的江面上，镰也似的一钩弯月，斜斜地倚在天边。从对岸望过来，夜色中此时的瓜洲，只有梦也似的两三星火在闪烁。夜色空蒙，长江入梦。

2012年7月21日于昌平北七家

池澄方知石美

——记长江之六

1

长江从青海的源头一路逶迤东行：经雪山，那里是一片晶莹的白；过草地，那里是一派耀眼的绿；过甘南高原，那里是一片灿烂的黄；而后是盆地，是平原，是壁立千仞，是丘壑烟云，波涛万里，激浪滔天，是无尽的自由澎湃的绵延，向着空阔的天际，向着缤纷的野花，星辰般缀满了江岸的险滩和原野。

它一路跳溅着浪花，滚滚奔腾；它以持恒的毅力磨砺着两岸坚硬的岩石，朝朝暮暮，夜以继日，千秋万载；它把那些钢打铁铸般的巨岩，切碎、再切碎，打磨、再打磨，一双双无形的巨手，如女人温柔的充满爱意的温存，揉捏着、抚摸着那些粗粝的石子，终于揉搓成了圆润的也是闪亮的大大小小的鹅卵石。长江把那些小圆石撒遍两岸的江滩，那些江滩顿时也开遍了彩色的花朵。

长江是伟大的雕塑家，也是伟大的绘画家和造型师，它巧夺天工，采集了天上地下的阳光和云彩，把沿途采集的那些白的、绿的、黄的，以及漫山野花的缤纷色彩、光亮和香气，涂抹在、掩映在、镌刻在那些大大小小的石头上。那些石子顿时也就开成了一朵朵灿烂的野花。

长江的上游是金沙江，金沙江的上游是通天河，通天河的上游是木鲁乌苏河。再上游，有地名叫通天河沿和乱海子的，那里遍地的水泉急不可待地往地面冒泡，它们要创造一道伟大的河流。源头的水在酝酿长江未来那壮丽的气势，那江流于是就这样形成，而后曲折婉转，日夜兼程，终于汇成了横贯整个中国的滔滔巨流。金沙江入川之后，沿着川藏边地在横断山前打了个转，过丽江，浩荡地向南、再向北，过宁蒗，围着大凉山绕了一个大弯，而后一路向东。

江水多情，彩石有灵。它把沿岸的山川丘陵、村落炊烟、红裙绣袄，通通摄入那些圆圆的、润润的、洒满阳光的石子上，那石子于是也映成了一片锦绣。重庆、宜川过后是武汉，九派争流，三镇烟云，浩浩荡荡。长江沉稳地汹涌着，一路东进，直逼金陵旧都，它在燕子矶前打旋，流连婉转，不忍即离。那金陵，满眼望去尚留存着六朝的金碧辉煌，江左风流，金粉世家，朱雀桥畔，野草闲花，周遭的空气里依然缭绕着昔日的典雅与华丽。

长江夹带着那些被千年江水磨洗的鹅卵石，在南京城边依依恋恋。江水在这里变得格外温柔缠绵，它流经秀丽的雨花台，在雨花台畔，把那些历经磨洗的彩石顿时装点成了漫天飘洒的雨花。日月光华，星月交辉，灯影楼台，翰墨歌吹，多情的江水，多情的彩石，汹涌着、铺排着，自天而降的是纷纷扬扬、缠绵而多情的雨花和花雨。此刻，细觑那些多情石子，那些花团锦簇的雨花如霰，竟神奇地造就了金粉江南的春花秋月，这就是名闻天下的雨花石。

长江到了石头城下回望千里江流，铁甲金戈，惊涛拍岸，它迂回顾影，情倾江南。它依恋这六朝古都的风物气象：玄武湖波光荡漾，鸡鸣寺佛号庄严，秦淮歌吹，桨声灯影，绿肥红瘦，连同那日光月影，春华秋水，齐刷刷地，映衬成了雨花石上的五彩缤纷。现在的南京已是一个神奇的雨花石世界。

2

我对雨花石只是喜欢，喜欢它的造型圆润，喜欢它的色彩斑斓，喜欢它的坚韧华美，更喜欢它的出神入化。记得年轻时拜谒雨花台，花丛边上的小路旁还能捡到晶莹剔透的石子。后来捡不到了，改为边上小摊上销售的。不过，那些小摊上好石子也是少见的。但不论如何，偶尔得到的总会珍藏。我知道雨花石已是一门学问，出现了很多的收藏家和研究者，我至多只是在审美上有些偏爱，谈不上研究，更谈不上收藏。

但我敬重那些喜欢雨花石的人，因为他们的专注，也因为他们的坚持。一个偶然的机会，我认识了南京的池澄先生，知道他是一位雨花石专家，收藏，也做研究，也写文章。我和池澄先生有缘，是同龄人，同年、同月，但不同日，我比他大二十天。在南京，我们有过一次愉快的会面。他有著作赠我，手边这本《雨花石谱》就是其一。这是一本专业而有趣的书，谈雨花石文化背景及源流，谈品鉴，谈寻石趣事。他对雨花石的认识是全方位的，包括历史、考证、鉴赏、收藏。尤为让人瞩目的是，他对此不限于一般讲述，而是有准确的理论概括，例如谈石之"绝"，他总结四端：形异、色稀、纹幻、质莹。他总结说：质、色、纹、形、巧、美、奇，再加上一个字——境，那就是雨花石的"绝"！

池澄，澄清的池塘。这名字不仅是诗意的，而且放到此刻我们的语境来，也可称得上一个"绝"字。我读池澄，发现他不仅是石友，也不仅是石痴，在一定意义上，他还是石师。此话讲明白了就是，他是石之"师"，也是我等不识石的凡人之"师"。面对那些沉默无言的小圆石，池澄能读出雨花石的文化含蕴和内在精神，他不仅读，不仅读懂，而且能发现：能在看似无生命的石头上发现生命，而且发现诗。用他的话说：发现那石头蕴造的"境"！须知，发现石之美并不难，发现石之境则大难。这就是池澄与众不同之处。一些美石的拥有者，常将展品置于清水中以显其美。此刻我们谈论的池澄就是那盆清水，有了他，那些雨花石的潜在之美就无处可隐藏了。此时，他既是石之师，亦是人之师，这就是我所谓的"师"的意思。

记得前人有诗，说到"花"与"石"的异趣："花如解语还多事，石不能言最可人。"花多情，花能解语，她是会说话的，因为"会"，于是是非就多，爱花的多情人往往不胜其负。郁达夫先生有句"曾因酒醉鞭名马，生怕情多累美人"，说的就是怕情太多了累了美人，其实美人情多也是累人。"石不能言"就让人惬意称心，你面对它，看似"无言"，却是无言之美，风情万种，千秋万载。什么是"七月七夕长生殿，夜半无人私语时"？就是此刻"无声胜有声"的石与人无言相对的一片幽情。

池先生一生钟爱雨花石，他自谦："一事无成两鬓斑。"窃以为他过谦了。其实，人生苦短，能成大事者有之，但也少之，人的一生，能做的事并不多，爱一件事，把它做好、做透，就很难得。池澄爱石，终于爱出了一个专家来。他的雨花石的学问，既博且精，业外的人为之惊叹，这便是伟大的成功。雨花石若真有灵，它们一定会为这般的千年一遇而感恩。这就引出了我的一番感慨：石因水清而显，池澄方知石美！

2016年1月12日写成于昌平北七家

天边那一片孤帆

——记长江之七

此刻我面对的这一带长江，江面狭窄，仿佛是山把江给锁住了。也许是长江在这里打了一个弯，这里只是一个江湾。站在岸边看不清楚，从地图上就看明白了，这一段长江的江面其实是被耸立的一片沙洲遮挡了，更宽阔的江面是在沙洲的对岸。而这里，江的东边是博望山，西边是梁山，两山相夹岿形如一道天门。当年李白行至此处，看到的就是天门"中断"江流的情景。他随口吟出一首七绝，这就是相传千载的《望天门山》："天门中断楚江开，碧水东流至此回。两岸青山相对出，孤帆一片日边来。"

这是濒临当涂的一段水域。在当涂一带，李白留下很多游踪。在宣城，他见杜鹃花开，"三春三月忆三巴"，他想起那些走过的路，有一种抑不住的伤怀。他登上谢朓楼，"临风怀谢公"，他心仪这位诗歌前辈："蓬莱文章建安骨，中间小谢又清发。"记得那年，在当涂江头，我们携手从高坡下行，直抵采石矶水岸，江水在采石矶滩边旋转，我们在江畔寻找李白的足迹——传说李白那晚喝高了，他醉中下水"捞月"，从而完成了诗人浪漫的一生。

江边果然留下了那脚印，其实，这是李白的崇拜者续写的诗歌轶事，这种"续写"甚至比高鹗的《红楼梦》后四十回还漂亮。对于终生咏了无数月亮的李白而言，他生命的最后也只能是这样的浪漫故事。如同当代诗人海子在江边发现两只白鸽子、发现"它们是屈原遗落在沙滩上的白鞋子"一样，那李白的脚印虽经江水淘洗千年，至今仍存，其实，它是人们绵绵的思念。

在安徽沿着长江行走的路线，李白留下了他的诗的足迹。在敬亭山，诗人与无言的山峰相对凝视；桃花潭的潭水依然清澈，那里仿佛还有汪伦踏歌的余响。我到过青弋江畔的"踏歌古渡"，但见碧水悠悠向着远方流逝。千余年过去了，人们依然深情地吟诵着诗人历久弥新的友情。那一片无邪而纯粹的友情，今天依然感动着我们。

此刻我们就立在这一段的长江边，周遭静谧，古寺里有礼佛者在进香，青烟缭绕，法相庄严。寺是重修的，原木雕栋而不奢华。寺旁伫立着诗人的雕像，白花岗岩的。雕像面向江流，远眺天门，凝立千载。停伫的船，寺庙的经幡，以及我们，都被中午的阳光照射着。江流铺展着，无声，平静，慵懒，一切如在午困中打盹。唯有天边的那一片孤帆，静谧地移动着，也许千年以前就如此静谧地移动着。

2016年1月20日，此日大寒，京城冷冽

那些花那面镜

——记长江之八

　　长江过三峡，神女挽袖相迎。诗人云，"何神女之姣丽兮，含阴阳之渥饰。披华藻之可好兮，若翡翠之奋翼"（宋玉《神女赋》）；诗人又云，"与其在悬崖上展览千年，不如在爱人肩头痛哭一晚"（舒婷《神女峰》）。仿佛是受了诗人的启示，神女迷恋人间的美意，她于是不再等待，决心不再孤单，相伴沿江而东行。此刻她鬓影钗光，满头珠翠，长袖迎风，风情万种。有此美艳的侣伴，长江益显婉转。湍流迂曲，江水浩茫，终于在九派横流的江汉关前缓慢了脚步。此际汉水从秦岭那厢一路蜿蜒来会，长江在此接受了来自汉中盆地的致敬。

　　江城盛情馈赠母亲河长江的是：一束花和一面镜。花是珞珈山，镜是东湖水。珞珈是古时女性的佩饰，鬓间胸前，璎珞珠翠，神女因之而美艳。东湖是神女照影的明镜，花前月下，晨昏相伴，神女因之而多情。长江有了这束花，这面镜，装点得江城格外妩媚多姿，鹦鹉洲头，晴川阁畔，烟波浩渺，芳草萋迷。

东湖之滨，珞珈山下，最难忘的是那座校园，它几乎是独家占有了这座城市的美景，当然也占有了这条大江的美景。伫立于江汉大地的这座大学校园，不仅是精英荟萃，聚集了引领学术前进的学界翘楚（其中就有我们景仰的闻一多先生）的一座学术重镇，就其周遭环境而言，我以为也是中国最美（可加"之一"，也可不加）的一座校园。它临东湖水，拥珞珈山，湖光山色，朝朝暮暮，这山，这水，都成了校园的绚烂背景。伴随它的是琅琅书声，灯影弦歌，文采风流。

我曾几度造访珞珈山下的这座校园，记得那年，我应时任武汉大学文学院长龙泉明之邀，出席武大一年一度的校园诗歌节。武大校园的樱花很有名气，节日当天看了樱花，又泛舟东湖，那个夜晚的东湖，和风拂煦，明月在天，珞珈如黛，发人清思。众人一时兴起，相约效朱自清、俞平伯两先生《桨声灯影里的秦淮河》先例，同题作《清风明月下的东湖》。这些文章，《长江文艺》出了专辑，记得参与其事的作者有：程文超、陈晓明、张志忠等。

不想看三峡

——记长江之九

长江的美景，环长江东西南北我看了不少，也写过不少的文字，唯独三峡我没有去过。听说万里长江最美在三峡，我就是没有访过这"最美"。我的那些曾经关于三峡的文字，都是"二手货"。是从前人或别人那里"顺"过来的，虽说不算抄袭，"掠美"却是真的，那些文字均非我的亲历。我从来没到过三峡。

正如我崇敬泰山，以将近一世纪的时间"预留"着，为的是一种等待，我要隆重地举行仅仅属于我个人的拜谒仪式。这仪式就是徒步登泰山，这一点，我已经多次实践过。因为我知道三峡的惊人之美，总想着要找个好心境、好时辰，好好地享受那一派好风光。这样的等待有点累人，却也是延续了将近一个世纪的时光。

三峡的美景在我胸中，虽非亲临亲历，总是仰仗前人的妙笔传神。千年诗词，留存着浩如烟海的优美文字，我早晚念诵，默记于心：巴峡锁江，猿鸣瞿塘，白帝孤城，神女绵渺。那些逝去的风情，总是缠绕着寂寞的心灵。时翻篇笈，遇有佳篇，未免手痒，不忘录诸笔端，以为枕边梦中之游资。

这里是我最爱的《入蜀记》的片段："五鼓尽，解船，过下牢关。夹江千峰万嶂，有竞起者，有独拔者，有崩欲压者，有危欲坠者，有横裂者，有直坼者，有凸者，有洼者，有罅者，奇怪不可尽状。初冬，草木皆青苍不凋，西望重山如阙，江出其间，则所谓下牢溪也。"这是三峡宜昌段的景色。再抄一则，是直写峡中奇景的："入瞿塘峡。两壁对耸，上入霄汉，其平如削成。仰视天，如匹练然。水已落，峡中平如油盎。……关西门正对滟滪堆。堆，碎石积成，出水数十丈。"

上面是陆游的文字，我怀着一种失落的心情抄录了它。这些文字是他《入蜀记》的片段。我抄录它，是一种追怀，也是一种对于消失了的美的祭奠。

我未曾去过三峡，以后也不会去。年轻的时候不去三峡，是因为"囊中羞涩"；中年的时候不去三峡，是因为不让去（别问我为什么）；到如今，有机会，也不缺钱，却是不想去了（对不起，别问我为什么）。

2016年7月23日于北京大学

满城都是酒香

——记长江之十

　　泸州多水。长江自宜宾东行，沱江自内江南下，沿途纳诸水汇于泸州。从地图上看，单是沱江一线，江流宛转，曲折如蛇行，那水跌宕逶迤沿山而下，历尽艰难抵达泸州。泸州城内有大桥，主人告知，桥下为合江，谅也是诸水再次合流的指称。我到过长江沿岸的许多城市，泸州此前未曾到临，初来乍到，说它是一座江城谅不为过。

　　都说酒好是因为水好，先前知道贵州地界出茅台，出习酒，左近出五粮液，就是因为崇山高岭的好水酿成了醇醪。再看地图，泸州南下约数十里即是黔北仁怀、赤水一线，原来它们水脉相通，同属一条"酒线"。这样看来，泸州大曲的天下闻名也在情理之中。

　　泸州不仅是一座江城，更是一座酒城。到过泸州的人一定会认同我的观点。泸州人有境界，有酒还不够，还要有诗。他们知道诗酒原为一家，大诗人李白，又喝酒，又写诗，酒喝好了，诗如泉涌。泸州人懂得这道理，诗酒文化节接连办了好几届。我到泸州，原是为诗而来，几曾料到，竟与酒结了缘。

接待我们的是大酒家，老板们很大方，顿顿有酒，无日不酒。即使是不会喝酒的，熏着也会醉人，上瘾。他们拥有巨大的酒庄，拥有大量而先进的酒的生产线和营销线，我见过他们的一些厂房，有一家大的工厂，一问，原来是专门生产酒瓶盖子的，至于酒瓶，至于包装，凡此种种，均有专厂，酒城规模之大可想而知。简单地说，泸州一座城，就是为酒而建。

主人盛情，邀请我们参观"天下第一窖"——国窖1573。1573，是明万历年间，原浆保留至今，号称"千年老窖万年浆"。我们被邀请实验原浆勾兑，品其细末，连饮三杯，其乐无穷。1573接待处，备有多种饮品款待客人，桂花汽水、果汁、铁观音茶，也都是1573勾兑的，无不充盈着延宕千载的酒香。随后，主人引导我们参观了诸多酒窖中的一座：纯阳洞。进洞要换白大褂，接受安检。巨大的陶罐列阵如阅兵式，每只装酒一吨，望不到尽头的酒的队列，望之令人气壮。纯阳洞是一道绵长数千米的酒的隧道。

我这才想起初进泸州时的感受，进得城来，只觉得遍地皆是花香，空气中都是花的香气。时届秋末，花事已过，何来这满城香气氤氲？原来泸州满城充盈着的是酒香！茶是酒香，咖啡是酒香，宴席上的林林总总，大街小巷，月夕花朝，到处都是酒香袭人！泸州的佳人文士，举杯交盏，也无不是步舞莲花，醉态酣畅。我在泸州，不仅有诗，而且有酒，诗酒有情，人在醉中。我不是诗人，看到路畔草丛花间飞舞的蝴蝶和蜜蜂，它们飞翔的姿态也仿佛是酒后的蹒跚，都充满了醉意。

2018年2月14日于北京昌平北七家，此日为情人节

嘉陵江的拥抱

——记长江之十一

　　两次来到嘉陵江边都是夜晚，第一次是史无前例的动荡年代。学生都走了，留下一座空荡荡的校园，我们也无所事事，好在那时坐车、吃饭都不用自掏腰包，虽然艰苦，乐得来个免费旅行。于是邀了几位志趣相近的朋友一路结伴而行。目的地中有重庆，渣滓洞、白公馆、歌乐山，以及当日流行的一部歌剧和一部小说中的一些场地，都是我们要去的地方。那时虽然志在山水，却不敢明言是游山玩水，都说是为了"接受教育"。

　　列车是"专列"，整个车厢人挤人，不留一点空隙。行李架上，甚至卫生间，也都塞满了人。列车员也无法走动，除了适时送水，当然也说不上服务了。就这样走走停停，一路挨到了山城。到了长江边，不看长江可真遗憾。我们找了个夜晚，相约来到了江边。那晚江风浩浩，江水无声，江面笼罩薄雾，山城似乎不见灯火，却是一片静默。

这里是著名的嘉陵江大桥。江流由甘入川，自南充一路蜿蜒而下，直抵重庆，在此汇入长江。这里是两江汇流处。我称之为嘉陵江与长江的拥抱。重庆往后，长江一路东泄，经涪陵、酆都、万州区而后，是奉节、巫山，白帝城巍立山头。因为是特殊年代，却是对着这名山胜水怎么也快乐不起来。

层山叠水，江峡峻险，湍流急滩，重雾薄天。时候已是秋末，总觉山寒水瘦，冷峻逼人。我们虽为避嚣而来，胸间依然惦念着家国忧愁。江水如咽，遥念京华，彼此无言。涌上心头的是这样的诗句："不眠忧战伐，无力正乾坤。"（杜甫《宿江边阁》）嘉陵江的夜风如刀，割着我们的心。到底这两道江水是如何拥抱的，一是夜深雾重，再则心绪苍茫，到底也看不明白。

第二次来到嘉陵江边是四十年后的早春三月。这一番造访满怀着春天的喜悦。头天在大足拜谒卧佛，次日抵北碚，迫不及待地访了梁实秋的雅舍，再访老舍的"四世同堂纪念馆"，登缙云山，谒白云观，造访了友人新迁的华屋，在司机的引导下吃正宗的重庆小面。吃过八元一碗的重庆小面，喝过酸酸甜甜的五十二度白酒，入夜，我们携手来到五彩缤纷的嘉陵江边。

与四十年前不同的是，两江汇合处是充满了喜悦和欢乐的，也许灯光是多了一些，却是一派春景。闪烁的光影下，嘉陵江奔涌向着长江，是情人的热吻，还是母女的相拥？我们感受到了激情和欢愉。我在当日的日记中写道:"夜游嘉陵江,至两江汇流处,灯火灿烂,光影迷人,遥望朝天门码头,十分欢悦。"

　　行文至此,这篇题长江应该结束了。恰巧网友从重庆发来微信,似是冥冥之中的心灵感应。微信如下:"春日周末,阳光明媚,从嘉陵江边到缙云山上,从大地到天空,一切都是明媚的,甚至是透明的,好久没有在山上见过北碚的全景了,今天终于见到了。"他说的是白天,我看的是夜晚,我们都看到了美丽、幸福的拥抱。

2018年2月25日于北京昌平北七家

人在秭归

——记长江之十二

秭归是属于诗的，诗引我到了秭归。多年以来，我沿着长江的上下左右走了许多地方，三峡是避而不去的，夔门、白帝城亦付阙如，而心中总是念念。秭归使我再度与长江亲近，于是欣悦。这里是屈原故里，据《水经注》："屈原有贤姊，闻原放逐，亦来归。"从这简短的叙述看，他们姐弟情深，患难与共，此地于是获名：秭归。诗缘情，情动天地，千年之后仍感动我们。

秭归还是昭君故里，城北有香溪流过。美人的家乡，美人临河梳妆，那脂粉的余液流成了一道河，河水充盈着美人浴后的香泽，这就是香溪。历代文人为昭君写过许多诗文，最有名的当推杜甫："群山万壑赴荆门，生长明妃尚有村。一去紫台连朔漠，独留青冢向黄昏。"昭君本人亦有诗留世，那是一首《怨词》，哀叹远离家乡父母的不幸："离宫绝旷，身体摧藏。

志念没沉，不得颉颃。虽得委禽，心有徊惶。我独伊何，来往变常。"她用诗句表达了命运的不公。昭君本质上是一个诗人。除了昭君，据说还有宋玉，还有九畹溪，还有一个地名叫橘颂。这里到处都留下了诗的痕迹。

中国诗歌节已举行过多届，都是选择在与中国诗歌有关的城市举行。马鞍山、西安、厦门、绵阳都开过，这一届中国诗歌节在宜昌举行。事关屈原，自是隆重。人在宜昌，心在云端，追寻诗人的足迹，于是有了秭归江畔的念想。遥想大江自万州区东下，奉节过去是巫山，巫山过去是巴东，便出川到了湖北境界，秭归到了。宜昌是长江入川的一个大口子，这里有诗，更有酒。

李白有句"巴陵无限酒，醉杀洞庭秋"，写的是出了三峡的长江。过了巴峡，过了西陵峡，一路向东，无限的山岳平铺而为原野。顷刻之间，那洪波壮阔的长江水，酿成了芬芳的美酒，那酒浆灌醉了烟波浩渺的洞庭湖。从荆楚到三湘，秋风里满世界都是芳香的酒意。

此刻人在秭归，想的是诗，更是酒。我非诗人，正愁无以表达，手边正好有诗人舒洁的《秭归》：水做的江南女儿轻唤秭归，问故里有谁，读透这一江春水？望烟波浩渺，永别的时光里总写着忧愁，北国有雪，孤雁南飞，长江两岸总不见梦中的女儿，昭君的江南未曾入睡。

2019年5月16日于昌平北七家

西汉水女儿节

——记长江之十三

在中国，传统的七夕节被认为是爱情的节日。因为这一天有美丽的鹊桥相会的故事，此夕河汉灿然，佳会有期，情意绵绵。记得旧时，在家乡夏夜户外乘凉，秋虫鸣野，月华皎洁，星斗如花。偶忆"七月七日长生殿，夜半无人私语时"旧事，口诵唐人绝句："银烛秋光冷画屏，轻罗小扇扑流萤。天阶夜色凉如水，坐看牵牛织女星。"不觉怡然而神往。可如今，流萤无踪，秋蚤绝响，月色难寻，这些自然风景都成了稀罕之物，何况人情！银河空茫，星汉渺然。那个凄婉的约会，只是在旧日的诗词中遗存。

不觉又是七夕临近，难忘的是前年在陇南有过一个在当地欢度乞巧的良宵，其情其景，融融于心，历历犹在眼前。陇南的七夕盛会，是我经历过的所有民间节庆中最盛大也最华丽的节庆活动。西汉水七夕庆典以西和为中心，包括成县、礼县、徽县、武都等整个的西汉水流域，方圆数百公里。不仅活动的地域广阔，而且有长长的庆典佳期，从阴历六月三十夜晚迎巧开始，说是狂欢也好，说是祈愿也好，活动从七月初一一直延伸到七月七日的午夜送巧结束，总计七天八夜。

乞巧是女儿家的节日。女性特别是年轻女性是活动的主角，男人全程只是观众。七天八夜，女人们放下手中的活计和劳作，全身心地投入尽情地歌舞与卜筮、祈愿之中。庆典是一个完整的过程，女人们迎接和膜拜的是她们心中的女神：巧娘娘。她们按照自己的想象，给这个女神以最美的年轻造型：鲜红的嘴唇，丹凤眼、柳叶眉、螺髻，蝉翼般的羽裳。女人们从阴历六月二十六开始，就用豌豆和小麦种育巧芽，以为供奉和卜筮的祭品。

乞巧的组织和资金都来自民间，大量的准备工作由富有经验的年长妇女来承担。其中就有带领女孩子们迎神歌舞的巧头，巧头实际上就是她们的"指导老师"。长达七天八夜的庆典有很多仪式。献饭（供馔）为其一，要歌劝："巧娘娘你坐着，大姐娃转饭是点香腊呀巧娘娘……"转饭之后是"跳麻姐姐"和"照花瓣"。"照花瓣"其实即民间的"卜巧"。"卜巧"要清场，无关的人一律请走。姑娘们掐巧芽，看花影，默祷，悄悄诉说自己的心愿，祈福未来。这一切进行得不仅有仪式感，而且有神秘感。

记得那日我们来到陇南，正逢节庆的高潮。歌舞和鞭炮引领我们来到乞巧的现场，这里是西和县的稍峪镇杜河村，这里是长道镇的青龙村，这里是波光潋滟的晚霞湖。姑娘们个个衣着鲜丽华美，且歌且舞，娇艳夺人。她们出现了，此刻从水涯林间出现一队队着装统一的行进的队伍，女子们手持香案鲜花，在巧头的带领下列队行进。她们祈祷、祝福、许愿，边舞边唱边跪拜。那些歌词都是几代人口口相传的民间谣曲，朴素、单纯，基本不加修饰，"心儿灵，手儿巧，巧娘娘教我剪石榴；手儿巧，心儿灵，巧娘娘教我剪黄莺；清清盆水里丢几根，巧娘娘叫我变聪明"。

巧娘娘是姑娘们从天上请来的女神，几天相聚，开始是相敬如宾，后来成了"闺密"。她们情同姐妹，倾情相爱，私语绵绵，她们已非人神关系，她们已是闺中密友。相聚的时间显得短暂，七月七夕，离别的时间到了，这便是"送巧"。午夜时分，她们来到西汉水河边，难分难舍，唱起离别歌："我有心把巧娘留一天，就怕天河没渡船；我有心把巧娘留两天，又怕王母把天门关。""七月七啊节满了，巧娘把我不管了，一股子青烟上天了，凡间的女子心安了……"在水滨林下，姑娘们解下纱巾和红头绳"搭"成天桥，她们焚烧了亲爱的巧娘娘。一缕青烟，伴随着撕心裂肺的真情的痛哭！

西汉水这边，河网稠密，茹水河、永平河、燕子河、洮坪河、漾水河……由此滚滚南下汇入嘉陵江。送迎巧娘娘都在水边，有明显的水崇拜的流传。这一带史存深厚，有秦人祖地，有岐山遗垒，有陇南史前文化，这些都指明乞巧文化的渊源。它与七夕传说有关，但不仅涉及爱情，且有着更为深厚的内涵。我以为陇南女儿节体现中国"女仪"的传统，其女性教育的意义颇为深厚。这些"待字闺中"的年轻女子，通过这种载歌载舞的庆祝活动，不仅增强了女性的自尊和自信，而且学会了种植、编织和家务，甚至交流了知识。乞巧教会的，不仅是恋爱结婚，更重要的是"如何做女人"。

这是陇南地区，这里的七夕有一个长长的、情意绵绵的、华丽的女儿节。陇南女儿节可以看作是中国的"情人节"。但是它的内涵远较西方的情人节更为丰富而深远。西方的情人节无非是红玫瑰、巧克力，优雅的咖啡厅，两个人的甜蜜约会，这里的仪典不属于卿卿我我的两个人，这里是集体性的歌舞狂欢，不仅有爱情，而且有历史，有教育，更有梦想！

2019年6月28日于北京昌平北七家

话温州

温州的月光（前记）

　　诗人兴会，不可无文。曲水流觞，兰亭雅集，历时千载，百代景仰。我辈凡庸，岂敢谬托前贤？古云，虽不能至，心向往之，乃人之常也。此系古事，更有近者。记得当年，朱自清、俞平伯两先生荡桨秦淮，相约作同题散文《桨声灯影里的秦淮河》，一时传为佳话。周作人、郁达夫两先生分别主编《中国新文学大系》之《散文一集》《散文二集》，灵心慧眼，朱、俞双双入选。此二文，遂成"五四"文学之经典。

　　二十一世纪之第三年，秋阳如花时节，中国当代文学研究会、温州师范学院暨温州山水文化传播公司联名举办诗歌盛会。会间，诸友联袂出游江心屿、雁荡山、楠溪江诸胜。秋水依依，秋月澹澹，风月无价，情意绵恒，如此良辰，岂可无记！

　　偶念兰亭秦淮翰墨之胜，相约以"温州的月光"作同题散文，以记其盛。此议既出，应者甚众。《温州晚报》慨允贻以版面，共襄盛举，尤可感也。岁月匆匆，秋往冬至，文稿频传于电邮之间，佳品联翩于京温诸地，事成指日可待。爰为数言，以明初衷。

癸未冬月记于京郊畅春园

温州的月光（其一）

夕阳下去的时候，温州的街灯亮了，我们登上了江心屿。我们把繁华留在了身后，去寻找这与城市仅有咫尺之遥的宁静。我们行走在江心屿的林荫小道上，这里已没有游人，是一片静谧的世界。江心寺庙门已闭，缭绕的香烟已经消散。矗立小岛两端的东西塔，伫立在薄暮的霞光中似有所待。鸟已归巢，花已闭眼，正是月上柳梢的时节。

江心屿是温州的骄傲。它使我想起我刚刚访问过的厦门的鼓浪屿，它们都是城市水域中的明珠。不同的是，鼓浪屿是在海中，江心屿是在江中，它们都是云环雾绕的水上花园，是都市里永不沉没的五彩花船。鼓浪屿是著名的音乐之岛，在那三角梅覆盖的盘山小道和西式洋楼里，鸣响着钢琴优美的旋律，从那里走出了一代又一代的钢琴家。鼓浪屿有一家非常出名的钢琴博物馆。与之相媲美，江心屿是诗歌之岛。这里的小道上到处飘荡着诗歌的芬芳，一代又一代的诗人，从南北朝的谢灵运，到唐代的孟浩然、李白、杜甫、韩愈，经宋元明清以迄于今，无数的诗人慕名而来（有的则是虽不能至而心向往之，也是写出了诗篇），留下了他们的兴叹。

浩然楼同时纪念着孟浩然和文天祥的游踪，而澄鲜阁的题名则撷自谢康乐的名句"空水共澄鲜"，这里处处能听到那些名噪一时的诗人们的呼吸和心跳。它是一座不具形的诗歌博物馆。诗之岛历时1500余年，历代诗家吟咏不绝。也许是因了这里的江水、这里的风物，但我更相信是因了这里一片永远明媚、永远灿烂的温州月。这真是：温州一片月，千年吟咏声！

鼓浪屿和江心屿是一对姐妹，她们都是奥林匹斯山上专司音乐和诗歌的美神。不久前的一个夜晚，我坐在厦门轮渡码头上眺望鼓浪屿梦幻般的灯火楼台，谛听那跨越港湾的琴音。如今我又投向了江心屿的怀抱，领略这里无尽的诗意。我诚何幸，同时拥有这一对姐妹！

月亮无声无息地从瓯江的对岸升起。她步履轻轻，如南方秀丽的女子，低着云鬟，乱着雾鬓，从井台边汲水而来。一轮明亮的秋月，穿过浓密的树梢，此刻正温情脉脉地悬挂在江心屿的上空。南方的明月，漂漂亮亮的，清清爽爽的一轮玲珑月，她深情地抚摸着这里的每一棵树、每一朵花、每一片石，这里的古塔、寺庙和楼台。月光给这一座诗一般的岛屿，镀上了一层银色的清辉。

温州的月光是温柔的。她照着瓯江，仿佛是情人的眼睛。那江面因为这深情的凝眸，而有了悄悄的激动，泛起了轻轻的涟漪，那是不宁的胸脯在起伏。似是感动于多情的月色，瓯江从江心屿的两端轻轻地绕过，把这孤屿拥入怀中。它是爱人柔软的手臂，拥抱着此刻变得透明而妖娆的爱的精灵。

已是秋天的夜晚，这里依然洋溢着夏天的热情和奔放。鹿城的主人把江心屿最美的地方，留给了我们这些远方的来客。面对着江屿上空的一轮明月，谛听着摇荡着波光的浪拍苇岸。是梦境，却没有梦境的虚幻；似仙境，却充满了人间的温馨。晚会开始了，音乐、舞步和诗歌，还有轻盈的欢笑，和铺天盖地的月光融成了一片。中夜时分，月亮升高了。它是悬挂在温州上空的一只银色的圆盘，轻纱般的光霭涌动着，涌向了这绿树笼罩的江心屿。

我是南方人，因为在北方生活久了，反而生疏了南方的月亮。我熟悉北方的月色，特别是在秋天，那月光澄澈透明，把一切照得纤毫毕露，犹如白昼。北方的月亮一点也不含蓄，它是开阔的、无边无际的，它无遮拦地直直地逼近你，带着那种强悍，甚至还有点粗暴，带着无可抗拒的丝丝的凉意。北方的秋意不让人有回旋的余地。它是晶莹的，但是太晶莹了。它的穿透性，甚至让人想起凛冽的杀伤力。除了冰雪，几乎让人想不起还有什么可比喻的。想象中李白写月光"疑是地上霜"，该也是我所叙述的这番景色吧？这样的月色也是不可替代的，有一种阔大的空间，有一种一泻千里的气象。

温州的月光全然不同。温州的月光是温柔的，她温婉而多情。她蹑着猫步，她生恐惊动你，宛若那种最聪明、最善解人意的温柔女子，她会不带一点响动地向你靠近，带着瓯江上空浓浓的水汽和雾霭，那是一轮湿湿的、润润的、半明半暗的、含蓄多情的温州月！

我正沉浸在无边际的月光的联想中，那边响起了轻轻的音乐声，晚会开始了。晚会的主持人——她有着温州月光般的明亮和秀丽——打断了我的浮想联翩。这一个夜晚多么难忘，诗歌、舞蹈和音乐充盈着这里的每一个角落，伴随着这一切的，是明明暗暗、浅浅淡淡、若隐若现、若有若无的温州的月光！

2003年12月12日于北大畅春园追记温州的秋月之夜

温州的月光（其二）

　　温州的诗会开过，我们要去雁荡山了。雁荡山太出名了，曾出现在我童年的梦中，但我用了数十年的等待，方才圆了这个梦。温州的朋友很早就告诉我，游雁荡山主要是看雁荡的夜景。当时就有点纳闷，雁荡山又不是城市，不可能有那么多的灯火，这夜景到底看什么？到了雁荡山，导游小姐重申主要是看夜景，并且说，"雁荡山的夜晚是令人销魂的夜晚"。这就有一种神秘的味道了。

　　好像是一种提示，进山第一景便是一对偎依着的情人。男性的那个略高些，与之相依的另一位，就格外显示出江南女子的温柔缱绻，绝对是一个小鸟依人的可爱模样。众人不放过这个机会，纷纷在那里留影或合影，我有意回避了。我只能这样充满惆怅地踽踽独行。

　　今年浙东久旱，纵横雁荡山的鸣玉溪、碧玉溪、锦溪这些美丽的溪流，因为水浅都失去了昔日的光彩。而大小龙湫以及三折瀑等名胜，在以往都是惊涛倾泻、飞银溅玉的风景佳好的地方，现在或者是涓涓一线，或者是浅水一湾，几无可观的了。雁荡山古称"岗顶有湖，芦苇丛生，结草为荡，秋雁宿之"，按说该是水草丰茂的地方，如今有荡无水，当然也就失去了灵性。但山依然充满了诱惑。这里有热恋的情侣，也有偷情的男女，甚至更有僧尼越轨的恋情。导游总是因形设事，造出许多男欢女爱的故事，以诱发人们的想象力。这些解说词不免千篇一律，是有些乏味的。但我们还是耐着性子，等待那"销魂一刻"的到来。

薄暮时分，我们经碧玉溪，越碧玉桥，抵白云庵。这白云庵周遭，乃是灵峰景区，号称雁荡的东大门。沿鸣玉溪一线，周围危峰环峙，怪石叠嶂，移步换景，千姿百态。放眼望去，北为伏虎金鸡，东为超云天冠，西为五老合掌，南为犀牛双笋，这里竟是夜间观景的处所了。

我们到达白云庵时，夕阳尚在峰巅，周边虽有暮云，却未到观夜景的时辰。于是相约登灵峰谒观音洞。观音洞是一个奇特的去处，它嵌在灵峰与倚天岩之间。两峰相峙而立，远观如双掌相合，故又称合掌峰，而观音洞恰恰就修在那双掌相合的"缝隙"中。庙居峰顶，计九叠，有石阶拾级而上。九叠之上为大殿，供奉观音神像，香烟缭绕，梵音盈耳，恍若置身仙界。众人在此，或跪拜，或求签，鼓磬交鸣，状极动人。

此时洞中人影绰约，我们从洞中外望，但见那双掌接合之处，显出了一条狭长的光明带。在那光明带的中央，一抹斜阳射出惊人的光艳。那斜阳艳丽如火，正燃烧在西天的黑云之中。而在它的周围，衬着极蓝极蓝、蓝到极致而似是深海般的天空，以及那被一抹斜阳烧红了的云彩和古木稀疏的影子。这景象令我们激动无名，那是一种神秘的召唤，是由黑暗而祈祷光明的神祇！

我们下山的时候，天已全然暗了下来。盘山的石阶已是一片模糊。路很难走，只能循着前人的影子，一步一步缓慢地往下移动。抵达白云庵的时候，已是夜色迷蒙。但见暗夜中，各路游客在导游的指引下正匆忙地集中。一阵忙乱过后，我们被带到了指定的地点。这时，雁荡山的神秘之夜开始了。导游叫我们按照她的提示，从不同的方向和部位，观看白日里那些耸峙的群峰。她让我们背对一座峰峦，头往后仰观，这时奇迹出现了，那是一对挺拔而诱人的乳峰！还有，这里、那里，那些平时望去是鹰或虎的山峰石岩，它们此际也都褪去端庄肃穆的外饰，而显露出浪漫的情状。它们或甜蜜地倚肩，或亲密地拥抱，或忘情地亲吻，都是些充满感性的亲密场面和镜头：这是一对贪欢的男女，那是一对恩爱的夫妻，那是一个窥视的牧童，那是一个充满嫉恨的法老……

我们这才体会到那被反复强调的"销魂之夜"的隐秘含义。这才觉得雁荡山的这一个夜晚实在很不寻常，这里到处充盈着让人想入非非的暗示和诱惑。这一切都是在那有光不亮、有云不暗、若隐若现、不深不浅、似明反晦的雾霭和云影中发生的。这夜晚，雁荡山所有灯火全都熄灭，这夜晚的一切，全在这神秘的氛围中演出……这是一个晴明的夜晚，没有风，没有雾，好像也没有虫鸣，一切都静谧，一切都在想象中……

人散了，把空旷和寂静留给了白云庵。此时抬头，一片发黑的蓝中，有疏星寒闪，新月在天，装扮着温州含蓄而神秘的天空。温州的月光是温情的。

2003年12月14日在京华追忆温州的月夜

温州的月光（其三）

　　那么明亮，那么芬芳，那悬挂在瓯江上空的清清爽爽的一轮明月。月光如霰，皎洁，又有点迷蒙，却是把江心屿上浓密树梢的那些闪烁的星星都比下去了。小岛上东西两厢的古塔，此刻都在月明中沉思。沉思着谢灵运住过、李白写过、古今许多诗人留下过墨香的温州，充满诗情和爱意的刻骨铭心的温州。

　　月正中天。那光华寂无声息地掠过谢家池塘，照着池塘上的春草，春草上的流萤。那春草和流萤也都在月色的迷蒙中发出幽幽的光。那里有一片水域，一朵清荷绽放在水心。是的，是一朵粉色的芙蓉，半闭着眼，睡意蒙眬，沐浴着那无边的月明。那里有一座楼台，一座隐约于云中的，被春天的雨雾锁着的楼台。在那个典雅的挂满绿萝和牵牛花的窗前，迷蒙的月色中浮现出雅典的爱神俏丽的身影。这种水域中的清荷，这种月色中的云中楼阁，构成了让人遐想更让人心动的温州。

温州是让人迷恋的，雁荡山的奇，梅雨潭的绿，楠溪江的蓝，池上楼的雅，都是让人梦绕魂牵的所在。那里的人勤劳而又聪慧，温州人决策的精明和行动的果断，在商界使所有人都刮目相看。还有，那就是温州的女人了。这里的女人，雁荡山温煦的风吹着，瓯江清清的流水润着，江心屿上空的明月照着，她们美丽、多情而又小鸟依人般地风情万种。温州如一块磁石，来了一次再也不忘，千里万里，总是牵引着一颗眷恋的心。

最难忘，景山宾馆窗前的那轮明月，它皎洁的光笼罩着那在夜雾中半闭着眼的杜鹃花。有人在山道上送客，在月光中挥手，走远。最难忘，那日宴会散了，拉芳舍一杯散发着浓郁香气的卡布奇诺。温州的明月，照着那一切，一切的临别依依，一切的欲语还休；温州的明月，记得那一切，一切的忧乐与共，一切此后日日夜夜发自内心的哀愁和牵挂。有一种突如其来的期待和惊喜，也有一种真诚的感谢，甚至惶恐。

温州有诗一般的山水，温州的历史用诗写就。一个偶然的机会，我得到一位我所敬重的诗人的赠书。那日临别，方良先生以诗相送，一卷《万里楼诗稿》，一卷《万里楼词稿》，都是汉英对照，且都是方先生手译。先生自序曰："平生经历宛云烟，缥缈虚无驰逝天。迭起悲欢罩寂寞，幽深洁影独缠绵。"可见先生的诗词是他孤寂高远的襟怀的寄托。

温州有很多诗人，但是像方良先生这样能将古体诗词亲自译成英文的恐怕不多。我孤陋寡闻，环顾国内，既能写旧体诗，又能译的，恐也寥寥。先生早年毕业于浙江大学哲学系，长期担任中学名校校长。名士风流，世所不容，平生坎坷，历久弥坚。暇年以诗自娱，知者甚少。方先生的诗集，是温州送给我的诗的记忆，更是温州美丽的明月的记忆。

瓯楼洁地寄情深，皓月无声照古今。晨钟暮鼓红尘外，宇环唯存纯真心。诗人把温州无边的月色写进了他的心中，月亮是他的高洁心境的写照。在明月的映照中，一切都是无边的美好："十里春风花如织，一秋洁月影浮沉。""关山有限铸情长，何处天涯无草芳。万里楼台明月照，千年古国桂花香。"诗人家住万里楼，高楼明月，眼界旷远，心志浩莽。

我想着温州的明月，想着明月下的温州，想念那里明月的诗和写明月的诗人，想着赠诗给我的方良先生。我为明月祝福，为诗人祝福。

2006年6月21日于北京郊外北七家村

温州的月光（其四）

　　温州是说不尽的，温州的月光也是写不尽的。那年初访温州，有一个难忘的夜晚。当时月华如水，树影婆娑，瓯江边上三杯咖啡把我醉倒。如此星辰，如此月夜，从此认定与温州不解的情缘。一年之中，竟有数次去那里，为的是尽情享受楠溪江上那一轮皎洁的明月，为的是雁荡山中那荡人心魄的、充满爱情诱惑的夜晚。

　　那年来到楠溪江，深夜抵达永嘉郊外的乡间旅馆。疏星如萤，月色如银，那山野的草香和虫鸣与明澈的月色融成了一片，此夜温州的月光里充盈着芳香的气息和金属的颤音。次日拂晓起来，发现昨夜的月明竟缤纷成了草尖的晶莹，还有楠溪江上星星点点的波粼。

　　此种景色，如今在温州城里是很难见到了，除非是在瓯江环绕的江心屿，那里依然保留了旷古的静谧。那柳梢上悬挂的，那情人们黄昏后静待的明月，也许谢灵运见过，也许王羲之见过，也许告别了繁华之后的弘一法师见过，而写过梅雨潭的绿的朱自清肯定是见过的。

而现在，昔日到处散发着墨香的街巷已在岁月的行进中消失。人们只能在记忆中寻找它充满诗意的昨日辉煌。人们坚信温州城里依然有月，那月色中依然浸润着唐时的醉意、宋时的恋情，在池上楼，在万里楼，在五马坊，也在林斤澜笔下的矮凳桥。可是，毕竟那一轮让人沉醉的月华，只能在人们的梦境中寻觅。

诗人瞿炜写《三十六坊月》，记温州城旧日繁盛。三十六坊是北宋哲宗绍圣年间，杨侯蟠任永嘉太守时所划定。其间，谢池、康乐、五马、墨池诸坊均与谢灵运、王羲之的行止有关，但大抵也只留下坊名，当日景色也荡然无存。杨侯有句："三十六坊月，一般今夜圆。"那月亮也只在人们的记忆中。那时的月亮是见不到了，留下的只是后人的追念。不仅是三十六坊上空的明月，连三十六坊也随着岁月而消失在凄迷的风烟之中。人们留恋这城市的过去，是因为它的昨日是那样充满了诗意。

池塘春草，谢家台阁，兰亭墨韵，千载留芳。《瓯江逸志》载："温州自百里芳至平阳畴百里，皆种荷花。王羲之自南门登舟赏荷即此地。"《永嘉谱》云："南塘旧以荷花名。夹岸又多橘园，为夏秋胜赏。"唐张又新《百里芳》诗："时清游骑南徂暑，正值荷花百里开。民喜出行迎五马，全家知是使君来。"旧传王右军守郡日，庭列五马，绣鞍银勒，出则乘之。五马街今存，正是当日郡守出巡的通衢，至今仍是温州繁盛之地。而右军当日风景，却是淹没在霓虹楼影之中，把温州上空的皎洁月色，连同百里清荷的香气，生生地夺去了。

遥想右军当年，公暇南门登舟，沿百里坊观荷，是何等气象！如今这一切，到哪里寻觅？瞿炜在文末感慨说："人应该诗意地栖居，这样的诗意在古代的中国，在古代的温州，是有着浪漫的经验的。而我们究竟是在什么时候丧失了这样的诗意呢？"瞿炜的感慨也是我的感慨，温州的月光是那样吸引着我。旧日的月光已不可寻，我只能在心灵的深处，保留着我记忆中的那一轮永远透明、永远芳香、永远激情而浪漫的明月。

2006年6月26日于京郊小村

温州山水记①

　　记得2003年我第一次来到温州时，温州的朋友就构想要把江心屿建设成国内第一座诗之岛。我们现在所在的地方就是瓯江的江心屿，这是已被命名的中国的诗之岛。当年我们考虑这名字时，曾想到舒婷家乡的那个鼓浪屿，那也应该是与诗有关的，后来觉得鼓浪屿是中国的钢琴之乡，虽然音乐与诗关系亲密，鼓浪屿更应该是音乐岛。事情当然不是我定的，但我的确参与了当年的讨论。现在，诗之岛的碑石已经立起来了，江心屿于是正式成为我国第一座以诗命名的岛屿。

　　此刻我们开会的这座楼叫浩然楼，首先让人联想起的是令李白倾心的孟浩然。"吾爱孟夫子，风流天下闻。红颜弃轩冕，白首卧松云。醉月频中圣，迷花不事君。高山安可仰，徒此揖清

① 2016年4月24—26日，应温州大学文学院和温州瓯海区邀请参加"山水集"聚会。这是闭幕会的专题讲座。

芬。"①我知道历代很多诗人到过江心屿并留下诗篇，那都是确定的，至于孟浩然是否到过温州，到过江心屿，却有待考证。但眼下这座浩然楼肯定与另一位诗人有关，这就是文天祥。也许这楼正是为他修建的。不论是诗人孟浩然，还是诗人文天祥——后者用自己的生命谱写了一曲气壮山河的诗篇——都证实了此岛与诗的深厚渊源。在江心屿，在浩然楼，我们此刻的感受是，我们的先人在为我们今天谈论诗歌提供久远的启示："天地有正气，杂然赋流形。"正是这种正气成就了古今伟大诗篇的灵魂。

江心屿立于瓯江中流，这里无疑是谈论诗歌的最佳场所。我们从浩然楼的窗口望去，但见瓯江两岸青山绿水排闼而来，一派清丽风景。瓯江流过这边，楠溪江流过那边，这厢是雁荡山，那厢是天台山，再远些，是李白梦游过的天姥，还有烟雾缥缈的仙居，那是神仙居住的地方。

我们到来的时候，正是瓯柑开花时节，瓯柑的花开得细细的，它的香气也是细细的。为看瓯柑，我们来到一个叫作泽雅的地方，泽是润泽，雅是清雅，泽雅这名字让人浮想古老的文明。这原是被高雅的文明润泽的地方，不然的话，这么文雅的地名从何而来？在泽雅，我们访了古老的造纸作坊，高低的炉灶，连片的化浆池，以及晾晒场，我们看到的造纸文化，是如今还活着的"古董"——不是目前随处可见的那些假古董，而

---

① 李白：《赠孟浩然》。

是几百年前建造的、如今还活着的"古迹"，是有生命的、还在运行的活化石。

我对泽雅这名字充满了敬意，我问过博物馆的人，为什么是"泽雅"，为什么是"纸山"，为什么是如此这般充满诗意的高雅的命名？博物馆的讲解员说，这里的地名原先是"寨下"，音译并被雅化成了"泽雅"。我知道当今乱改地名的恶习还在蔓延，原先优美的、有历史感的地名正在被浅陋的甚至恶俗的命名所代替。温州有泽雅，说明这里是国内少有的充满文化气息的地方。

光有泽雅还不够，附近还有一座山以纸命名——因为造纸，做出的纸需要晾晒，那些写满了诗句的纸片铺满山峰，那山峰于是就被命名为"纸山"。不是纸糊的山，而是铺满了写满诗句的山。当地人把整座山诗化了，那山上写满了诗句。我猜想，像"池塘生春草，园柳变鸣禽"这样的名篇佳句，一定是一遍又一遍地被写在纸上、被晾晒在山坡上，而被堆成了一座诗山。

由此引发了我关于诗歌写作的联想，我们原以为诗写山水是一定的，其实，诗意山水是诗人争取的，是因为争取而实现的。在我国古代诗歌中，就《诗经》而言，诗有风、雅、颂，而我们的先人首先推崇的不是风，不是雅，而是颂。颂是歌颂庙堂的，传统视角看重这个。《世说新语》有一则记述，谢安和他的子侄们聚会，谢安问他们：《毛诗》中何句最佳？谢玄回答说，是小雅中《采薇》的句子"昔我往矣，杨柳依依；今我来思，雨雪霏霏"。谢安不以为然，认为最佳的诗句出自大雅，是"讦谟定命，远猷辰告"，"谓此句偏有雅人深致"[①]。其实他所看重的这八个字，不仅枯燥古板，且毫无诗意可言，不知佳在何处？谢安是朝廷命官，看重的是诗的社会功能而不是诗意的表达。《世说新语·文学第四》真实地记载了这段轶事。

其实，谢安他们涉及的，是诗歌观念上的互异和冲撞。诗是言论？是说教？就言志和缘情而言，究竟何者为重？子侄一辈肯定了诗的使命在抒写情怀。诗的根源在山水，在山水作用于心灵，至少是抒情为先，说教退让，此乃常理，是不辩自明的。还有一则似乎也与此有关，也来自《世说新语》，还是谢安与晚辈讨论文章要义，谈话间，"俄而雪骤"，公欣然曰："白雪飘飘何所似？"其中一位侄子说，"撒盐空中差可拟"，女诗人谢道韫（她是左将军王凝之的妻子）夺了头魁，她的续句是："未若柳絮因风起！"这故事，大家都熟悉，也是以自然景物的诗意联想取胜。

所以，诗不是理论，也不是概念，诗的精灵是情感，而情感是感时伤怀的产物。情动于衷，因有感于丰富生动的自然山水而发为心音。每次来到温州，我们受到的诗歌启蒙，首先是山水与诗的亲密关系的启蒙。刘勰《明诗篇》曰：庄老告退，而山水方滋。见游山水诗以康乐为最。康乐就是谢灵运，

---

① 〔南朝宋〕刘义庆：《世说新语·文学第四》。"讦谟定命，远猷辰告"，见于《诗经·大雅·抑》，此八字的意思是，审定重大的方针，国事大计要及时通告。

他当过永嘉太守，是温州的山水启发了他不竭的诗情。他是中国山水诗的第一人，也是最多产的山水诗人，是他把诗从玄言引导到山水中来，谢灵运，一句"池塘生春草"成了千年的诗学启蒙。

　　前几天我访问了广西很边远的一座村庄（北流市六靖镇社峒村），那里盖了一座谢氏祠堂，祠堂供奉了谢安和谢灵运的神位。乡亲殷勤嘱我题词，我写了"池塘春草总难忘"七字留赠。"池塘春草"为什么难忘？比起谢安的赫赫功业而言，谢灵运可能是平常的，但在文学和诗歌的贡献上，他走在了谢安的前面。难能可贵的是，谢灵运在非常平常的事务中发现并肯定了诗。而这种发现可与谢安的文治武功相媲美。沈德潜对他评价甚高："大约经营惨淡，钩深素隐，而一归自然，山水闲适。时遇理趣，匠心独运，少规往则。建安诸公，都非所屑。"①

　　从《诗经》开始，历代注家往往把诗解释成政治，就是这"池塘生春草，园柳变鸣禽"也是如此。权德舆解为"王泽竭，侯将变"。沈德潜对此反驳说"偶然佳句，何必深求"，要如此，"何句不可穿凿耶"？沈是懂诗的，而权则未必。山水有诗，诗不是理论。

　　　　　　2016年4月26日始写于温州，2017年1月5日续写于北京昌平

---

① 沈德潜：《古诗源·谢灵运》。

神仙居住的地方

来到山口，太阳正在西落。神仙居的峰峦的尖顶，那些山峰与山峰之间的沟壑，都铺满了闪闪的黄金般的光泽。灿烂，绚丽，似乎又飘浮着淡淡的伤感。因为毕竟已是日落时节。我们是有点唯恐夜深花睡去，是有点秉烛夜游的心情的。但是，的确是仙居的美景吸引了我们，再加上仙居主人的美意，我们是不能错过这拜访仙人福地的情缘的。离开临海的时候，已是夕阳衔山时分，何况从那里通往神仙居还有相当的路程，我们决心要赶在天黑之前到达。也许仙人们已等待得太久。

那时满山闪着最后的辉煌，好像到处点起了迎客的灯笼。我们进了山。这样的静谧，这样的安宁，又是这样的神秘。两旁高矗云天的山峰，挟拥着一条蜿蜒的石板路，引我们进入神仙洞府。我们多么幸运，现在，我们已是神仙眷属。

神仙居景区的东面，两山夹峙，间隔仅百余米，是为东天门。自古就有传说，年年农历二月二十二，初阳自两峰之间升起，双峰如掌，其状若双手将太阳缓缓托起，是为"双峦架日"。东天门下有一洞穴，甚幽深，也是每年此日此时，那初升的太阳光会直穿洞底，蔚为奇观。这是神仙居向人们一年一度的祝福，人们称这是幸运之光。神仙居到处都留下了神仙的踪影，在西天门的挂榜岩上，有三个笔力遒劲的"仙"字。这真如前人诗所云："神笔朝天画不休，仙峰拔地瀑飞流。居然浙中一胜景，山青水碧谷奇幽。"神仙居到处都有仙人的身影，在水帘洞，神仙为人们留下了"仙水"。俗云：喝了神仙居二泓仙水，能活一百九十九。仙居，仙居，仙人处处都在观照着人间的冷暖。

神仙居有四天门，其中南天门最为狭小，中宽仅50米。进入其间几疑绝境，却是峰回路转，别有一番景色。自此前行约20米，但见瀑布自天而降，形如漫空飞雨，极为壮观。瀑布旁有一洞，洞口窄如弯月，纵深几不可测，据说由此前行可达温州，俗称通温洞——温州是多么让人流连的地方，温州的山和水，还有温州的人，特别是那些能干而美丽的女人。通温洞同样是让人怀想的地方。

景区内瀑布甚多，象鼻瀑水量最大。十八湾中连续有十一级瀑布。雨后观瀑最为惬意。由此前行至罨源瀑，从那里的天桥上远眺，展现出一个让人心动的景观：眼前但见两巨石如男女亲昵拥抱，这就是情侣石。神仙居是一所温柔乡。这里的大地和天空，这里的道路和树林，甚至这里无所不在的空气，都充盈着一种激情浪漫的气氛。到处都是一种爱情的暗示，到处充满着爱情的遐想和诱惑。

暮霭沉沉中，我们沿着鹅卵石铺成的小道蜿蜒行进，但见四围山岚氤氲，这竟是真正的神仙居所了。山路至此似乎略显宽敞，两山对峙，东西各有一巨石赫然眼前。东边一石，状若武士，宽厚的嘴唇，高耸的鼻梁，眉目清秀，是一位英俊男子。与之相对，西边一女斜卧，背拥青峰，鲜花螺髻，青丝如黛，美胸如峰，是一位千娇百媚的睡美人。男人英武，女人柔情，他们深情地互相欣赏并想念着。阴阳际会，珠联璧合，这一对恋人，他们就这般含情脉脉地对望着，岂止是朝朝暮暮，却更是千年万载。不是"相看两不厌"，却更是"相对两忘情"了。其实，这是一组更为巨大的情侣石，至于前面说到的峇源瀑天桥上所见的情侣石，与之相比却是相当袖珍的了。

神仙居让人陶醉于情爱的，远不止上述那些传说、故事，以及随处可见的情侣石。神仙居是让人容易产生想象和激情的地方，最不可思议的就是这里的情侣林了。我们是由一条山间小径引入景区的。路的两旁是青青的山峦，两山的间隔，是沿着山坡生长的杉树林。令人惊诧的是，这里的每一棵杉树，都齐根并排地生长着成双的树干。它们相依相伴，同根并立，枝叶相交，共同享受着神仙播下的阳光和雨水的恩泽。那情侣树不是一棵，也不是两棵，奇怪的是，沿山生长的所有杉树，都采取了这样的充满爱情的模样和姿态！这就是情侣林，由情侣林组成的情侣路，是让人甜蜜，让人悬想，又让人痛苦的爱情之路。

神仙居的这条情侣路上，每一棵亲密倚肩的树的情侣，每一对由亲密的石头构成的永恒的亲密相爱的情侣，还有空气中充盈着的恋爱的氛围，给予每一个来访者永难忘怀的印象和联想——我们是神仙眷侣，我们获得了或将要获得永恒的爱情！

神仙居祝福所有的客人！

2005年5月6日于京郊昌平

台州的花园

　　一路的台湾相思，一路的木麻黄。台湾相思树形婀娜，叶片娟细，如南国少女。而木麻黄则树干坚挺，其形态有点像松，却也比松树秀气，毕竟是南方的植物。这两种树都抗风耐旱，适合滨海地区，它们是海疆的守护神。从居住的宾馆出发，出了市区，二十多公里的夹岸林荫，就这样由一排相思树、一排如松似柏的木麻黄装点成了路桥的一道花径，把我们引向了碧水连天的地方。

　　林网卫护着一片广阔的园林，这是今天我们要访问的台州农垦场。农场坐落在东海边上，一个叫黄屿的地方。农场的前身是黄岩柑橘场。黄岩蜜橘全国闻名，现在就属于台州地面。当然，它现在不仅种植柑橘，还有枇杷，还有大棚栽种的早熟西瓜，都是些赫赫有名的产品。南方郁郁葱葱的树木引导着我们，我们终于窥及了这一片滨海农场的全部秀丽。柑橘的季节已过，而枇杷尚在树梢酝酿着她的黄金年华。这些，我们都无缘见到。我们有幸看到了从以色列引进的西红柿。它是扦插的，藤蔓上挂满了鲜红的果子，一望无际的鲜红，就像路桥十里长街上沿河悬挂的红灯笼。

这是台州的花园，它一直逶迤到东海边上。农场绣花般的防风林网的边界，就是无边的浅海滩涂，滩涂外面就是海了。1997年11月，这里刮起一场强台风，沿海塘堤全线溃决。政府和民众全力抗击，两年后建起了长达十五公里的标准海塘，构成了一道风雨不动的海上屏障。它是台州美丽花园的一条金项链。金清镇在路桥很有名气，除了农场，除了海塘，它还有个金清新闸。在炎热的中午，我们登上了大坝的最高层，望见了东海的万顷碧波。

这一天的访问依然紧张，我们下了金清新闸，已是过午。路桥区政府设宴于金清镇上的如意酒店。乡镇小店，貌不出众，甚至还有点简陋。可是不敢轻觑了它！如意一顿饭，可谓打破了我此番南行的所有宴席——包括那晚在广州花园酒家不菲的宴请。平生吃饭不尚豪华，却也不决绝豪华。看重的是菜做得是否地道。如意的厨师没有出面，却在幕后操纵那一切。因为一切也都是家常，故也无须出面。

一款香草制作的香菇素馅糯米果子，绿滟滟，香喷喷，软糯糯，可惜我来不及问它的名字。一款酒烹蛏子，一款清煮海肠，一款水煮小海螺，都是本色、醇厚而不加修饰的。还有一款更隆重，那是一大盘的清蒸墨鱼膏！我这人走南串北，口味很杂，却也挑剔。不重排场，但讲究真味。到过的地方不少，宴席的场面各异，虚华的伪饰却瞒不过我。金清镇上如意小店一桌饭，却让我一路惦记到如今。

当然，路桥是永远不忘的。在鑫都国际大酒店，我有过几个不眠的夜晚，我有过一些难忘的约会。我行色匆匆，我不能登天台山，不能访国亲寺，不能游括苍山，不能去我日思夜想的仙居——那里居住着我亲爱的朋友。甚至，因为匆忙，或者因为别的原因，我们都来不及郑重地告别！对不起，路桥；对不起，天台；对不起，仙居！我把这种遗憾留给了将来做补偿。也许明年，也许别的什么时候，我们将重会。

2004年6月5日于北京大学畅春园

路桥的红灯笼

　　路桥原先不怎么出名，是盛产蜜橘的黄岩的一个镇，它现在是台州市区的一部分。台州是一座雄心勃勃的新兴城市，路桥更是如此。现在的台州市由椒江、黄岩和路桥组成。三地连成一片，已经显示出一座大城市的气派。台州地处浙东，北为宁波，南为温州，都是全国乃至世界赫赫有名的地方，台州夹处其间，指南向北，它只能这么默默地、憋着一股劲地生长着，台州人的好处是永远不服输地行动着。

　　路桥给人最深的印象就是，这城市没日没夜地在升腾。仿佛一棵春天的树，满身的芽苞充斥着生气和活力，鼓动着、奔涌着无尽的热血往上升腾。高楼在往天空上窜，那是春天节节拔高的树。旧房在拆除，道路在翻修，那是春天在畅通它的血脉。青春期的路桥，是一位少女，时时刻刻都在变化着，生长着令人不可捉摸的美丽。我们来到路桥的第一天，就拜访了城市的三大工程，世纪广场的雄丽，国际会展中心的巍峨，其中那座多功能大厅，它的华美与高贵，更是让人难忘，还有文体中心，那个既是赛场又是旋转舞台的奇妙建筑，简直让人不可思议。路桥只是一个区，以一个区的力量，能够盖起这么漂亮的体育馆，真的不能不惊叹路桥人的非凡魄力。

这里是民营企业的天下。那些民营企业家们都异口同声地盛赞路桥这地面有亲和力。一位卓有成就的企业家满怀深情地说，路桥这地方很神奇，人民友善，真情待人，而且历代没有动乱，日子过得安宁。他们都愿意到这里来投资。这里有一座规模巨大的汽车超市。它的经营目标是：新款车的展示前台，畅销车的仓储中心，知名车的汇集之地。这一宏伟的目标，他们做到了。果然，在路桥的迎宾大道的这座汽车城里，我们终于有机会与世界上那些名车亲密相会。

路桥人并不满足于做汽车买卖，他们要自己制造汽车。先看这规模并不大的吉奥，它瞄准了广大富裕起来的农村市场，做的是既坐人又载货的两用车。吉奥的广告词很有诗意："历史的风沙卷过苍茫大地，当盏盏车灯汇成了都市的街灯，当汽车喇叭的鸣叫代替了远古的驼铃，汽车文明走进了人们的生活。而中国的农民对汽车怀有同样的梦想，他们渴望载物、旅途中也能享受乘坐家用轿车的舒适感。"做吉奥皮卡汽车的是一位不善言谈的小伙子。就是这样一位憨厚又有点腼腆的人，却是出语不凡："永恒的天体运行，是吉奥人永不停息的创业轨迹，给我一个支点，我将把地球撬起。"然后是一句英语："Go now，Let's go now。"这就是典型的路桥人，一种把英雄气隐藏在不事声张的外壳中的默默苦干的典型。

我们走进了一个更大的汽车城，这座汽车城的现实让人震惊。吉利集团可谓雄姿英发，它原先是一家制冷元件厂，后来做起了汽车。它是全国最早也最大的民营汽车企业。过去我们只知道一汽、二汽，只知道国营的汽车企业，不知有吉利，不知有生产优利欧和美人豹这些名车的民营厂家。吉利也是充满激情的："有一种触动心弦的风度，给心一万个奔腾的理由。沉稳中，毫不掩饰自己的热情，演绎人生每一个自由的梦想。"吉利的领导人也是一个充满信心的实践者，他也有非凡的理想，那就是"让中国汽车走遍全世界"。他说这话时情态安详，语调平稳，仿佛是在诵读心中的诗句：吉利是一叶小舟，吉利像一棵小树，吉利又是一曲清泉。但他着重要说的是吉利的理想，要造中国人买得起的好车！

这话对于我简直就是石破天惊。我想起了诗人邵燕祥两首诗的题名，一首写于五十年代，叫《中国的道路呼唤着汽车》，另一首写于八十年代，叫《中国的汽车呼唤着高速公路》。两首诗记载着不同时期的中国的梦想。这些梦想经过几代中国人的努力，现在均已实现了。吉利人在这里向世人提供的，是新世纪中国人的新梦想：不是让中国的道路跑满全世界的汽车，而是让中国的汽车跑遍全世界！这样的理念若是由政府负责人提出并不特别，现在是由一个民营的企业提出，就非常让人震动，中国真是发生了过去想也不敢想的大变化！吉利人正在办高等教育，他们要培养适合企业需要的人才，他们定下了今后五十年汽车发展的轨道，他们要让几百万辆的汽车从路桥开向世界。

初到路桥，我们对它的名字有点陌生。到了路桥，我们对这名字感到了亲切。路桥是东海之滨的水乡，路随水走，弯曲而多姿，蜿蜒地，却是坚定地伸向远方。路桥的路是用无数的桥连起来的，一座桥接着一座桥，这路就没有尽头。桥就是人们心中的念想。当路中断的时候，就出现了桥。路桥人只要想到了，就会一往无前地去走。他们务实，但是他们有想法，他们是不会轻言放弃的。无数的桥连起来，就成了路。路不会笔直，也不是永远地宽广，但他们有桥。所有的路都有桥来连接，因此所有的路都会通畅。

路桥有一条著名的长街。长街随着水走，一边是街，一边是水，有着江南城镇水街一体的特色。长街是旧日的繁华。史载在宋代，这三桥边就崛起了商铺"廿五间"，"百货麋集，远通数州"。现今的路桥人珍惜这份旧日的怀想。我们来到这里的时候，十里长街挂起了红灯笼。那灯笼红艳艳、光闪闪，充满了喜气。走在这长街之上，让人有一种爱情的悬想。想象着情侣并肩，斜依花伞，也许是柳梢月色，也许是细雨青苔，此情此景，真让人沉醉。

路桥是让人沉醉的，这象征着爱情的十里长街，这长街上为人祝福的红灯笼，这长街所代表的它的昨日；还有那些汽车城，那些现代化的建筑，那些挂满枇杷的农庄，那些海塘，那些迎着潮水巍峨矗立的水闸，路桥的今天更让人沉醉。

2004年5月4日于北京大学畅春园

文学温州和温州文学

——为《文学的温州》序

精彩温州

午夜时分抵达巴黎。一位素未谋面的温州朋友到机场接我。花都经过一天的狂欢，已睡眼惺忪。街道寂静，只有很少的车子在寂寞中疾驶而过。朋友热情地用车带我在香榭丽舍大街上兜风。从协和广场到凯旋门，放射形的街道花一般展开。朋友自豪地告诉我，温州人几乎包揽了世界时装之都的服装市场。说是"几乎"，是因为那些高端的、传统的名牌是不可替代的。朋友是一位事业有成的、出色的温州人。这是我这次来到巴黎第一个夜晚的第一个感受：温州人聪明、能干，他们的足迹遍天下。

想起我有几双皮鞋，都是温州的朋友买来送我的。朋友告诉我，质量无可挑剔。我一直珍藏着，舍不得穿。我还想起，二十世纪八十年代开始的改革大潮，温州在全国领了风气之先。随后的房地产热，温州的"炒房团"，让京沪的地产市场顿时热腾起来。温州人会理财，所谓的"炒"，其实就是让多余的资金流动，从中获益，社会因这种流动而充盈活力。改革开放中的温州，他们的无畏和智慧让国人为之气壮。

此刻放在我案前的书稿，是论述温州文学的一部专著。编著者孙良好先生特请我们关注被"商"海淹没了的温州"文"名的事实："当代温州以商著称于世，'文'名为'商'海所淹没，不太引人注目。其实，拨开'商'的层层迷雾，温州的'文'也称得上光彩夺目。"①孙教授所言正是。是温州人的聪明才智造就了温州的经济繁荣，又因经济的繁荣而促进了此刻书中所记载的文学层面的亦即精神层面的丰裕。温州因勤勉与才智而精彩，温州到底是精彩的。

哲学经典告知我们，人类的进步是由于人类以其智慧和勤劳创造了物质财富。在物质丰裕的基础上人类的想象力和创造性得以飞腾，从而生发出并创造了社会的文明。我们回顾温州的历史得知，正是作为基础的经济的繁荣，从而创造了文学的、艺术的、精神和意识形态的精英文化。古往今来，温州文学艺术的繁盛，正是由于他们的这种创造和积累，从而在坚实的物质基础上建构了丰饶的文明——关于建筑的、绘画的、音

---

① 孙良好：《文学的温州·小引：关注"商"海中的"文"名》。

乐的，以及关于文学的一切成就。

午夜巴黎街头的一次相遇，与精明的温州人夜游中的晤谈，以及联想到此际案头上温州学者的书稿，启发于我的也正是这点：勤劳的温州、财富的温州、创造了精彩的温州、一个城市和一个地区的历史天空，因此出现较之物质的丰裕也更久远、更灿烂的精神的、文化的彩虹。

诗性温州

从我的家乡福州溯闽江北上，武夷山脉绵延于闽浙赣三省边界。武夷山、太姥山、仙霞岭，满目绮丽，一直延伸到瓯江之滨，在此接上了秀美俊逸的永嘉山水。瓯江在温州城边画了一道弧线，捧出了一座诗之岛——江心屿。浩然楼屹立江中，纪念的是孟浩然，还是文天祥？不得而知，主人也莫衷一是。但历史的足迹是真实的，江心屿的月光让我迷恋也是真实的。温州周遭，秀山丽水让人目迷，我寻找过梅雨潭的绿，那是朱自清先生数十年前的"叮嘱"。当年少不更事，书本中相遇的美丽却是永存于心，直至那年，挚友相伴临潭赏翠，这才遂了心愿。

永嘉山水，世所闻名，楠溪宛转，雁荡风流。美景依稀，与别处有别的是，它的山情水意，总与诗文雅致相伴，从而得以传扬。人们展识温州，总能在秀丽的山间水涯遇到赏识并揭示这山水之美的贤者和智者。历史因这种相遇而绚丽。史载，王羲之、孙绰、谢灵运、颜延之、裴松之、萧逸、王筠、丘迟，都当过永嘉郡守。[①] 史书曰："尝考自东晋置郡以来，为之守者，如王羲之之治尚慈惠，谢灵运之招士讲书，由是人知自爱向学，民风一变。"[②] 温州的历史铭记着能识其旷世之美的诗人，谢灵运和王羲之是温州的骄傲。

温州到处留有谢灵运的行迹。九山之冠的积谷山有谢公岩，相传岩上所留墨迹乃是康乐所书。谢灵运是中国山水诗的鼻祖，他的诗歌灵感来自温州的秀美山川，他与这里的自然风景朝夕相处，乐不知返，信笔所书，山光水色跃然笔墨间。郡人为他的离去怅惘，"康乐乘舟从此去，何时再见谢公屐！"温州人怀念这位诗人太守，修谢公池，建康乐坊，筑池上楼，都为了那惊天动地的一池春草！

近世温州以财富闻名，却是轻忽了它绵远的诗意。当年郡人说到王羲之，更是深情绵邈。传说右军当年，公余休闲，登舟游塘河赏荷，有诗曰："时清游骑南徂暑，正值荷花百里开。民喜出行迎五马，全家知是使君来。"抒写的是右军当年清兴，时人与之同乐的情景。羲之当年为永嘉守，"庭列五马，绣鞍金勒"[③]，每出行，五马临街，气象巍峨。今日温州，五马街、五

---

① 《温州府志》。
② 〔明〕任敬：《温州府图志序》。
③ 〔宋〕祝穆：《方舆胜览》。

马坊、墨池坊的地名犹存，可见郡民思念之深。

为了寻觅诗情温州，我曾多次登临浩然楼眺望瓯江烟云，在那里与诗朋文友畅话池塘春草，也曾漫步五马街，于灯火阑珊之间怀想右军兰亭风采。楠溪江畔渔歌，雁荡山间丽影，有人相依月下，有人合掌峰前。清风明月，塘河莲香，总令人不由自主地联想金陵城里乌衣巷口的野花和堂前燕子。温州毕竟是多情的、诗性的。温州是一曲悠远的歌谣。

文学温州

温州因它的历史和现实的渊源，因它特殊的、有别于人的自然和人文环境，而创造了独特的文学和艺术。我读《温州的文学》书稿，字字句句跳进我的眼帘和心头的，都是亲切，也都是深情。此书上编列唐湜、莫洛、林斤澜三家。莫洛先生诗名远播，神往久之，却是无缘当面聆教。记得早年在家乡读书，初中生，狂爱诗歌，知道《森林诗丛》有莫洛的《渡运河》，但囊中羞涩，买不起，只能在唐湜的长篇诗论《严肃的星辰们》中寻找诗家足迹，想见诗家风采。

我当年神往唐湜的诗论。他的开阔和文采令我着迷。当时我尚未读到他的诗作，更不知他的十四行和长篇叙事诗的辉煌。我承认，唐湜先生是我从事诗歌批评的启蒙者，我的诗歌批评的兴趣乃至行文风格，我的批评的灵感都受到唐湜极大的启发。可以说，我是学着他的批评方法一路走过来的。四十年代后期，我开始读他的作品，也只是遥遥地念想。八十年代我与"九叶"中健在的八位建立了亦师亦友的亲密关系，其中就有唐湜先生。

我与林斤澜先生是北京作家协会的"同事"，也是亲切的朋友。那年他在家乡小住，我与他相会于瓯江之滨，并一起去医院看望病中的唐湜先生。我喜爱斤澜的作品，短篇和散文，都喜欢。早期的小说《台湾姑娘》《新生》，他的杂文和散文，都默记于心，且偶有引述和评论。我和林斤澜同属于北京作协，我们常在一起开会，他也常来北京大学。来北大，我们会一起去拜望吴组缃先生。斤澜善饮而不醉，饮时满面春风，我多陪他。我们不仅是文友，也是酒友。

《文学的温州》是一本关于温州文学的史传之书。编著者会集、研讨、检索，历数年课堂讲授、专题研习之功定编。全书精心选取温州文界前辈以及后学，并诚邀青年才俊入传。全书资料丰沛，结构疏密有致，涵盖赅备，论述中肯，足显编著者学术涵养之深。此书于我，除闽浙地缘接近、因"风月同天"而倍感亲切外，书中列举诸家除琦君先生外，与我多有不同程度的交往攸关。其中年寿最长者，应属夏承焘先生。我有幸与夏先生亦有一面之缘。

记得那年，是北大陈贻焮先生邀请夏先生造访燕园，我奉命陪侍。先生曾以《瞿髯词》一书赠我，此书我珍藏至今。今读书稿，夏先生部分，其间《玉楼春·陈毅同志枉顾京寓谈词》令我眼前如显电闪：

> 君家姓氏能惊座，吟上层楼谁敢和？辛陈望气已心降，温李传歌防胆破。
> 渡江往事灯前过，十万旌旗红似火。海疆小丑敢跳梁，囊底阎罗头一颗。

词作于六十年代初期，其时天下平和。夏先生当然读过陈毅元帅的名篇《梅岭三章》，我想他们不仅心倾，而且是彼此心折的。当日国内气氛轻松，元帅与词家对坐论词，此情此景，令人神驰。

永嘉者，永远嘉好之意也。永远嘉好的岂止是山水，岂止是勤劳和精彩丰裕，岂止是文学艺术的鼎盛！永远嘉好的是一派自古而今、继往开来的文脉。

2020年6月12日。北京疫控调低等级，艳阳满天。于北京大学中文系

最忆是江南

平生最爱是西湖

——谨以此文庆贺《西湖》创刊五十年

　　天下湖山多胜景，平生最爱是西湖。我不讳言我对杭州西湖的这种热爱之情。要是我仅仅在杭州的朋友面前这么讲，我就难脱"逢迎"的嫌疑；我是在所有的朋友面前都这么讲的，我不隐瞒我的"偏心"。当然，这样说也许并不公平，东西南北，好去处多的是，凭什么单单会是西湖？例如桂林，阳朔画境、漓江帆影，难道就低了？不见得。再如我的家乡福建，武夷九曲、鼓浪琴韵，难道就低了？不见得。所以，也许，但愿，这只是我个人的偏爱！

　　世间万象，美是多向性的，美是复杂而非单一的。人们的审美标准，角度也好，标准也好，都因人而异，也不会是单一的，更不会是统一的。所以人人心中都有他的美和爱，都有他的最美和最爱，此乃常理。想到这里，我心释然。至于西湖究竟怎么个好法，为什么成了我的最爱？这要回答起来，可就难了。

杭州西湖的美，它的可爱之处，千百年来，前人的笔下运用了多少清漪的、浓郁的、华丽的、淡远的、如歌如泣又如幻如梦的文字！再说，有白居易和苏轼这两位"前市长"的诗在前，又有袁宏道和张岱这两位风流名士的文在后，对于西湖的美，我又怎敢置一词！但既然西湖是我的最爱，我要是就此缄口，我又如何对得起它！我想，表达心中独有的"爱意"，应当是不论年代、辈分，也不论文笔优劣、妍媸的人们的权利吧？想到这里，于是又释然！

山水是处处都有的。但杭州优长之处是，它的山光水色是相融的，是互为映衬而相得益彰的。远山如簪花青黛，近水如明目秋波。湖水摇漾，轻抚着岸边的山，山边的树，树边的花和草，它们那浓浓的、深深的、浅浅的、淡淡的绿，一直铺向水天之中，竟连成一片无边的绿。在西湖的岸边行走，仿佛是行走在画中，每一步都是迷人的风景。行走在西湖，就是在享受着一场丰富的感官盛宴。

西湖的景色是无处不在的，也是无时不在的。不是一时，不是一地，也不是一季，而是一年到头的四季。西湖仿佛是一部永远都在播放的、永不间断的风景片。春天的西湖是用鹅黄嫩绿的柳枝，用姹紫嫣红含苞的、盛开的桃花装裹的。年年的春风送暖时节，整个的苏堤、白堤、杨公堤都被这些绿云红霞熏蒸得灿烂辉煌起来！

夏天到了，西湖有点热了。不要紧，无边的莲叶铺天盖地，其间装点着浅浅淡淡的荷花。西湖用晚风、用晨雾把那绿茵茵、粉扑扑的夏季的清凉驱来为你消暑。或是清晨，或是黄昏，从平湖秋月到花港观鱼，西湖的空气里都充盈着这种清荷的芳香。西湖的空间都被绿荫遮蔽着，那十里荷香就这样把所有的空隙都填得满满当当的。

西湖的秋天也是芬芳的季节，那香气是从平时默默守护在路边、山崖的桂树林中悠悠地荡出来的。那些平日低调的桂花树，此刻用积蓄了一年的功力，到底把一座杭州城温柔而甜蜜地"占领"了。你要是到满觉陇走走，那遮天蔽日的桂花雨，劈头盖脸地会把你"浇"晕！秋天是杭州最惬意的季节。不热不冷，清清爽爽，一路行来，看白云悠悠地飘过保俶塔的尖顶，身前身后，若有若无的桂香慰藉着你，此刻的人们，即使有旷世的忧愁也会抛到九霄云外的。

西湖的冬雪柔和得让人想起情人。它无声地飘落，在你的脸颊边，在你的嘴唇上，轻轻地抚摩着、浸润着你。杭州西湖的雪不是北方那种寒冽和凌厉的雪，西湖的雪是温馨而甜蜜的。断桥是看雪的最佳所在，此刻你若站在断桥岸边，看那纷纷扬扬的雪花静静地飞舞、飘落，你定会身心两忘。雪中的西湖，水天空阔，望不尽的静穆清冽。它让人想起一岁的劳顿，真该静下心来沉思那无尽的忧乐，或者干脆约上二三好友，找一个僻静的去处，浅斟低酌，静享这无边的清逸。

写到这里，猛地一想，我应就此打住。我发现上面这些话，可能是在做无谓的重复。这些话当然不会是抄袭，也许更像是模仿，最有可能的是重复，而且，极可能是拙劣的重复！面对前人的才情，我是有些沮丧了：西湖原本就是不可言说的。我这是"手痒"到了不揣浅陋的地步，文人的积习，改也难。即使如此，我仍要坚持我表达的权利——究竟为什么西湖会成了我的"最爱"？

答案应当是，是西湖对应了或者突显了我的审美情趣，这是一种心灵期待——当然，这种期待仅仅属于本人而与他人无涉。我走过许多地方，形成了自以为是的认知，由此引发并形成了自以为是的标准。我以为，天下山水，有以自然风光胜的，有以人文景观胜的，其优者则是二者兼而有之的。前者如九寨沟，以不加雕饰的自然风光胜；后者如泰山，以记载了历时数千年的人文景观胜。不论前者还是后者，它们的胜处都是不可企及的。

也有二者兼胜的，如敦煌，既有大漠黄沙的壮阔，又有洞窟雕塑的辉煌，这种自然与人文的契合也是让人惊叹的。但比较起来，自然和人文结合得最完美，甚至可以不夸张地说是天衣无缝的，还数杭州西湖。西湖的自然美，是天然，又不止于天然。它的美，也是经历了千年不间断的积累、保护和开掘而成就的。最让人着迷的是，西湖自然资源的丰富和人文资源的深厚结成了一个完美的整体。西湖处处有景，处处景中有人、有事、有历史、有境界，更有情怀。这一点，是别处、别景所难以比拟，更难以超越的。

在西湖，我最流连忘返而且百看不厌的是断桥。断桥的佳处不在它那"断桥不断"的命名，而是它无可言说的美感。设想若是春日的拂晓或是夏天的晌午，你行走在断桥弧形的拱背上，望那无边的春花秋月，无端地想起了那岸边曾经停泊的船，那船篷上滴滴答答的雨点，想起那美丽的油纸伞，那伞下发生的让人千古叹息的爱恨情仇。此时你所面对的湖山，岂不增添了更多的风韵和意趣！

也许此际你漫步在孤山脚下，孤山的枫叶如火，篱菊吐芳。此时从遥遥的西泠印社那边的一面画窗之下，溢出来缕缕幽幽的墨香。你再看那红的枫叶，洁白或浅黄的菊花，想起那窗里飘来的墨香，也许是从俞樾，也许是从吴昌硕或沙孟海笔底涌出的，于是你内心充满了喜悦。因而更增添了你的游兴，也许你竟信步跨进了那位梅妻鹤子的隐者的庭院……

在西湖看景，往往看出了景中的人。不仅看出了人，而且领略了人的那份境界、情操和胸襟。西湖就是这样有看不尽的风景，又有读不尽的人。那湖岸竖立着秋瑾坚定而秀丽的雕像，西湖把最美的草坪，用来怀念这位在秋风秋雨中洒血的女侠。从她的身边往前走，前面到了灵隐，那里埋葬着岳飞。多情的杭州人怀念这位不仅会打仗也会写诗的英雄，连同忠义的古槐和战马也一同祭祀，而让那四个奸贼跪了千年。西湖的山水就这样充盈着忠刚悲烈之气。

然而西湖是柔美的，西湖沿岸，灯火楼台，钗光鬓影，舞裙歌扇，那里传扬着历代让人神往的动人传说。那些才貌出众的女子，在西湖的青山绿水之间演出了无数可歌可泣的故事。前面就是西泠桥了，苏小小的香车宝马悠悠驶过柳荫，飘下了一路幽幽的香风……几千年来，她的美艳与才情，吸引了多少男人倾慕的目光！杭州的居民没有忘了这位多才、多艺又多情的女子，他们在西泠桥边为她修起了一座优美的亭子。

　　这就是我心目中的西湖，不仅它的美是多向性的，而且它的情也是丰富而宽广的。它纪念英雄，它也怀想美人；它高雅，它也平易。西湖是兼容的。它的胸怀犹如这里的青山绿水、春花秋月，为我们展示着四时不竭的美景，也展示着悠悠千载的高雅情怀。哦！让人情牵梦绕的、侠骨柔肠的西湖，我永远的最爱！

2009年2月28日于北京燕园

说不尽的西子湖

那年自歙县出发，经屯溪沿新安江顺流而下，过建德、桐庐入富春江。舟楫之中，青山接岸，景色清明。对于久居燕北的人，如此赏心悦目本是意外；不想入富春江，愈近杭州，风景愈为缠绵动人，这才惊叹：毕竟是曾经帝都的气势。江南风景以苏杭为最，然苏州的精致属于小家碧玉一类，有江南的娇媚而又不乏浩瀚风韵的当然要数杭州。杭州是一位风流倜傥的美女子。

西湖是一种美的极致。古来有无数诗文盛赞它，文学的描写似乎也达于极致。不管多么会写文章的人，要写西湖或杭州恐怕都会存在信心方面的障碍。西湖的美不仅在它的婉约多姿：断桥的柳堤，保俶塔的俊俏，平湖秋月如临风披发的处子。西湖的美是人工和自然的奇妙契合，是不留痕迹的鬼斧神工的创造物。因而西湖的美不仅是自然的，更重要的，它还是人文的。

西湖不仅在情调上展示了江南的秀丽委婉,而且以自然的湖光山色为背景,推衍出一派高雅华贵的人文景观。这里不仅有岳飞的忠烈、秋瑾的豪侠、苏东坡和白居易的俊逸才气,也有苏小小的千古多情。不难设想,杭州西湖要是没有那些活泼泼的灵魂充溢其间,西湖充其量只具有一个美的外壳,它会因而减去多少魅力!

谈到牵扯万千心灵的杭州持久的美,奥秘在于不同于一般江南山水中的独特。要是杭州失去了那些独特性,它自然地会被一般所湮没。杭州的不被遗忘是由于杭州维护了自己。当然,整个江南的繁盛不是仅仅因为有了杭州,而是有了杭州的独特之外的苏州的独特、无锡的独特、扬州的独特……就西湖而言,不论它经过了多么久远的雕琢和完善而臻于至境,它至多不过是提供了一种范式。

一种范式构不成一个世界,只有一种范式的美是有缺憾的美,也许是一种残缺。我们显然不能因为江南的桃红柳绿而忘了戈壁的悲凉雄健、长城的壮阔伟烈。西湖是永远值得爱恋的。但世间,除了女性的温柔佳丽,也还有烈士悲歌、中宵起舞的英豪。

但愿以上那一番浅薄的议论不是涉及旅游资源之开发的有关话题,而是除此之外的其他。

我与西湖有约

我和杭州西湖的缘分，可以追溯到五十多年前。那时我在北京大学求学，那年暑期，经历没完没了的"反右斗争"，心倦神疲，于是偕友南下散心，首选地就是杭州。我们在西湖边安顿下来，租了几辆单车，从湖滨到孤山，绕着湖满世界跑，真是尽兴。那时没有照相机，我们找到照相馆，留下了平生第一次在西湖的身影。照片今天仍在，有点傻，但是天真，是绝对年轻。

后来多次到杭州，每次必至的有两个地方，一是断桥，一是岳坟，其道理，我心自知。前一处，可能与动人的爱情故事有关，那是我心灵的密约，也是说不清的。后一处，那就是对岳飞的景仰，我千里来访杭州，第一件事就是向他致敬。我不一定要进庙，也许就是在门前停留片刻，心至而已。

二十世纪八十年代，温小钰主持浙江文艺出版社工作，那时筹划出文艺批评大系，曾招饮于楼外楼，一夜尽欢。后来有《江南》评奖，汪浙成把我们找去，相聚于汪庄。记得那日傍晚，主人盛情邀我去太子湾观赏郁金香，而被拒之门外。百般恳求，不为所动，怅惘至今。小钰是我挚友，长别已久，思念弥深。

现在要说的就是1990年那一次。那次是《西湖》杂志的邀请，是西湖诗歌大奖的评奖和授奖典礼。我就是在那时开始了与《西湖》以及嵇亦工的友谊的。算来也快二十年了。那次聚会，外地来的有公刘，有昌耀，有我和唐晓渡。前两位，已不在了。公刘是大病康复，忧患依旧，对世事的牵怀依旧；昌耀那时已走出困厄，是杭州使他重新燃起了生活的热情。他们如今已远去，空留下我们的怅惘。

人生苦短，我们相聚的每一刻都值得珍惜。我由此想到，我们平常是否不大关心这种相识相知的可贵，以及它不会永留的瞬变和短暂。其实，世间万事万物，最值得珍惜的不是我们日常挂在嘴边的那些物事，而是此刻我的回忆中涉及的这些微不足道的感慨。

2009年2月26日于北京大学

绕杭州西湖长跑[①]

　　《中国新诗总系》的工作，是我和孙玉石先生、洪子诚先生多年的愿望。二十世纪九十年代，我曾应一位友人的嘱托，邀请了国内研究新诗的十位朋友担任主编，做过类似的工作。我们尽心尽力了，那工作却中途搁浅。二十世纪就这样在遗憾中过去了，但我依然怀着"为中国新诗立传"的愿望。

　　重新燃起希望之火的是中坤集团董事长黄怒波先生的出现。这位和我阔别了二十多年的当年的北京大学中文系学生，是个痴迷于诗歌写作和诗歌事业的热心人。他事业有成，依然不忘母校和诗歌。由于他和北大校方的大力支持，我们成立了中国新诗研究所，出版了《新诗评论》等多种丛书，并立即开始了《中国新诗总系》的编撰工作。

---

① 此文为《中国新诗总系·五十年代卷》后记。

《中国新诗总系》于 2006 年正式启动，担任各卷主编的都是北大新诗研究所的同人。由于大家齐心，资金到位，我们的工作开展得比较顺利。2008 年 4 月 25 日，全体编辑人员聚会于杭州西湖。这是《中国新诗总系》的定稿会。为了庆祝这一工作的初步胜利，我们特意把会址定在当年湖畔诗社的纪念地——湖畔居。这是我们内心在为中国新诗祝福和致敬。

　　对于我个人而言，这是我 1957 年首访西湖至今的整整半个世纪的纪念。为此我个人悄悄地于 2008 年 4 月 28 日午后举行了绕湖一周的长跑。从我们居住的柳浪闻莺出发，北向清波门、涌金门，抵六公园。再过钱塘门、湖畔居，向东经断桥残雪入白堤。过锦带桥抵平湖秋月，经楼外楼、西泠印社、过西泠桥，谒苏小小墓，上了苏堤。在苏堤春晓眺曲院风荷。湖滨此际花明柳暗，三潭印月在夕照中轻漾着波光，新修复的雷峰夕照美丽的景观没有使我停步，绕行郭庄、汪庄，带着浑身汗水返至柳浪闻莺。出发时日正中天，返回已是夕照满眼时分。

　　我此举是为新诗庆祝，也是为生命证实。有一种深深的怀念，更有一种夙愿将酬的欣慰。秀丽的西子湖畔，不仅留下了苏轼和白居易做"杭州市长"时的纪念，整整几代中国新诗人也都留下了他们的足迹和歌吟。而浙江美丽的山水，更诞生和孕育了从徐志摩、戴望舒到艾青这些影响了新诗历史的杰出诗人。我们选择杭州和西湖来纪念新诗的先行者，此情此意，不言自明。

《中国新诗总系》的编辑方针和体例，经同人反复讨论，确定为按新诗发展的阶段，约略以十年为期分卷。内文编排，也摈弃了以往此类选本通行的、按诗人姓氏笔画或音序排列的方式，而试图采取按照相关内容（例如按照题材或内容、按照风格或流派、按照地域或创作思想，等等）分类排列的做法。这样做的好处是突出了创作现象和创作思想的意义，从而有利于诗歌史的研究，并引起读者阅读的兴味。

　　但随之而来的问题也不少，就以我主编的这一卷为例，首先是诗人被"拆解"了，一个诗人可能出现在不同的"分类"中。再就是分类难，分类之后"归类"更难。《五十年代卷》中"生活颂歌""时代风景"乃至"边疆风情"，性质都有些近似乃至重叠。我在给诗歌归类时，往往举棋不定。没有办法了，只好"粗暴"地"强行分配"。我已经预见了这些弊端，读者诸君，你们阅读时一定会有更多的不满，请千万担待！

　　五十年代的中国新诗，是中国新诗发展的特殊阶段。由于中国大陆革命的胜利，中国新诗开始了在海峡两岸分别发展的局面。社会形态的差异，加上长久的隔离，海峡两岸的新诗写作，不论是内容上还是创作倾向上，都迥然有异。时局变迁，政治动荡，盛衰荣辱，各有其说。好在沧海桑田，时过境迁，昔日的误解与猜疑逐渐消散，理智与理解终占上风，资料的匮缺，评说的困难，这些难点，也得到改善。

　　我的工作得到中国社会科学院刘福春先生的全力支持。从选诗到查明原始出处，大自全书的体例、选诗标准，小至计算行数，他都不遗余力。好在我们两人的诗歌史观念和审美尺度都极为一致，合作起来十分愉快。所以，公平地说，这本诗选应该是我和刘福春合作的成果。

2008年8月8日于北京大学中国新诗研究所

撒遍西湖都是诗[①]

　　最初认识卢文丽，她还是一个爱诗和写诗的南方少女。一个诗会，她来了，带着她的诗稿，几分清纯，还有几分稚气。会议结束后，她陪我们到了绍兴，从沈园到兰亭，都是江南风景绝胜之地。同行的还有公刘和昌耀，不觉已是二十年前的旧事了。当年昌耀初遇卢文丽，后来遂有了一个十一枝红玫瑰的凄婉故事，我是很为此事感动的。后来我和文丽在北京的会面，是她以记者的身份约我访谈，是关于朦胧诗的，算来也有十多年了。我知道她在一家报社，写了许多散文，间或也写诗。见面少，彼此还是想念的。

　　这番的"西湖印象诗"出来，着实令我惊喜。我已有一段时间没读文丽的诗了，这次印出来的竟是这么厚实的一本诗

[①]　此文为卢文丽的《我对美看得太久——西湖印象诗100》而作。

集：一百首形体各异的诗，写一百个景色各异的杭州风景，配以注释、画图，还有一百首相关的古诗词，一百幅手绘的古装仕女图。我以为这是文丽从事创作以来做得非常漂亮、意义也非常深远的一件事。我熟悉二十年前那个爱诗的江南女孩，如今面对这本诗集，不由得人们不另眼看待她！

杭州是我心仪的地方，我在许多场合都说过我对杭州的"情有独钟"。杭州是属于诗的，它是诗的城市——唐宋两朝各出过白居易和苏东坡两位杰出的"诗人市长"，他们都为杭州贡献了美好的诗篇。我以为对于杭州的诠释，只宜于用诗，而不宜于用散文——尽管用散文有写得好的，如张岱——但毕竟杭州是属于诗的。文丽是诗人，又长期生活在杭州，"我对美看得太久"，一切西湖之美皆深藏于心，而出之以诗，这再自然不过。

我们到过许多旅游胜地，听过许多导游对当地风景的解说。那些解说，多半是相形取比，这个像乌龟，那个是"和尚背尼姑"，凡此等等陈旧而且恶俗，谈不上文化，更谈不上雅致。要把这一套照搬用于杭州，岂不玷污了西湖的山光水色？现在反过来看卢文丽的"西湖印象"，这是她写的《林徽因纪念碑》：

　　　　你就是那人间的四月天
　　　　镂空的光影透射出轻灵——

款款走来，如幸福降临
　　携着清音和朦胧的爱情

　　什么是"人间的四月天"，什么是"朦胧的爱情"，为什么这首诗用的是章句齐整的新诗格律体？不了解林诗人的诗歌、身世以及她和"新月派"的密切关系的人，断然写不出这样的"解说词"。这就看出了"西湖印象诗"的不同凡响！漫游西湖的人，手持文丽的这份诗的"向导"，获得的不仅是对杭州自然景观的体认，而且也获得了一份长久的诗情画意的熏陶。写秋瑾也是如此：是挑灯看剑的女子，夏花一般绚烂，秋叶一般精美。再如著名的《苏堤春晓》：

　　期待在春天与你牵手
　　走过六桥与柳烟——
　　我们将漫步长堤
　　闻一闻青草的气息

　　这里不仅是景致的欣赏，更是情趣的诱惑与启迪。
　　文丽的诗是愈来愈成熟了，她一边走着，一边欣赏着，一边吟哦着。一百处不同的景点，一百个对这景点诗意的诠释和启示，而且因景而异地选择了适宜于内容的诗歌表现形式。这是一番艰难的诗意的寻觅和发现，也是更加艰难的诗情的再阐释和再创造。这一切，最后经过诗人的工作，把西湖纷繁的美，"定格"在这本诗意的手册中了。我们应当感谢文丽为此付出的辛劳。

人们都说诗和文学是"无用"的（此话业内的人都知道它的深意），但在卢文丽这里，诗一下子变得"有用"了——我是在充分肯定《我对美看得太久》的精神价值和诗学价值的前提下，来谈这个"有用"的——从实用的角度看，卢文丽的创作提供了一个范例，即诗歌不仅可以出现在书房和客厅，而且也可以出现在旅行者的行囊之中，它可以雅，也可以"俗"。它不仅可以为人提供"诗意的栖居"，也可以为人提供"诗意的寻觅"。

2010年2月14日（农历庚寅元日）于北京大学

绍兴：始料不及的感动

都说这里是水乡，都说山阴道上有望不尽的风景：乌篷船、小毡帽、草长莺飞的三月、迷蒙烟雨中的楼台、江南女子的绰约多姿。满眼风光我似未见，绍兴却以我始料不及的恢宏，向我昭示它的博大和富有。

这不是一座仅供观光的风景佳好的城市。城市的心脏至今尚在跳动，那些历史精灵，无时无刻不在引发我们一些庄严的思绪。苏杭式的婉约多姿此刻变得不重要了。我穿越绍兴的古老街巷，漫步在它美丽的水滨山麓，扑面而来的诸形诸景，让人想起的却是超乎自然景观所提供的启示。

在近代中国结束和现代中国开始的时代，绍兴在这一历史转型期送出了一位伟大女性。和畅堂23号是秋瑾的诞生地，轩亭口则是她的就义处。这位中国女儿的鲜血至今还传达着上一个世纪黄昏和这个世纪黎明时节的壮烈和悲凉。三味书屋和百草园让人记起那位向着无边的历史黯黑愤激抗争的孤独者。这颗不宁的灵魂不论后来乃至今日受到如何的扭曲和凌辱，但始终显示着坚忍和严峻的性格光辉，向我们，向悠悠的后世。

然而绍兴传达的并非一味让人严肃的话题。进入沈园，依然是一股缠绵的凄清向人袭来。那一场发生在数百年前的爱情悲剧，天荒地老的恋情以及他年重会的无言哀伤，依然在我们心中激起震撼心灵的情感风暴。陆游当然有他铁马金戈的豪壮，但一曲《钗头凤》传达了万古不泯的悲怀。有趣的是青藤书屋，这里曾住着一位行为洒脱而又才气横溢的人。不安分的灵魂、惊人的才华和机智，以至于仿佛今日还飘荡着他豁达的笑声。

要是把上述几个古代和近、现代的人物放在一起观察，我们便发现绍兴给予我们震动的缘由。它的慷慨伟烈与周纳深重无论如何是动人的，但它同时拥有的缠绵感伤和倜傥风流，同样是那样久远地动人心弦。绍兴的包容性和阔大胸襟显示了中国文化的真质。江南的婉约温情之中又同时拥有博大深厚，绍兴在这样奇诡之中显示它的魅力。

这里我们还没有说到飘逸清俊的兰亭。曲水流觞的千古佳话，墨华亭池散发的古朴清幽的情致，那位书法大师的辉煌也与这座城市的名字联系在一起。要是我们步出绍兴东南数里之遥，再参谒一下背倚崇峦的大禹陵。那里的宏大氛势，一下子把这座城市的历史推向了远古的深沉。

至此，绍兴的话题还没有完，我们来不及前去寻觅"五四时代"北京大学校长蔡元培的足迹。这位以北大为基地、不怀偏见地把各学派人物吸引到自己周围的导师，他的不拘一格的兼容并包精神也是绍兴这座古城精神的自然呈现。蔡元培不过是以他自有的方式加以强调而已。

　　为了答谢绍兴给我的启示，在咸亨酒店我以北方饮啤酒的方式豪饮花雕。在座的主人和朋友那时也许不会理解我的心情。在绍兴，我有始料不及的感动。

2010年4月于北京大学

哀伤的日子在沈园

去年就定下了沈园的约会，我是一定要来的。我放下了手头的工作，也放弃了上海的诗会——那里有亲爱的朋友等着我，甚至也放下了心头的哀伤，我一定要赴沈园的约会。沈园是这样令人神往，即使是在哀伤的日子，我们依然如约来赴爱情的约会，来到沈园。

大约一千多年前，这里发生了一出爱情悲剧。这个悲剧又因为一首不朽的诗歌而得到久远的流传。沈园的灯火楼台从此也拥有了永恒的凄婉的美丽。"宋朝以来的爱情"印证了一个道理，爱情，再加上诗歌，这是世间最动人、最长久的美丽。我到沈园来，是来向爱情和诗歌致敬的。

在这次沈园聚会的同时，我们的国土上正发生着巨大的灾难。无数生命，包括许多年轻的相爱着的，以及更多的正在成长尚来不及相爱的、幼小的生命都消失了。我们为此感到悲痛。尽管面对灾难，我们却依然向往爱情并热情地歌颂爱情。我们坚信灾难不会长久，而爱情将长久。诗歌则是爱情飞翔的翅膀。

世上万物都会改变以至于消失，唯独爱情和诗歌将与世长存。人们彼此相爱，不仅延续了生命，而且延续快乐和幸福。眼泪是短暂的，而笑声则是永远的。我们今天聚会沈园，我们不仅勇敢地面对苦难，而且也勇敢地面对生生不息的爱情，还有诗歌。

2008年5月18日于绍兴沈园，四川汶川大地震后第六日。次日开始为期三天的全国哀悼日

桐乡月圆

　　早晨从杭州出发，我们很快就到了桐乡。桐乡的乌镇我是到过的，那里有茅盾先生的旧居。这是茅盾的诞生地，他在这里度过了童年和少年的时光。抗战前先生回乡，在此写过中篇小说《多角关系》等。茅盾的《子夜》是中国新文学的一座丰碑，他所创造的人物和细节，至今仍占据着我们的文学记忆。茅盾是桐乡的儿子，乌镇的儿子，他的智慧和灵感是江南水乡给予的，江南的风物化为他的锦绣文章。

　　在我的印象里，乌镇规模很大，沿街各色铺面都在营业，药铺、染坊、银号、成衣铺、鞋店、旅社，还有售小食品的，只是如今都披上了流行的色彩。当年拍摄电影《菊豆》的场所，如今已成了游人的一道风景，令人想起巩俐当年的风采。乌镇有水，流动着江南特有的韵致。在江南，水总是一缕情思，一股眷恋，几丝缠绵，水牵动着人的思绪，想起江南的雨丝风片，燕语呢喃，青青的桑叶，金黄的菜花，想起那婀娜地行走在阡陌上的江南女子，想起爱情，那绵延了数千年的生生死死的恋爱。

我们在桐乡只能有一天的停留。访问者兵分三路，有一路是去乌镇，因为到过，我割爱了。我要去缘缘堂拜望丰子恺先生。缘缘堂我也是"到"过的，只不过那是在开明出版的书上。我喜欢丰先生清淡雅致的文笔，诙谐而又带着禅机的风格，在我的少年时代，这些优美的文字连同他的漫画，都是我的好友。缘缘堂在普通的旅游节目单里少有，这当然是我的首选了。

车子开往石门镇。眼前一道流水，人们说，这是大运河的支汊。有一座桥，叫木坊桥，桥栏上有丰先生的漫画。缘缘堂到了！丰子恺先生一袭长衫，静立院中，身前后是鲜花和草坪。迎面一面墙，是他的题字，"一片片的落英都蓄着人间的情味"。看着这字，内心沐浴着先生特有的静谧的温暖，那是艺术家的智慧与佛家的灵性融会的结晶。轻轻走进客厅，时正中午，我们怕惊醒先生的午梦。案上书页翻着，先生在叶面上写字，"再版请照此本"，"有否再版价值，请为审阅，书名似拟改为《西洋音乐故事及知识》以求符实"。时间分别是1952年和1958年，半个世纪过去了，先生还在工作。

缘缘堂临水而建，大运河在这里拐了一个大弯。沿河走去，约二百米，大河现于眼前，帆樯接踵，烟波浩渺，岸边青草，水中莲叶，水光潋滟中，别有一种气象。河岸立有一碑，上镌"古吴越疆界"五个大字。桐乡地处杭嘉湖平原腹地，东边是上海，西边是杭州，北边是苏州，占尽了江南的大好风物，这原是诗情画意产生的地方。

告别缘缘堂，丰子恺先生客厅里的茶香犹在，我们又进了钱君匋先生的院子。"君匋艺术院"的题碑是刘海粟先生的手迹，遒劲而有力，体现了刘先生的一贯风格。钱先生也是桐乡人。他把毕生收藏的四千余件艺术精品贡献给了家乡。在二楼，艺术院的马永飞先生为远道而来的诗人们展示了"镇院之宝"徐渭的泼墨大写意《墨梅芭蕉》。上有画家亲笔题诗："冬烂芭蕉春一芽，隔墙似笑老梅花。世间好事谁兼得，吃厌鱼儿又拣虾。"

和丰子恺一样，钱君匋也是多才多艺，书画、篆刻以及收藏之外，他还是一位诗人，他也写新诗。也是在二楼那个房间的桌上，我无意间看到随意散放着他的诗集——《春梦痕》。他的新诗起步很早，二十世纪二十年代就开始新诗的创作了。我顺手抄了《醉》和《赠远方的恋人》两首新诗，很代表了新诗初始期的风格，后者还是一篇歌词，篇后注明是邱望湘作曲。看来钱先生也有音乐的缘分。

江南桐乡有诱人的风景，这些景致因为有了文化的神韵而益显奇特。这里是著名的杭白菊之乡，想象中白菊花盛开时节，桐乡平野之上，江湖港汊之间，白花空蒙如雪，清香醉人千里，是何等的迷人景象！我们在桐乡的这天，正是中秋月圆时节。桐乡的朋友们放弃了与家人团聚，与我们共度良宵。我们在这里举行了中秋赛诗会，诗人朗诵的间隙里，乐声起处，舞影婆娑。

这是美妙的夜晚，这是永生难忘的夜晚。这一年的桐乡月，竟是这般的清凉皎洁！这难道是丰子恺先生笔下的、悬挂在柳梢上的那轮明月么？时光如电，那月亮总也不老，总是那么清清爽爽，总是那么明明亮亮！

2007年9月25日记于浙江桐乡，2007年11月13日作于北京昌平

天边的云彩

　　一边是杭州湾，杭州湾的外面是东海；一边是钱塘江，钱塘江的一端，搂抱着美丽的六和塔，那就是杭州城。这江海汇合处，有诗人的家。早年他从这里出发，去了遥远的康桥，从那里带回了一片西天的云彩。这云彩连同东海的浪、钱塘江的风，缀成了一页又一页绚烂的诗篇。他从大海的涛声中获得了铿锵的节奏，他从钱塘江的波纹中获得了鲜丽的韵律，他又从康桥的晚霞中获得了灵感和情调。

　　没到海宁之前，就知道这里有个硖石镇，就知道镇上有诗人的家。几回梦里寻访，似乎到过这座小楼。楼上的地板有些旧了，脚踩过，发出吱吱的响声。而楼下厅堂当年从德国进口的花瓷砖，依旧叙说着昔日的繁华。硖石镇上富有的人家，走出了一位影响深远的诗人。从此，他也演出了短暂而浪漫的一生，他和几位美丽而智慧的女人之间的爱情故事，成为中国新文学上空一道彩色的风景。

中午的庭院静寂，花有点忧郁。门前是诗人的半身塑像，洁白的汉白玉石，一朵洁白的云。他始终保持着飞翔的姿势。

拜访诗人旧居的这天，正是海宁观潮节的开始日。中午时分，潮水准时从钱塘江口涌来。远处一道白线，把浩浩江水泛成了一道绵长的阶梯，这就是著名的一线潮了。白线逐渐向我们逼近，在我们面前似有所待，有点依恋，又有点缠绵。温柔的江南，连惊天的海宁大潮也这般充满了柔情。

这也许只是一种心情，也许是因为期待过高，也许是因为看台离岸遥远，失去了现场感。其实，那潮水是撼天动地的，整座盐官镇在中午的潮涌中震颤。这响声是否惊了诗人的午梦？也许竟不，也许他正在天际云游。而我的思绪却似那潮水，一波过去，又是一波，如此日夜，如此年月，潮来潮往，永无止息。

盐官镇很有名，它不仅是观潮胜地，也是人文荟萃之地。这里有宰相府第，有袁枚题额的"国棋圣院"，有充满神秘气氛的海神庙——其间居然保存了清雍正、乾隆、道光、同治四代帝王的题赐。还有据说是李师师"青月醉花楼"旧址辟成的"花居雅舍"，占鳌塔屹立江滨，安澜园里有乾隆寝宫……

花团锦簇的盐官镇叙说着鱼盐丰茂造出文化奇观的道理。财富的集聚，促成经济的繁荣，由此产生小说家、艺术家、诗人，由此再集聚、提高、升华而为大师，一代大师代表的是建立在经济发达根基上开放的灿烂辉煌的文化之花。盐官镇上周家兜双仁巷有一座黛瓦粉墙的二进院落，1877年诞生了王国维。他以刚满五十岁的壮年完成了集史学家、文学家、哲学家、考古学家、辞赋学家于一身的光辉。这就是一种伟大的集聚，是一种可期而不可求的辉煌。

夜晚，盐官镇上空升起了节日的烟花，人们把海宁如花的潮水化成了天上绽放的欢乐。昨夜桐乡上空清朗的明月，那是丰子恺亲笔的描绘；今宵钱塘江畔这璀璨的火树银花，也许竟是来自徐志摩的灵感和节奏！

带着对海宁的感激和怀想，我们踏上了去往嘉善的旅途。在嘉善，我们径直去了碧云花园。鲜花丛中，青草坪上，充满诗意的插花比赛邀请我们参与。我们这一组，郑晓林和荣荣。我们带着海宁那座小楼的温馨，更带着钱塘江上的浪花和烟花，海的浩瀚，江的秀丽，还有康河柳荫下的那一抹晚霞的余光。我们的主题是：天边的云彩。

在轻盈的花篮上铺几片宽大的绿叶，几朵硕大的蜀葵是浅浅淡淡的黄。中间主体是茜色的艳丽的波斯菊，波斯菊热烈、奔放，在江南艳丽的秋阳下发出惊人的光焰，那是诗人炽烈的无可挽回的爱情的燃烧。在康乃馨的顶端，为了突显插花的主题，我们选取了一枝金黄色的天堂鸟！我们自己为这惊人的点睛的一笔而激动不已！

简练的色泽，单纯的构图，鲜明而深沉的寓意，概括了诗人多情多才而又浪漫的一生。他总是这么天真而热烈地写着、笑着和爱着，他活着的时候，快乐地写诗，快乐地恋爱。他远去的时候，留给人们的是永远的美丽，美丽是天边的云彩！金黄色的天堂鸟，这花的名字太吻合我们的构想：志摩是到天上去了，乘着天堂鸟金黄色的翅膀。

他是云游去了，云游而不知归！

对插花评比的结果，我们怀有信心。然而，让我们失望了。我们没有得到"专业"的评委奖，而这原是我们的愿望。这也难怪，评委们也许知道徐志摩，也许竟还不知；即使知道了，他们又何尝知道《云游》；反过来说，他们即使知道《云游》，又怎能知道我们此刻那让心灵疼痛的怀念和敬意？我们的"落选"是注定的！

2007年9月26—27日记于浙江海宁—嘉善，2007年11月14日作于北京昌平

则在千秋

"则在千秋"，我怀着崇敬、肃穆还有一种感动的心情，在宣纸上写下这四个字。签名之后，我又特意加上"敬题"两个字。写字间里没有香案，不然，我要虔诚地为这位被他庇护的人民永记的人敬上三炷香。故事发生在浙江永康的方岩，方岩上有座胡公祠。胡公是真人，一个普通的、竭诚为百姓做事的官吏，他不是神，也不是佛，但当地人因为敬仰他而祀他为神了。中国百姓很淳朴，他们感恩这个人，景仰这个人，爱戴这个人，日子久了就奉他为神。关羽是这样，岳飞是这样，妈祖也是这样，老百姓惦记的是好人。

那日登方岩，我们从山下拾级而上，过步云亭，谒蓬莱仙境，而后是垂直的数百级"天路"，天路尽处，巨大的拱石筑起"天门"。过了天门，又有"天街"，天街两侧都是香火铺。这里不似别处旅游景点，摆满了似是而非的纪念品，还有各色小吃店，总是乱哄哄的。这里只供香火，是静穆的。静穆生发于崇敬。胡公祠香火历千年而不衰，那些一家挨着一家的香火铺生意都好，因为前来谒拜的香客终岁不绝。当地人告诉我们，因为这些香火从业者虔诚而守信，各个摊位都有自己固定的回头客。上山许愿或者还愿的，都会找自己信任的商铺。

数十年前郁达夫访过方岩，记载说："方岩香火不绝，而尤以春秋为盛，朝山进香者，络绎于四方数百里的途上。金华人之远旅他乡者，各就其地建胡公庙以祀公，虽然说是迷信，但感化威力的广大，实在也出乎我们的意料之外。这是就方岩的盛名所以能远播各地的一近因而说的话，至于我们的不远千里，必欲至方岩一看的原因，却在它的山水的幽静灵秀，完全与别种山峰不同的地方。"（《方岩纪静》）整个方岩风景区遍布巨石于四周，其中五峰罗列尤为壮观。

我们在方岩巅峰拜谒了胡公祠。那里供奉着他的神像，脸是红的，须是黑的，形象有点像我们熟悉的关公，健伟、慈祥，也很亲切。胡公原名厕，殿试时经皇帝御笔去掉厕字外边的"厂"，赐名为则。胡则，宋太祖乾德元年（963）出生于永康一个普通的农家，曾读书于方岩，聪慧勤勉。宋太宗端拱二年（989）中进士，此后屡官浔州（今广西桂平）、睦州（今浙江建德）、温州、信州（今江西上饶）、福州、杭州、池州（今安徽贵池）、陈州（今河南淮阳）、永兴军（今陕西西安），或为郡守，或为知州。宦海浮沉，时有升降，但从他的任职州郡之频繁来看，他的辛劳是可以想见的。

胡则于景祐元年（1034）七十二岁时获准致仕，朝廷按例加封兵部侍郎（正三品）荣衔，这是他平生为官得到的最高级别。重要的不是官阶，重要的是他的操守和政绩。他为官清廉，以身作则，史载某日一位挚友升迁，囊空如洗的胡则，只好以家用银器以代赠仪。胡则是一名文官，善于理财，且长期担任筹运军饷等后勤事务。经手钱财数以万计，他总是两袖清风，毫厘无沾。尤为难得的是，性格坚定的他，敢于为民众的利益甚至向皇帝据理力争，置一己的得失荣辱于度外。杭州任内修海塘，福州任内三上奏章减租平值，明道元年江淮一带百年大旱，此时"百年之积，惟存空簿"，胡则抗辩免婺、衢两州丁钱为民请命。

他一生都是这样为万家生灵着想，直至退老，还不忘视察钱塘海务，种植龙井。胡则终其一生只是一名文职官员，并无惊天动地的伟大功业，只是因为他勤政爱民，克己为公，百姓却是千年永记，万世颂扬。方岩美景，天下闻名，但我此时此刻没有在意，充盈在我心中的是胡公所留传的精神。

写了以上那些文字，现在，我要回过头来，为我的"则在千秋"解题了。很明显，这里的"则"字，首先指的是人名：胡则的"则"，作为一代名臣的胡则是不朽的，人们将永久地记住他的名字。其次，作为名词的"则"，有准则、法则的含义。《诗经·大雅·庶民》"有物有则"，指的是道德准则，为官之则，为政之则，推而广之，为人之则。凡事自有章程，处世要讲原则。有物有则，天下安宁。再次，"则"又是动词，《论语·泰伯》："唯天为大，唯尧则之。"这里说的是尧推广了天理，张扬了"唯天为大"的法则。总括起来，"则在"，意味着千秋大业可期；"则亡"，那就一切都难说了！

我在胡公祠大殿参拜的时候，就想到了宋太宗为胡则赐名的深意。早在胡则仕途的起点上，"最高当局"就以重新命名的行动对之寄予厚望。为他改名，就是一种勉励、一个期待。说千道万，也许愚钝者仍然愚钝，圣明者终究还是圣明。就从他为胡则改名看，你能说这位"圣上"不够英明吗？

2014年1月6日于北京大学中文系

我们与你在一起①

　　正是一年的春好时节，我们在浦江相会。此刻，我们从这座新建的小木屋的游廊放眼望去，青山连绵，绿水潺潺，春天在草间萌动着。山脚下那边一座小石桥，主人说，再过几天，那上面将立起一座江南风格的廊桥。清澈见底的壶源河从山间流出，流过未来的廊桥，流过我们诗人小镇临河小楼。这一切，是如此动人。

　　如果说，去年的这个时候我们酝酿发起的"我们与你在一起"的大型诗歌公益活动是播种、耕耘的话，今天，则是我们在一番辛劳之后迎来一个收获的季节。播种诗歌，收获诗歌，这是诗人的职业。在此，我要以最诚挚的心情，感谢诗人对这一天职的坚守。诗歌是社会的心声，诗歌跳动着时代的旋律和

---

① 此文为2017年2月14日在浦江上河村诗人小镇揭幕仪式上的致辞。

音符，诗歌更是人类道义和良知的象征。在丰富多样的社会分工中，诗人的工作是特殊的，他始终是爱的使者，他们坚持的是温暖人心和丰富情感的工作。

去年的这个时候，具体说是 2016 年的 2 月 16 日，与今天的聚会相差仅两天，农历丙申正月初九，也是此刻我讲话的地方：浦江上河村发生了一件寻找上山迷路失踪的三个儿童的爱心大救援。这些行动感动了我们的诗人，随之而来的是诗人们发自内心的诗的奉献。一个温馨的实践因而得到了审美的提升，诗歌就这样产生了。我们今天的"我们与你在一起"的行动，就是去年此时浦江爱心实践的诗情的延续。

今天揭幕的诗人小镇，其立意在于要让诗歌永远驻守于此，永远驻守于人的心灵。我们与你在一起，就是诗与你们在一起，爱与你们在一起。爱是诗永远的主题，爱也是诗人永远的职业。诗人说，你是我无助时最大的安慰，你是我疲惫时最强的动力，你是我漂泊时唯一的支撑，你是我黑暗中唯一的光亮。[1] 诗人还说——

> 来，我们与你在一起，这是我们的春天、秋天和时代
> 在你手指向这个世界时，这个世界才应该金碧辉煌
> 在你的手挽起我们时，这个时代才应该当之无愧

---

[1] 丁政:《妈妈，你别走》。

来，我们与你在一起，以我们的伤感、痛苦，以及悔恨①

人们常说诗歌是"无中生有"，其实，诗歌生产精神。人们还常说"诗歌无用"，其实，诗歌有大用。浦江印证了这样的事实：一个爱心的大行动，萌发了、诞生了一个诗歌的节日。年年有春天，年年有诗的节日，而年年的主题是重复的，这就是——爱！

2017年2月14日于浦江仙华檀宫

---

① 骆英：《我们与你在一起》。

消隐了的桨声灯影

二十世纪五十年代我访问南京时，听说秦淮河已变成臭水沟。我怕那事实污了我心中的六朝金粉，没有勇气去看。后来，听说南京市政当局终于修复了秦淮河，欣喜之余，总想找个机会去圆这个秦淮之梦。但机会没有到来，这一相隔数十年的阔别，竟把当年的满头青丝变成了苍苍茫茫的一堆乱雪。

《秦淮画舫录》中有过纸醉金迷的梦影，但那里也保留了一些江山易帜时刻表现出惊人气节的奇女子。这些才情并茂的女子，以舞衫歌扇的千种风情而赢得艳名。而她们在社稷危难之际表现出来的勇气、胆识、壮烈和果决，却令普天下的男人为之愧赧。更不论当日环绕在她们舞裙周围、号称文坛魁首的那些显赫人物的尴尬和卑琐了。

一出《桃花扇》演出了数百年来人们为之荡气回肠的正气歌。这虽是遥远的故事，却牵萦着人们深深的思念。我曾给一位南京的友人写信说：重访南京的愿望之所以如此强烈，不仅是要追寻那里留下的青春和爱情的足迹，同时也是为了向那些身份卑微而心灵崇高的女性致敬。

阔别三十七年后，我终于来到南京，终于拜访了秦淮河，拜访了重修的香君故居。媚香楼的匾额当然是新刻的。那里的摆设是否有据却也难说。作为初访者的第一个印象，只觉得那里的世俗气息与我们从孔尚任的剧本中所感受到的雅致相去甚远。秦淮河、夫子庙一带，桃叶渡、乌衣巷皆昔时文物鼎盛之地，有浓郁的历史文化氛围。香君故里既已修复，当以《桃花扇》旧事和背景为主干方是。这将使历史和文学、旅游和文化得到融汇。但是，在今日的媚香楼，我没有找到一把哪怕是小小的点染着那女子碧血丹心的扇子！这即使是从商业的眼光来看，也是缺乏文化知识造成的"疏忽"。

文人有积习，每到一处总喜欢寻找那些名家笔下的有关遗迹，不管是真是假，是纪实，是虚构。这次来到秦淮河，当然要找朱自清和俞平伯两位先生笔下的桨声灯影了。我记得当年秦淮画舫的典丽，小游艇雅致的窗格，以及每船都有的迷人的灯影。我记得那河上的夜雾和朦胧的月色，也记得灯火阑珊之时的那份清寂。河上的箫鼓歌吹，那橹声点染的悠长，无时不在唤起追寻的热情。

这番金陵访旧，除了前述的满怀对那几位女性的敬意，便是要圆这桨声灯影的梦了。那夜与南京学界友人欢聚"秦淮人家"，二楼整座大厅悬挂着江南灯彩，很能显示出六朝古都的繁盛。饭店服务开场的歌舞也真淳雅朴，一扫那种职业演员的匠气和矫情。趁着夜幕初降，坐上游艇，想领略秦淮的清绝。迎面而来的却是五光十色的灯火和嘈杂的乐声。与想象中的秦淮风光全然异趣的喧哗，冲激着彩色喷泉的电光，这种现代声光技术激发的现代热情，一时间把秦淮河的远古情调扫荡得无影无踪。

我们乘坐的那些游艇，原来是为喷泉而设。它不走远，只是面向着电光在那里左右移动着。乐声停止，看客也纷纷离席。接着又一轮卖票，又一轮看客入席。游艇（姑且叫它游艇吧）于是也离岸，再卖票，再如此的不走远，只向着那喷泉左右游动。

东关头呢，东关头沿岸断续的歌声呢？利涉桥呢，大中桥呢，大中桥边的疏林淡月呢？在朱自清的散文中，我看到了"黄而有晕"的灯火，在繁星交错的光雾中摇曳的"杨柳的柔条"，盈盈地升上柳梢的月亮，如梦似幻的轻幽的歌吹，如今，隐失在现代的华靡之中了！炫奇、刺激、肤浅的陶醉，唯一缺失的是自古而今的文化上、审美上、情感上的夜秦淮。

我寻找与这座古城相和谐的秦淮，与秦淮相和谐的桨声灯影。而此刻，我却意外地邂逅了在世界任何地方，在香港的尖沙咀，在新加坡的圣淘沙，在纽约的百老汇，都能看到的喧哗和繁盛，而独独失去了旧日秦淮的那韵味、那情趣、那一份潇洒和飘逸！

1994年7月24日

寻找雨花台

南京的雨花台是我心仪的地方。去雨花台看漫山怒放的鲜花、看遍地的雨花石（在二十世纪五十年代，那沙石铺成的山道上，可以很容易地捡到美丽的石子）固然是一种乐趣，但是，那里无所不在的悲壮与浪漫融汇的特殊情调，会涌向你的心灵。来到雨花台，你会感到一种满足和充实，这种满足和充实属于精神。

那些死去的人都是一些崇高的人。雨花台埋葬着敢于为自己确定的理想而献身的人们。在人类社会，那些拥有理想的人无疑属于这个社会的优秀分子。有理想的人，比浑浑噩噩的人、醉生梦死的人更有益于社会的进步。因为他不满足于现在，他有对于未来的追求。在各种各样的"理想主义"者中，能够为自己的信仰去牺牲的人——就是说，他不是一般地相信什么，而是能以自己的生命去殉自己的目标，相信自己的生命将在庄严的消逝中获得庄严的后续——更是一种超凡的伟大。雨花台埋葬着的就是这样一些人。

雨花台是一种关于理想的纪念、祭奠和追怀的场所，它不是娱乐和嬉戏的地方。即使是在雨花台发生了爱情，那种爱与被爱也充满了信任、奉献和关怀的庄严感。友谊也如此，亲情也如此。

雨花台有一种看不见的氛围，朦胧、缥缈、无所不在地弥漫着、簇拥着，你不能不被它所包裹。在这里，即使欢乐和幸福也变得肃穆起来。这是一个沉重的地方，即使是最轻佻的人，在这里也会放慢了脚步，而让脚跟沉重地敲打着地面。

那是二十世纪五十年代的中叶，当一场风暴来袭之际，我来到雨花台，在那里留下了青春、友谊、爱情和憧憬未来的步履。那时的雨花台，朴素如同那些赴死的魂灵：一座不高的山头上，矗立着一座同样不高的纪念碑，那碑身于这座芳草萋萋的山头构成了平常而奇兀的和谐，端庄、平易、寻常状态中透露出平凡的伟大。一条细沙铺成的山道，蜿蜒悠长如历史的曲折、迂回。雨花台最让人动心的去处，是散布在山坡各个角落的烈士殉难处。那时那些地方，不设任何建筑物，只有很简单的标识。除此之外，是一丛丛如火焰、如喷泉、如旗帜的鲜花。那殷红仿佛是鲜血凝成；那五彩的锦绣，是流血换来的美丽。死去的人和活着的人，在这些去处猝然相遇，自然、平常、充满激情，无须言说，只要默默相对，便有了心灵的交流。鲜花和泥土，流血和壮丽，生者和死者，是和谐的共处。

鲜血渗入了泥土，泥土开放了鲜花。鲜花耀眼，是在讴歌今日的灿烂来自昨日的浇灌。在这里，人和土地和青草和鲜花贴近，凭吊的和被凭吊的没有距离。我们站立在鲜花前，他们长眠在鲜花中，我们望得见他们。我们看见血怎样变成了花，花怎样变成了果。他们在诉说，我们在倾听，历史就在这样无声的交流中从昨天走到了今天。

近四十年后，我又一次来到雨花台。这时，我从青年时代走到了漫长的中年。我的到来，为的是再一次倾听昨日之歌、体验昨日的感受；也为的是寻觅青春的脚印。但是，雨花台变了。从碑石到阶梯，到环行的山道，全然披上了九十年代的豪华。这里充满了夸张和装饰——质地极好的石材，精心但又是明显地保留有模仿痕迹的设计。总之，昨日的浑朴消失了，变成了今日的奢华。

巨大的投资，华彩的装饰，夸张的怀念，这些，都让人联想到一种明确的动机。五十年代那种无距离的亲近感，变成了难以到达的遥远。厚葬，让人想到了这个让人不安的字眼。数十年后我寻访旧梦，相遇的竟是满溢着当代的浮嚣和华靡氛围之所在，这是我所始料不及的。

此文刊于1998年2月香港《大公报》。据此编入。

相约黑郁金香

　　暮春三月，莺飞草长。一眨眼的工夫，那无边的春色已悄然染绿了江南。此刻我寻梦姑苏。寒山寺的钟声，沧浪亭的流韵，虎丘的十里山塘，都是让我魂牵梦绕的地方。那日多情的苏州友人为我圆梦，陪我入拙政园，领略移步换景的江南园林的清雅与精致，然后带着水涯山间的那几丝云岚，步观前街，款步登上一家茶楼。一杯清茗，两位清雅的苏州女子，以令人心迷的吴侬软语，为我们弹唱《楼台会》《长生殿》。清幽的拙政园，繁华的观前街，茶楼之上的香茗与琵琶，浅斟，低唱，婉约而缠绵，这一切都让我神怡。

　　然而我依然未能释怀，我依然怅然若失。在这春深时节，我记起我的郁金香之约。时间算起来也不短了，我曾被郁金香拒绝。最先是在她的故乡阿姆斯特丹，也是五月，我不远万里而来，她不等我，终于缘悭一面。后来是在杭州太子湾，她只许我隔门遥望。最后一次最惨，在我的邻居清华园。我耳闻那里的一所诗人的院落里郁金香正开，心仪之，也被主人有礼貌地微笑婉拒。后来，还是这位大方而宽容的主人，从别人送她的一束郁金香中，抽出一朵安慰我。为了记述我这番情感上的三连环的"惨败"，我先后写了四篇文章"以纪其盛"。

可以自豪的是"我心依旧"。就在此刻，就在令我心醉的江南，就在这姑苏古城，我的感觉告诉我，郁金香在召唤我。我知道她在等我。虽然此刻，江南已是春深时节，习惯于凌寒开放的郁金香，她的花时已过。而我坚信她仍在等我，因为我们内心有过约定。苏州植物园在相城区，园林临近著名的阳澄湖，它没有阳澄湖那么宽的水面，倒是碧水蜿蜒，婀娜多姿。丽湾，好俏丽的名字！这园子遍植名木佳卉，是群芳荟萃的地方。高大的乔木中有号称镇园之宝的一棵紫荆，它来自云雾缭绕的青城山，居然已有一千二百年的历史了。

我们来到丽湾之时，满园的樱花也是盛时已过，那么我的郁金香呢？我不免有些忐忑。我知道郁金香的故国是在欧陆偏北的荷兰，她不怕冷，总是凌寒开放。郁金香恋故土，在外面很难繁殖。她要从荷兰远涉重洋来这中国的江南，年年如此。习惯了寒冷气候的花仙子，她当然会选择乍暖还寒的时节亲近客人。而此刻，清明已过了一个多月，多雨多雾的江南正是群芳斗艳、蜂蝶争飞的季节。太阳暖洋洋地照着，空气里飘浮着浓浓的油菜花的香气，数百里绵延的黄花阵，熏蒸着长江南部的无边锦绣。她能等我吗？这炎热的夏天的前奏！

　　苏州植物园园区之大，据说是亚洲第一。令人惊奇的是，它的大部分场地竟被郁金香"占领"了。这令深爱此花的我，有点儿喜出望外。尤为出人意料的是，郁金香竟然都在开放！艳红的、金黄的、淡粉的、浅紫的、雪白的，还有各色镶边的，缤纷华艳，令人乱目。郁金香的令人怜爱，不单在她的花色，而更在她的花形和花姿，一株一朵，亭亭玉立，如典雅的高脚杯，想象着里边盛的是五颜六色的鸡尾酒；又如太太客厅中的女主人，高贵、典雅、超凡脱俗。

　　太阳照射着，有点燥，有点烈，而郁金香不忘旧约，耐着她不适应的气候，坚定地翘首伫立在水涯、路边，她在谛听我自远而近的足音。竟然还有黑郁金香！我惊呼，这不就是诗人院中秘不示人的那令人日思夜想的奇花吗？其实她不是彻底的黑，是深紫到发暗的紫檀色，她是非洲大陆的黑美人。她的肤色在阳光下闪着光，那是黑夜中的星星的晶莹。这时，我仿佛听到来自非洲诗人的吟唱，夹着动人的非洲鼓："赤裸的女人，黝黑的女人。微风吹不皱的油，涂在竞技者两肋、马里君王们两肋上的，安恬的油。在乐园欢奔的羚羊，珍珠像星星般装饰在你皮肤的黑夜之上。"（桑戈尔《黑女人》）

2013年4月17日于昌平北七家

南太湖城堡寄情

　　列车穿越北方单调的平野，穿越长江两岸繁密的丘陵和湖泊。那些树、那些庄稼、那些房舍，风驰电掣般从身边闪过。白天连着夜晚，列车奔走得有点累了，它终于停靠在锦绣江南的这个站台。这里是多花、多雨也多美女的潮湿而又缠绵的、多情的江南。这里是我日思夜想的诗一般的江南，是我念着、想着也爱着的江南。我是在梦中么？梦也未曾有这般的清丽、这般的妩媚、这般的温情。

　　仿佛是一种默契，仿佛是一种密约，更仿佛是一种召唤，心灵中有一种声音，召唤我来到这里。这车站，这明亮的太阳照着的车站，这让我慌乱而又甜蜜的车站。尽管北方已有些早秋时节的萧瑟，而这里，而此刻，在我所拥抱的亲爱的江南，依然有春天的明媚，依然有夏天的热烈。

　　我真的是在梦中吗？可是，即使再美丽的梦境，也没有如今这般的令人目眩！那薄如鲛绡的一袭夏装，可是太湖上空的一缕云？那亮亮的、甜甜的一双明眸闪出的柔光，可是太湖中的一勺水？太湖真的如一湾春醪，我一靠近它，就如行走倦了的车子，仿佛要醉倒在站台！

其实，太湖我是到过的，我对太湖并不陌生。但那是苏州、无锡一带的太湖北岸。记得有一年，正是江南多雨的季节，杨梅已经熟了。我们擎着花伞，披着温柔的雨丝，雨中漫游了洞庭东、西两山。我们行走在曲折的石板路上，尽情地领略着满山闪闪发光的青翠。又过了一些年，我应邀到苏州大学，主持一场博士学位论文答辩。会议结束后，主人盛情安排我们游了太湖。那次看的是无锡的梅园和蠡园。正是蜡梅盛开的季节，我呼吸着弥漫在清冽空气中的迷人的梅香，找回了珍藏在心灵深处的儿时的记忆。

如今这矗立在太湖南岸的城堡，对于我不仅是陌生，也不仅是新鲜，而且更是激动。它在太湖南岸亮出了一道崭新的风景，它以鲜丽的南欧风格而让人倾心。在我，这更是一次特殊的访问——我听到了一个声音，她在南方召唤着我。因为心灵有约，因为曾经梦想并曾经期待，因此我内心洋溢着一种说不清、道不明的幸福感。

这城堡是如此神奇，它倚山而立，如嶙峋怪石，有着逼人的气势。那成排的建筑竟如山峦，面对浩渺的南太湖升起的雾气，把那拱门和尖形的屋顶，把那沿山蜿蜒的阶石和雕塑，幻成了站立云端的诸神。我行走在那盘山的石阶上，有氤氲的云气为我前导。虽然节气已是深秋，这里仍然有五彩的花枝相伴。她们是诸神派来的仙女。环佩生辉，衣香鬓影，一切都是那样让人迷醉。

就是这样一条蜿蜒的山道，我仿佛已走了半个世纪。我欣喜，我依然怀着一颗未老的心，依然有寻幽览胜的青春时代的情致。我急于登临那山巅的华屋，那里有我的等待，那里有我的倾心。就在这样的行走中，我记起了但丁的《神曲》。那诗里所描述的一切，如今竟移到了眼前，成了此时此刻我的亲历。

迎面走来的不是我挚爱的维吉尔吗？他那美妙的诗篇，是我暗夜中的星辰。是他的竖琴和橄榄枝，使我在无望之中坚信明日仍会升起晴朗的曙色。此刻，维吉尔已穿越那充满血污的地层，他引导我经历的那一切呻吟与哀号，如同黑暗日月我所曾亲历的。所幸的是，那些漫漫长夜的等待和挣扎，如今已是风烟弥漫中的一片逝去的景致——一切在经历了无边苦难之后，都告别在那个秋阳灿烂的日子里了。我终于重新获得了另一个生命的记忆。

告别炼狱，对我来说，也是告别青春。尽管告别时已是人生的中途，却依然有无限的期待与憧憬。如同此刻，为我领路的维吉尔告退了，我何曾想望贝雅特丽齐（《神曲》重要的出场人物之一）会在此时此刻出现！我惊喜，我沉寂和孤独已久，我怎敢心存此念，我怎敢有此奢望！感谢上苍的垂怜，在我无望之际赐给了我希望。是贝雅特丽齐引我饮了忘川之水，使我忘了岁月的流逝，重获了人生的另一度青春。

此刻伴我而行的身着白纱长裙、头戴花冠的女神，她是我的梦，也是我的心。我欣喜，是贝雅特丽齐使我再一度年轻。而这一切，都是我在太湖古堡里的一场绮丽的梦。那里的湖，那里的山，那里恍若地中海的碧蓝的温情，给予我如此美丽的幻觉。但的确，一切均是空空的想，一切均是淡淡的思，一切均是浅浅的梦。

难忘那里的鲜花和青草，难忘那里的美酒和歌声，难忘那日午夜时节一支又一支的舞曲，伴我度过难忘的良宵。今夕何夕！我能有此美遇。记得此前，我曾是多么绝望。欢乐已不属于我，幸福也离我远去。人们自有属于自己的旋律和舞步，而独独把遗忘给予了我。在喧嚣以外，在愉悦和温情以外，那时我唯愿借房中一盏寒灯，让它伴我孤眠。

而就是此时，一串优美的铃声响起，我被呼唤，我重新拥有了属于我的美丽夜晚！温情的南太湖古堡，在那水天一色的氤氲之中，飘摇着我永不消失的记忆。

2002年2月20日湖州哥伦波太湖城堡纪事，于北京大学畅春园

温情的上海

现在中国的城市是很发达了。在以前，甚至就在二十世纪八十年代，人们都在说，中国是一个大农村。那时人们都承认，中国只有乡村，而没有城市。要是有，那就是上海，也只能是上海。那时北京土得掉渣；天津号称港口，却总也脱不了华北大平原的那股土气。（北京人、天津人可别骂我，我说的是从前。而且我多少也算个北京人了）上海在当年就很洋气，人称"十里洋场"。后来一些大人物又给它加上一个称号"大染缸"。这称号对上海不大恭敬，却也从中透露出某些未必全是贬义的评价来。

我的家乡是福建福州。那里离北京太远，总有一种"远"不可"及"的味道。而上海就近多了。所以，较之北京，上海于我是更为亲切的。再说，它们毕竟都是南方城市，情调上总有相近之处。先说远一些的吧。记得那是二十世纪四十年代的最后一些年月，战事已逼近长江。福州地处东南海滨，和内陆腹地已失去联系。那时我还是一个中学生，而且追求进步，内心深处向往革命。日益孤立的城市，憧憬未来的青年，如饥似渴的求知欲，能够满足我们这些要求的，那时只有上海和香港。

别看这两地"名声"都欠佳，都与"资产阶级"沾上边。可当时，却是向着这些追求进步的青年提供进步读物的"根据地"。我在国统区秘密读到的《白毛女》《白求恩大夫》《王贵与李香香》，甚至毛泽东的一些著作，如《在延安文艺座谈会上的讲话》《改造我们的学习》等，都是从这些"大染缸"里传过来的。那时在我的心目中，不论香港，不论上海，它们的形象是与后来那些宣传不大一样的。我对上海的好感，始于此时，也许更早于此时。其实，在当日中国，上海不仅意味着物质生活的丰裕，还意味着文化的先进和精神的开放。

那时不仅在东南沿海，其实在全中国，上海总是领风气之先的地方。别的不说，只说娱乐和服饰，二十世纪三四十年代风靡全国的电影，都是由上海制作并提供的。上海让我们认识了胡蝶、李丽华、王丹凤、赵丹，那是当年年轻人的偶像。当日全中国女人的穿着打扮，都跟着上海学。上海流行什么，外地就学什么，不管学得像不像。这就是当年上海给予我的印象。后来读了茅盾的《子夜》，再后来读了白先勇的《永远的尹雪艳》《游园惊梦》等作品，股市、舞厅、咖啡厅、上流社会的豪华场面，逐渐进入了我的眼帘。上海毕竟是时尚的、享乐的、奢华的，当然，那背后也有血泪。

在我的心目中，南京路和外滩，是永不过时的经典。几次路过国际饭店，都要惊叹它的辉煌，年轻时曾把它喻为一支"堇色的芦笙"。还有淮海路，它的高雅让人心折，至今还是赏心悦目的地方。我不知道那些铺天盖地的法国梧桐是否还在？简直是太迷人了。现在人们都在谈论上海的发展，记得那年，中国作协在金山开国际会议，费德林、马悦然都来了，上海作为东道主，它的有效工作和周到服务，很让刚刚改革开放的中国人有了面子。二十世纪八十年代的上海，浦东还未开发，我们参观了第一条水底隧道，当时就非常振奋。

这几年上海是大发展了。前年到浦东，过南浦大桥，从金茂大厦到电视塔，真是乱花迷眼，不能不惊叹上海的变化之大。我的一位朋友是地道的北京人，现在定居上海。那日他陪我乘地铁，参观人民广场的地下商业街。他对北京和上海做了比较："上海人聪明，学外国就像外国，北京人也学，学下来还是满身土气。"我相信他的话，因为他本身就是北京人，不会有偏见。

人们也有诟病上海的时候，例如上海人打心眼里瞧不起外地人，例如认为普天下只有上海最好，等等。我以为那只是昔日上海人的局限，而且并非所有的上海人都如此。在我这里，上海始终是温情脉脉的。我走过许多地方，听过种种方言，始终以为上海话最好听，特别是上海女人讲上海话。我也不会有偏见，我从来没有说过福州话好听。对了，还有上海女人，上海女人是温柔而让人喜欢的。平生交往，对此总留有不忘的印象。

上海是温情的，在我的心灵中，在我的记忆里。

2004年9月9日于北京昌平北七家村

诗的上海与上海的诗

上海向来是开风气之先的地方。当我们回顾中国新诗发展的百年历程时，当我们检阅中国新诗近一个世纪的创作实绩时，上海无论如何是绕不过去的名字。以往人们谈论上海，都注意到这个城市在中国社会发展进程中的前沿和先锋的地位。上海在金融、贸易、制造业以及城市建设的方方面面，从来都是中国的骄傲。但是上海在新文化的提倡和建立、在新文学历史和新诗历史上光辉而卓越的贡献，往往被它经济优势的光芒所遮蔽、乃至于被忽略。其实，上海在新文化建设方面的作用，在中国始终充当着不容忽视的先行者的角色。

城市的繁荣，出版印刷业的发达，以及人才的集中所形成的优势，使上海在中国文化的建设中享有无可替代的荣光。在涉及中国诗歌的领域时，情况也是如此。人们都记得最早发表新诗的《新青年》是在上海编辑发行的。要是没有当年以上海为基地的《新青年》对于白话诗的大胆试验与实践，也许也不会有今天我们面对的诗歌事实。《新青年》当时选择上海绝非偶然，乃是由于当日唯有上海能够提供这样从事开天辟地事业的环境和氛围。所以，上海应当自豪。

上海是中国通往世界的港口，上海吸纳着、吞吐着一切来自外界的新信息。在相对保守的中国，上海始终是最先也是最积极传播新思想和新精神的都市。许多激励文学和诗歌进行新的创造的灵感，都来自上海（后来还有香港），而后，通过上海传播到中国的各个角落。论及中国新诗艰难而辉煌的历程，我们始终都没忘了向这座城市致敬。我们不会忘记它在近百年的光景中，对中国新诗事业所带来的长远影响。

继《新青年》之后，上海陆续在每个时段为中国的文学和诗歌默默地贡献着。这个城市属于诗，诗也始终钟情于这个城市。先说在新诗发展过程中起过重要作用的创造社，它一直坚持在上海开展诗歌和文学的事业。《创造》季刊是创造社成立之后最早发刊的文艺刊物。1922年3月15日创刊，由郭沫若、成仿吾、郁达夫编辑，上海泰东图书局发行。《创造》季刊于诗的贡献甚多，郭沫若的《创造者》是对于新诗热情的呼唤和礼赞："我要高赞这最初的婴儿，我要高赞这开辟鸿荒的大我。"①

在出版季刊的同时，1923年7月21日，创造社同人又在《中

---

① 见《创造》季刊第1卷第1号，上海泰东图书社，1922年3月15日。

华新报》开辟《创造日》副刊。郭沫若在代卷头语《背着两个十字架》中说："永远受了诅咒,永远受着苦难的国民哟! 我们对于你不惜我们的血泪,我们只希望你从十字架上复活。"①《创造日》出了一百期停刊。同年5月接着办《创造周报》,由上海泰东图书局发行。郭沫若在发刊词《创世工程之第七日》中写道:"上帝,我们是不甘于这样缺陷充满的人生,我们是要重新创造我们的自我。"②创造社以此为契机,以多种形式起、锲而不舍地以上海为据点,为中国诗歌开创了创造的时代。这情景是非常动人的。

要说的还有"新月"。诗歌的新月派也是以上海为根据地,《新月》创刊于1928年。在它的周围集中了一批当时最具活力的诗人。《新月》一创刊就表示了对中国新诗命运的关注。《新月》创刊所申的原则,以及它所团结的诗人极具挑战性的创作实践,对于中国新诗的价值,是明显的和久远的。"我们不敢附和唯美与颓废,因为我们不甘愿牺牲人生的阔大,为要雕镂一只金镶玉嵌的酒杯。美我们是尊重而且爱好的,但与其咀嚼罪恶的美艳还不如省念德性的永恒"③。先不说这些话澄清了长期以来人们对这一社团创作倾向的多少误解,仅就新月诸诗人所致力于中国新诗的格律建设以凸显诗的音乐特质的努力,人们

① 见《创造日汇刊》,创造社编,光华书局1927年印行。《创造日》是创造社前期为《中华新报》编的文艺副刊,日刊,由成仿吾、郁达夫、邓均吾编辑。1923年7月21日创刊,同年11月2日停刊,共出101期。
② 郭沫若:《创世工程之第七日》。见《创造周报》第1号,创造社编,上海泰东图书局,1923年5月13日发行。成仿吾的《诗之防御战》亦刊于该期。
③ 见徐志摩《〈新月〉的态度》。《新月》第1卷第1期,上海新月书店发行,1928年3月10日出版。

也应该感念当年诞生于上海的这一份刊物。

关于上海与中国诗歌事业的缘分，需要用一部专门的著作来讲述。这显然不是此刻我们要做的事。但是，既已开了头，有些史料方面的事，还是忍不住要说说。这里不能不提到同样创刊于上海的《现代》杂志，它在推动中国文学和中国诗歌的现代进程中的功绩，人们当然不会忘记。①我们对于上海与诗歌的审视已经从二十年代转到了三十年代，四十年代依然有许多值得叙述的诗歌故事，在中国历史大变革的前夜的上海，曾经出现过《中国新诗》和《诗创造》。这两个诗歌刊物，特别是前者，给大转型的中国诗歌以巨大的震撼，这也已是当今学界公认的事实，不容我再多加解释。

上海和诗的因缘仍在继续。上海以它在工业建设中的特殊地位，为中国的工业题材诗歌贡献了显著的业绩。在新时期的诗歌创作中，上海的诗人们提出了城市诗的主张，并有着非常突出的实践，只要熟悉新时期诗歌创作的人，对这段历史都不会陌生。此外，上海诗人在促进中国现代诗的创新和探索方面，也是为世人所瞩目。人们通常用"海上诗坛"或"海上诗人"来称呼和评价上海对中国现代诗的贡献。

中国许多杰出的诗人都为舒展自己的灵感和想象力而选择

---

① 《现代》月刊，施蛰存主编，3卷1期起改由施蛰存、杜衡（苏汶）主编。1932年5月创刊，1935年5月停刊，上海现代书局印行。1983年10月，施蛰存为影印合订本写了引言："现在，上海书店愿意影印全份《现代》，这是一件大好事，我非常高兴看到这个已成为文学史陈迹的刊物，能向文学史家提供研究资料，看看这个刊物在当时文学界的作用和意义，给一个不多不少的评价。"

上海。他们以上海为立足点，又从上海把诗的火种带向了远方，戴望舒和纪弦都是这样的人。上海的土地和天空成就了诗，诗也永远铭记着上海。有的诗人已经走远，但人们记住了他们坚强的身影和闪光的足迹。有更多的诗人正在这里勤奋而智慧地工作着，我们总是能够听到从黄浦江畔传来的美好的声音。上海是无愧于中国的。

《海上诗坛六十家》的编辑出版，是为显示当今上海的诗歌创作实力而做出的举措。它是一次大聚会，也是一次全面的大展示。我在这里会见了我所熟悉的年长的和年轻的朋友，我也认识了我所不熟悉的更加年轻的一代新人。我聆听着他们不同的声音，这声音发自他们已经获得自由的心灵。他们是不同的，甚至是很不同的。但他们的确展现了他们的艺术个性和诗歌梦想。我怀着感动的心情享受这一切。

这是一个艺术多元的时代。我多次讲过，当今的创作是各行其是的，一致的标准已经消失。人们都在用自己喜欢的方式和习惯歌唱，他们不再承认有什么必须一体遵照的法则。人们正在学会宽容。人们不再寻求，也不再对统一的风格怀有期待。诗人将向前走去，诗歌将在这种行进中校正自己的歧误。诗歌的另一个名称叫希望。

基于上述的原因，我在这篇文字中避免涉及具体的诗作，这是要请大家原谅的。但在文章的末了，我想破例引用具体的诗句。一位经历过苦难和窒息的诗人，他声称"只愿做一个爱和被爱的人"，他有时会发出一声叹息，他惊奇于"叹息也会有风暴般的回声"。他的苦痛是深沉的，"痛苦莫过于此了，必须用自己的手指去掐断自己的歌喉"，所幸这样的悲哀正在远去。这是一棵久经风霜的"越冬的白桦"，他聆听着自己的躯干被严寒肢解的声音，但他还是发现了绝境中的希望。这位历尽沧桑的诗人，送给我们的依然是执着、坚定、顽强的信念：

> 我们和这块土地是一体的
>
> 这是我们全部的不幸和幸运
>
> 山脉连着我们的骨骼
>
> 江河连着我们的血管
>
> 我从不为自己的苦难疼痛、呻吟
>
> 我却会为你的伤痕颤栗、痉挛、直到死[①]

　　大地、天空、城市、乡村，在这里劳作的人民的伟大的爱，这是上海的诗人们给予我们的最强大、最动人也最持久的诗意。

2006年1月28日至2月1日，正是旧历乙酉、丙戌交替之时，于北京大学

[①]　以上诗句，分别引自白桦的《叹息也有回声》《越冬的白桦》《相知》。

顶礼泰山

中天门的槐花

中天门的槐花在等我，等我到来时它盛开。

这是五月中旬，立夏已过了十多天，节气正进入小满。在山下，在平原大地，槐花已开过多时了。五月末是花事阑珊的季节。在我居住的燕园，早在三月，还是春寒料峭的天气，花就怯生生地开了。最早是山桃，它带着不驯的山野习性，似乎有点迫不及待。它开的时候，外面还不时飞舞着雪花。那花就经常这样被淹没在冰雪里，人们几乎辨认不出哪是花，哪是雪。只有有心人才知道这花的勇敢。山桃而后是迎春，迎春而后是连翘。到了五月，一年的花事就匆匆忙忙地开了个遍。到了荼蘼开花的时候，真的是"开到荼蘼花事了"了。所以，我感激中天门的槐花，它一直在等我。

而我却是姗姗来迟，让槐花久等了。早在年前，我就与山东的友人相约，待到今年的五一长假过后，游人的潮水退了，我们就登山。登泰山是我的夙愿。这愿望藏在心里已久，可以说从青年时代开始，数十年未曾稍忘。在我的心中，泰山是非常神圣的。泰山是中国文化的象征，那里留下了许多先人的足迹、诗篇、题刻，还有传诵千古的佳话。对于我来说，登泰山就是来向中国文化致敬。我早就下了决心，我要像信徒那样虔诚，从山下一步一步地走到山上。

怀着这样的愿望，从青年时代到中年，再到过了中年已是人生秋景的今日，我静待这个庄严时刻的到来。这一等就是半个世纪。中天门的槐花，就这样一年又一年地开了又谢、谢了又开地等着我的到来。今年很不平常，新年第一天就开始远行，从昆明到红河河谷，再从个旧北上丽江，来到玉龙雪山底下。春节刚过，再一度到济南。从三月末到四月末，我一个人从北京出发，福州、广州、梧州，从梧州经广州飞郑州抵鹤壁。我与温州有约，鹤壁的活动一结束，又急匆匆从郑州转道上海飞温州。而后，由温州而台州，而宁波。最后再从宁波返回温州。将及一个月的时间，十余次途经或停留诸多城市，应付着各不相同的任务和场面，承受着体力乃至情感上的深重考验。这一切，似都在为参拜岱顶做准备。

中天门的槐花在向我招手，我不再迟疑。今年第二次来到济南，从济南出发，一路车行匆匆，当晚歇岱庙。次日早起，一瓶水，一架相机，两三位比我年轻的朋友相伴，我们就这样向着泰山进发了。一天门是一个起点，像一个使徒，我步履沉稳，心境端庄肃穆，一步步向着我的目标。过"虫二"，望风月无边。访经石峪，看泉漱经典的辉煌。回马岭，步天桥，满目晴翠，古碑凌云，苍松蔽日，中天门到了！登山近半，已见疲乏，中天门一带地势平缓，恰是舒缓身心的好时机。此地俗称"快活三里"，是紧张之后的放松，大约有三里路程可以悠闲地走。这一段路，是迎接十八盘的艰难，向着玉皇顶最后冲刺之前心境和体力的大调整。张弛有道，缓急有节，这就是泰山的神启。

那槐花充满了灵性，它感到了有远客来临，顷刻间开放了繁密的花团。那花团如流云，如涌泉，把中天门上上下下所有的悬崖峡谷全给充填了。这种充填更确切地说，像是一种突如其来的占领。仿佛是一种电击，更像是一个无声的命令下的"军事行动"。是那样的迅疾，又是那样的出其不意。我从来没有见过这么壮观的、从含苞到全盛的花的开放，仿佛是一个召唤下的瞬间的集结。日正中天，蝉鸣远近，佳树清荫，游人倦午。此时槐香悄悄袭来，向着人的鬓发，向着人的罗衫，是一种清雅，更是一种高贵。那花香，清清浅浅，浓浓淡淡，似聚还散，似有还无，如轻雾，亦如流云。真的是，牡丹不及它高雅，茉莉不及它热烈，艳丽的海棠又没有它沁人心灵的醇香。

我礼赞中天门的槐花，我更感激中天门的槐花。我礼赞它不加修饰的美丽，我感激它长久而深沉的眷恋。我要向槐花挥手告别了，我要带着它动人的牵萦和怀想，我要怀着我的热诚和爱意，向着岱宗的极顶攀登。我要在十八盘陡峭的石阶上洒下我真纯的汗水，我要在南天门上向我远方亲密的朋友送去我心中的红玫瑰。

2004年5月18日登岱顶，6月6日写于北京昌平北七家村

槐花约

友人从济南捎话说，中天门的槐花开了。友人记得我与槐花有个约定。十年前的此时，广袤的华北平原吹着暖风，时节已是仲夏，平原已是一片葱绿，槐花花事已过。那日清晨，相约几位朋友，步行登泰山，过斗母宫，过壶天阁，过回马岭，望不尽的奇峰峻岭，竟是一派令人惊叹的"青未了"！约行两小时，一曲艰难的盘山道走过，迎面而来的是一片开阔地，中天门到了！令人惊喜的是，在平原已过了季节的槐花，在中天门竟是以漫山遍野的灿烂迎接我：花若有待。我知道，槐花隐忍着推迟她的花期，她在等我的到来。

平原上的槐花我见过，在我的燕园，那里的槐花也很有名，未名湖山间的夹道旁，朗润园的湖滨山崖，春深时节也是满世界的芬芳。但那些花景是散落各处的，这里一丛，那里一丛，总在隐约仿佛之间。而中天门这里不同，却是集聚性的、无保留的、竭尽心力的绽放，不是绽放，简直就是喷发！那情景，那气势，一如充盈在齐鲁大地无所不在的侠气与柔情，令人内心感到温暖。极目望去，眼前涌动着一片花海，白花花的竟是让人心惊的明亮。在道旁，在岭崖，在云岚氤氲的山谷，到处都是她飘洒的璎珞。浅浅淡淡的绿中泛着明媚耀眼的白，在明亮的阳光下闪着宝石的光芒。

多情得让人心疼的中天门槐花！为了迎接我的到来，她用那浓郁的、甜蜜的香气熏蒸着我，是蜜一般的甜，是果一般的香，是让人心醉的缱绻与缠绵。那年是我第一次登泰山，是我集聚了数十年的圆梦之举。我不是旅行者，也不是香客，我是一个朝圣者。我知道那山山势奇陡，数十里的山道，七千多级的台阶，还有那让人惊心动魄的十八盘。但我决心一步一步地从山下拾级而上，直逼岱顶。如使徒之神往伯利恒，如玄奘之取经佛国，泰山就是我心中的圣地。我坚持要用一步一步地攀登来表示我的虔诚，我要用一步步地跋涉来丈量它的伟大。

我知道它是天下众山之首，我知道它奇兀、险峭、壮美，但在我的心中，它不单是一座风景山，更是一座文化山。风景优美的山，并不罕见，而文化积蕴深厚的山，则名世者稀。武当有道，普陀有佛，武夷有儒，但泰岳却是集大成者。登泰山就是向中华文明的朝圣之举，就是用自己的身体来阅读一部浩瀚的华夏文明史。整个的中华文脉气韵都荟萃在它的山岚之间，那些历代帝王留下的封诰碑石，那些摩崖上的诗文墨迹，多少先贤的汗水和墨香播洒在泰山的盘山古道上。

我来北地数十载，所居的城市距离泰山并不远。我有诸多机会可以向它礼敬，因为景仰，所以肃穆，我总是惮于贸然登临。登泰山是我生命中的一个节日，我要在最庄严的日子，以最虔诚的心情，怀着最深沉的敬意，用我最郑重的方式表达我的敬意。这一说就是至少一个甲子的等待。我与泰山的约定如金石，践约选择的就是那一年、那一月、那一日、那一刻。当日同行者四人，他们都是我的山东朋友：历复东、王路、侯成斌、毛树贤。感人的是毛老师，他当时已体力不支，为了陪我，强行至中天门。力竭，众人劝止，改乘索道至南天门迎我。毛老师于翌年病逝。

中天门似是久待后的欣喜，它以满山满谷的槐花云、槐花雪、槐花风、槐花雨，来回应我与它的心灵之约。当日我初学手机短信，在花荫之下向远方的友人送去芬芳的槐花的祝福。那次登临之后，我开始寻求再次登山的机缘。五年后重登泰山，陪同者易人，是诗人蓝野和尤克力，他们年轻，却也未免气喘。这是我的第二次登泰山。那是四月，山中微寒，花时尚早。从那时起，我暗下决心，相约以十年为期，重践我的槐花之梦。

这就到了此年、此月、此日、此刻。朋友记得我的心愿，他们生恐我误了花期，提醒我：中天门的槐花开了。我如听天音召唤，摈弃手边俗务，跃身而往。是日，朝发永定门，高铁如流光，午前直抵泰安。主客于"御座"杯酒言欢，相忆十年旧事，我曾为泰安一中百年校庆题字："一百年的青春"。我心有所萦，不敢恋杯，瞬即离座，款步登山。较之十年前，我身边多了几位陪同者，孟繁华和吴丽燕决心执弟子礼，一路自北京随侍左右，繁华是要陪我的。十年前陪我四人中的王路和侯成斌欣然随行，加上胡长青及其朋友，约六七人，均乃儒雅时贤，一路言谈甚欢。

午后二时抵中天门，但见满谷槐花汇成了溢满岱宗的香雪海。自2004年5月18日首次登临，阅槐花盛事于中天门，至今已逾十载。今日是2013年5月19日，相差一日，我如约前来，但见花事如海，依然真情如梦。十年旧约，两不相忘。都言花能解语，我言花有信、有情、有爱。中天门的槐花，齐鲁大地的情义之花。我将此种感受发至远方，回信说："永远的槐花之约，你开了，我就来了！"为了表达我对槐花的感激，也许可以改一种表述：永远的槐花之约，我来了，你就开了！

2013年5月19日于济南舜耕山庄

［附］

泰山历史悠长，最早的登山记述是《封禅仪记》：

> 是朝上山，骑行。往往道峻峭，下骑，步牵马。乍步乍骑，且相半。至中观，留马。去平地二十里，南向极望无不睹。仰望天关，如从谷底仰望抗峰。其为高也，如视浮云；其峻也，石壁窅，如无道径。（汉·马第伯《封禅仪记》）

这篇文字写在汉代，少说也有两千多年的历史。而在此前，秦始皇和汉武帝封禅的仪仗，那些香火的余烬，如今在十八盘的烟云中依稀尚存。也许秦汉显得遥远，再看这篇，是古代记述中稍晚的：

> 四十五里，道皆砌石为磴，其级七千有余……今所经中岭及山巅，崖限当道者，世皆谓之天门云。道中迷雾冰滑，磴几不可登。及既上，苍山负雪，明烛天南。望晚日照城郭、汶水、徂徕如画，而半山居雾若带然。（清·姚鼐《登泰山记》）

写这文字的是一位桐城派的领袖人物姚鼐。此文写于乾隆盛世，说晚，距今也是三四百年了。

绝顶亭：一日无心出　群山不敢高

极顶石刻：把酒时看剑　焚香夜读书（据云是王羲之手书）

这一番错过了南天门

　　我首次登泰山，是2004年的5月18日，当时我已过了俗称"古稀"的年龄。泰山在我心目中是一座圣山，数十年来，我无时不梦想着以最隆重的方式膜拜它。这座对于居住京城的人可谓近在咫尺的山，我多少次车过山边，却总是郑重地"预留"着。这一说，至少也是半个多世纪的等待了。事情到了这一年，我开始实行以"隆重的方式"朝觐泰山——一步一步地从一天门、中天门、南天门，直逼岱宗的极顶玉皇顶。我的体力和毅力都受到了考验。这是泰山女神在护佑和鼓励我。难忘的是，在中天门我受到了满山满谷槐花的盛大迎接，为此我写了一篇散文《中天门的槐花》。当日我刚学会手机短信，我以短信的方式向远方的朋友，递送了一枝生日的红玫瑰。这就是我永世不忘的"槐花缘"。

　　第二次登泰山是五年后，两位年轻诗人陪伴我，也是一口气从山下直逼岱顶。我心中惦记着我的槐花之约，前次是五月，所以有一个惊天动地的槐花汛向我涌来。这次早了点，是四月，山间气温低，槐花未开，我与她失之交臂。虽曰登顶了，但未能圆我的槐花之梦，怅惘，有错失的遗憾。自此暗下决心，相约再以五年为期，即第一次登顶的十年之后，一定要履约还愿：就是说，我决心要在十年后的同一月、同一日、同一个时辰，我要再次拥抱中天门的槐花，并要第三次以步行的（而非缆车的）方式礼谒岱宗。我要在泰山之巅再次感受"遥望齐州九点烟"的壮丽辉煌。与此相关的，我要在第一次登顶的十年之后，再一次考验我的体力、耐力以及定力。

这样的期盼与等待，颇有点像是情人之约，很甜蜜，很幸福，却也很揪心。2013年5月初，山东惦记此事的朋友传来了消息：中天门的槐花开了！我知道我履约的佳期已至。我安排了手边的急事，5月19日（比先前约定错开一天）凌晨自北京南站动身，近午抵泰安。友人在"御座"安排了丰盛的酒席。我惦记着要赴我的十年之约，饭桌上有酒不饮，有肉不吃，急辞主人由"御座"启程。还是从一天门起步，谒斗母宫，一路遂心，不紧不慢，约两小时便到了中天门。槐花果然是盛装迎我，满世界的华丽，伴随着满世界的芬芳。多情有义的中天门的槐花，我的情人之花，我该怎样地感谢你！

这是当日午后的三点钟。先期坐缆车抵达中天门的朋友迎接我，他们纷纷为我的健步抵达庆贺。我感谢他们，并且告诉他们：十年旧约，我和槐花都没有遗忘。现在是实施最后一项的时刻了，我要由此一鼓作气越十八盘直逼南天门，践行我的十年三次步行登顶的约定。这时的时间是 2013 年 5 月 19 日的下午三点半，朋友们看看手表，个个面有难色，一致劝我不可继续登山，因为上面的缆车就要下班，它不能等我。误了缆车，我们今晚除了住在山上了别无选择——而在我的行程中，今晚是要在济南过夜的。

我只能停步。十年的相约，十年的筹谋，十年的等待，同一个日子，同一个槐花盛开时节，多么美好，一切都按照内心的约定实现了，可是时间，就差这最多三个小时的时间！难道我的第三次登山的脚步，只能就此停步吗？这是怎样的遗憾啊！功亏一篑，不就是此刻我的处境吗？朋友们很同情我，他们为了缓和气氛，安慰我说，这也很美，是一种残缺的美，你不是喜欢维纳斯吗？这就是永远的断臂维纳斯！

我只能苦笑。我在责备自己：我为实现这次槐花之约筹划了整整十年，日期是对的，十年之后的同一月份，相差只有先后一天，槐花再一次应约盛开，我再一次轻装徒步从山下以两小时抵达中天门，我的腿关节没有发生疼痛，这一切都是对的，可谓一切皆对，十分圆满。上几次我都是清晨出发，抵达南天门是正午时分，我有足够的时间从容下山。可这次，我却是中午上山，没有留下充分的往下走的时间。这一番真的错过了南天门！我以为这是天意，其实，这是我的错，我想得过于随意，我没有把所有的因素都考虑在内，与其怨天，不如怨自己。

在泰山脚下，我带着遗憾与前来陪我的朋友告别，他们是：十年前陪同我上山的王路、侯成宾，五年前见面的泰安一中校长（时任泰安市教育局局长）张勇华，教育局的丁连厚，特别感谢张局长的夫人专程前来中天门作陪。山东人民出版社社长胡长青和他的朋友，还有从北京一路陪同我的孟繁华和吴丽艳，我一并感谢他们，感谢他们的鼓励，也感谢他们的安慰。由此我悟到，不要再有计划，一切随缘，缘分到了，就会圆满，缘分不到，一切枉然。这番，我不能不承认，我真的错过了南天门！

2014年2月9日于北七家

登黄山

大风雨登黄山莲花峰

　　一朵云也看不见，一棵松也看不见，一片石也看不见。山上山下是混沌的一片。这是我第三次登黄山的全部印象。

　　我们从灵谷寺乘缆车抵白鹅岭的时候，但见山上到处贴满了布告，说是黄山已经一个多月没有下过雨，目前是火警发生的危重时期。布告警告游客杜绝一切火源。可就是这一天，就是我们来到黄山看到了火灾警告的这一天，黄山大雨。

　　我出来有一段时间了，我已倦旅。从北京到成都，再从成都到芜湖，参加了几个会议，做了几次讲话，会议虽有安排，主人虽有挽留，想起手头没有做完的事，心绪甚是不宁。黄山我是不想去了，我希望能买到一张回北京的机票。会议安排者做了努力，结果是没有买到。我无法可想，只好决心和大家一起登山。朋友们安慰我说："这是黄山多情留你。"我想也是，都来到黄山脚下了，何不乘兴一游？都说是，谁谁谁百岁时登黄山，与之相比，我应该是年轻多了，人家都能做到，我为何就做不到？想及此，顿时也兴奋了起来。

天说变就变，谁料到才到白鹅岭，一开始是稀疏地下了豆大的雨点。顷刻间，雨点愈下愈密，竟像是黄豆般打在脸上。我有几次登黄山的经验，以为绝对要轻装。登山会淌大汗，衣服也是干了湿，湿了干，用不着多带。结果我与众人有别，十月底的天气，依然是单衣短袖，一袭夏装。这雨下得紧了，风一吹身上骤寒。原先不想穿雨衣的我，不得不在山上以高于山下数倍的价格买了一件披上。我自我解嘲："黄山留我，是要我给久旱的它带来一阵喜雨。"事情就这么巧。若是我顺利地飞回了北京，对我个人来说是失去了一次难忘的大风雨登山的经历，而对黄山来说，它的损失更大，也许它依旧紧张地持续着令人心焦的旱情——因为没有人能造出这一场大风雨来。

雨大，也罢了。雨是夹着风的，风一来，人就站不住。黄山是有很多让人心颤的险仄之处的，因为是在雨中，什么也看不见，也就无所谓胆战心惊的形容了。其实风更可怕，在那些壁立千仞的山道转弯处，在那些万丈深渊的悬崖绝壁上，风就那么一吹，人若稍有闪失，后果不堪言说！这一切并没有难住我们。我们都艰难而又快乐地走过来了。

那件用高价买来的雨衣，它不仅没能为我遮蔽风雨，反而成了我的累赘。风夹带着雨水，从我的领子口上往里灌，手机、照相机、一些害怕浇淋的物件，全都照淋不误。更糟糕的是，它反过来影响了我的行动，那里外都是水的雨衣，它贴着你的胸和背，纠缠着你的腿，使你在风雨中无法迈步。我愤怒了，把那件破雨衣从身上扯了下来，宁可让身体暴露在风雨中，让雨水痛快地从头到脚往下浇。这倒应了我原先的想法：在黄山毕竟不能多穿衣。

因为根本看不到所有的一切，什么云海，什么奇松，什么怪石，什么始信峰的秀丽，什么鲫鱼背的惊险，一切的花和树，一切的云和石，一切都只是雨雾中的迷蒙和苍茫！这番游黄山，可算是创了纪录——我们什么都没有看到，除了不见尽头的雨水。因为看不到一切，风雨中我们走得很快。汗水、雨水，真的是干了湿，湿了再干，对于我们来说，此时的急走没有别的目的，目的就是赶路。同伴们的行走速度参差不一，现在都已星散。我们是走在前面的几人，我们发了狠，既然黄山如此款待我们，我们干脆就拿出威风来给它看——我们的目标是攀登莲花峰绝顶。

莲花峰是黄山三大高峰之一，平日登临尚须极力奋斗，何况今日这满山满谷的飞流急湍，劈头盖脸的狂风暴雨？几次上莲花峰从没有这般漫长的感觉，盘山道无尽地弯曲，走不到头。而且有风，从前面，从身后，从不知的什么方向，推搡着我们，摇晃着我们，他们想动摇我们的决心和毅力。而我们只是前行，再无退路。大约用了一个小时，我们终于登上了莲花绝顶——当然，这里仍然是空蒙的一片。我们看到了两个人，是在峰顶上设点营业的摄影师，尽管没有游人，即使有了游人也无法拍摄，这他们知道。但他们坚持着，两人相拥，用雨布遮盖着摄影机，而他们的身上则是一样地雨水横流。这就是我们在莲花峰顶看到的唯一的风景。

大风雨中我们急行。经飞来石，登光明顶——这是黄山第一高峰。光明顶下来，一线天，百步云梯，抵玉屏楼。此际山路渐趋平缓，我们在玉屏楼的台阶上会聚，相互庆贺。这毕竟是平生难遇的一种大风雨登黄山的特殊经历。

孙文光是我旧日的北大同窗。此番盛情邀我参加芜湖盛会，会后又亲自陪我游览。在孙君，已是七登黄山了，这次伉俪结伴为陪我冒着风雨再一次登临，状极感人。归后又有诗记此盛事。诗曰："翩翩小谢负诗名，唾玉风生四座倾。履险更惊腰腿健，莲花峰上踏云行。"同登莲花峰的，还有上海的聂世美君，他是近代文学的专家，也有七言古诗《大雨登黄山莲花峰》一首见示。聂君诗中对我的赞誉当之有愧，他写了我"短袖单衣冲风雨"的情景，他感慨说："此情此景知难必，快意翻从偶然得。振袂还复下山来，始觉险绝起股栗。股栗心战只此回，人生感悟响轻雷。岁月长河原平缓，一登黄山显奇瑰！"

真是，这样的经历不可重复，也许一生只有一回。

2002年10月17日，中国近代文学学会第十一届年会暨安徽近代文学研讨会组织会议代表登黄山，是日大雨。2003年4月5日作于北京大学畅春园寓所。

从此黄山不徽州

　　黄山很美，它的美让世人着迷。都说黄山有三绝：奇松、怪石、云海。三绝是千变万化，不可名状。单说这黄山的云，愈是云雾缥缈，愈是云遮雾罩，愈是波涛汹涌，便愈是风景奇绝让人惊叹。黄山有西海，有北海，其实指的都是云海。登黄山若无云不雾，那就等于未登。正因为黄山有这等让人流连的别处没有的风景，人们才说"黄山归来不看岳"。这山留下了许多名人的足迹，徐霞客登过黄山，留下了珠玑般的文字；据说刘海粟十登黄山，把苍郁的山水化为了满纸烟云。

　　人们知道黄山在古徽州境内，歙县以北、太平以南地界——徽州现在却奇怪地消失了，只剩下孤单的黄山，网络上人们扼腕说"从此黄山不徽州"，指的就是徽州在黄山的"消失"。令人不解的是，遗世独立的黄山，却偏偏"消失"了它的有着丰富文化内涵的、赫赫有名的祖居之地：徽州！失去了厚重沉郁的徽州的黄山，变得只剩下轻浅的风景了，这到底是黄山的幸，还是不幸？一座是受到人们的轻忽的州府，一座是受到利益驱动正在愈变愈"大"的名山。在这样的较量中"过时"的徽州处于劣势，且不由自主地陷落了。

我们不是研究地理史和文化史的，我们只是普通的游客。作为游客只是知道，过了屯溪，过了汤口，那就是我们心目中的黄山风景区了。进了黄山，但见杜鹃倚丛于山岩，秀竹集翠于山谷，再加上那时有时无的飘忽的雨雾，感到了满心的欢喜，于是便知足。后来听说改名称了（也许是觉得不够"大"吧），风景区改成了管理区。这还好，叫管理区也罢，原本指的都是这座有着好风景的山，这也无妨我们的游兴。再后来，事情越发让人匪夷所思，听说黄山开始设县了，不免心生疑虑。这是黄山"挤对"徽州的开始，可是它们为何要互相挤对呢？

回过头来说徽州。且说徽州建郡于宋，宣和年间辖六县。徽州府所辖六县分别为：歙、黟、休宁、绩溪、祁门、婺源（其中婺源屡有进出，也是一段莫名的公案），自此以至民初，徽州的辖区大体是稳定的，唯六县中从未听说过有个县治叫"黄山"的。黄山贸然成为行政区是在二十世纪八十年代（八十年代全中国开始流行乱改地名的恶习），当时此间的主事者把太平县及附近一些区乡拼凑了一个县级的黄山市。后来大概觉得"不到位"，又升级，重新拼凑了一个地级的黄山市。这个黄山市原本是生造的，它取代了曾经管辖过九个县的屯溪市，也取代了原有叫作专区或地区的徽州地面。

　　而原来徒有其名的、象征性的徽州，则是神速地从人间"蒸发"了。每次来到黄山，登山之余，我都要寻觅古徽州的痕迹，除了日益现代化的屯溪老街，除了白鹭不再归来的河岸丛林，每次总是惆怅莫名。有人告诉我，现今黄山市管辖的城三区中有一个叫徽州的。但一查，这个所谓的徽州区却是一个真正的"杂凑"。它"借"徽州之名，人为地把原属歙县的几个乡镇捏弄成了一个"新徽州"[1]。它与历史甚至地缘上的古徽州几乎无涉——要是有的话，也是微乎其微。

　　黄山这边乱改地名的行止，大兴于二十世纪八十年代。此后连绵不绝，愈改愈乱。现今所谓的徽州区的张冠李戴，仅是其中区区一例而已。那些对历史文化茫无所知而肆意妄为的人，以为代表了历史沿革和渊源的地名，是小孩手中可以随意揉捏的泥团。他们不知道这是粗暴地错乱人们的记忆、斩断人文的血脉，乃是一种恶行。对于徽州—黄山地区的随意更改地名，舆论早有异议并同声谴责，而当事者却是充耳不闻！民间流传"从此黄山不徽州"，实在是令人痛心疾首的判词。

　　这是一片秀美肥沃的土地。从黄山、齐云奔流而下的水。

----

[1]　笔者按：现在黄山市的所谓徽州区，是依据1987年11月国务院批复成立黄山市后新设立的（市辖）县级区——徽州区，下属四镇三乡（岩寺镇、西溪南镇、潜口镇、呈坎镇、洽舍乡、富溪乡、杨村乡）近十万人口设立的一个"新"区。
　　网络材料称：徽州区长期以来一直为歙县地治，歙县徽城镇古称徽州府。1987年大黄山市成立后，划歙县岩寺镇和潜口、呈坎、罗田、西南溪、洽舍、富溪、杨林七乡以及郑村乡的瑶村置徽州区。徽州被张冠李戴，"从此黄山不徽州"。

涌集屯溪，再自深度浩荡东行，为新安、为富春、为钱塘，灌溉出一派江南锦绣。古徽州诸县就置身这一万山环抱的河网密集的丘陵中。徽州一府六县历经千年的长期的磨合融会，共同创造了可与楚、湘、闽、粤诸地媲美的灿烂的地域文化。业内人士皆知，在建筑、木雕、学术、医学、戏曲、诗文、餐饮等方面，徽州古郡及其周边地区所展现的文化魅力是独特的和不可替代的。

没有了徽州的黄山，到底给后人留下什么样的遗憾呢？

2012年6月6日于北京昌平北七家

一条鱼顺流而下

　　一条鱼顺流而下，桥上和两岸的人向它行注目礼。

　　那条鱼游得非常惬意，骄傲如公主，活泼如飞鸿，而那份潇洒自如，却如舞场上飞旋的身影。

　　这么清的水，这么自由的鱼，如今已是稀世奇珍。难怪有这么多人驻足观赏，连连发出惊喜的喧呼。那鱼愈发为之得意，它随意地摇晃自己的身体，时而上升，时而下沉，它欹斜着身子，左顾而右盼。它显然感到自己的美丽，它似在炫耀，着意于展示这美丽。

　　这么清的水：从桥上望去，数十米之遥，可以清晰地看到水下的鹅卵石，还有摇曳的水草，那鱼就在水草和石头间滑动。太阳照着，夏季已经过去，它发出温暖的光晕。河两岸，南方的绿树葱茏。人世的尘嚣顿然消失，人们为周遭的清纯和静谧所迷醉，立在艳阳下、绿荫中，为一条鱼欢呼。

只有这一刻世界是纯洁的，没有世俗溷杂，没有邪恶的贪欲，只是留下对于自由生命的欣悦与礼赞。所有被这景象所陶醉的人，年长的和年少的，这时刻似乎只剩下面对美的单纯的凝视。那鱼仿佛也感受到人类的良善和温馨，它俯仰自如，尽情而安详，没有惊惧，甚至毫不防备。

　　一条鱼顺流而下，人们以美好的目光迎接了它。这是一个亲历的真实的事件：时间是去年早秋时节，地点是诸水汇聚的屯溪——新安江柔和地流过的地方。那条水也许是从湘赣边界的崇山峻岭中流来，澄清、晶莹，带着山间的青翠和芬芳。新安江形成于此，江面顿宽。鱼是大的，不然的话，桥上和岸边的人们便不会发现它。

　　一条鱼无忧无虑地顺流而下，它在屯溪宽阔的水域夸耀自身的姣好。屯溪往后是什么地方，那鱼要游向何处？沿江北去是徽州，那个繁华之地舟楫如织，网罟恢恢。过了深渡，激流漫卷，入新安江水库。该处千岛耸立，却非安宁之所在，有过令人震惊的劫案！况且，无数的污水正夜以继日地向浩渺而洁净的湖区倾泻。污浊的河流，将是鱼群的墓穴。

　　这鱼饱尝新安江两岸的晴树繁花，它在人们的啧啧赞叹声中显得快乐，且自信。它是在清寂的山涧生活惯了，那里江花如火，那里江月如雾，那里露珠在清脆地滴落。它以为清风白水自然而有。它甚至以为江流愈是宽阔，波浪愈是湍急，便是愈进入佳境。于是这条鱼泰然自若地顺流而下。

鱼当然不会明白，泉水悦耳奏鸣之外会埋伏着钓钩，在繁枝覆盖的河湾也许正窥伺着罗网。鱼当然更不会明白，有些河流正在死去，在那里，一切的波纹和漩涡，都会变成死亡的沼泽。那么鱼呢，活泼地游来游去的鱼呢，包括此刻供人欣赏也自我欣赏的鱼呢？它也许正步步逼近那可怖的死域。

　　一条鱼顺流而下，人们惊奇的目光也许只是忘情的瞬间的纯净。夹岸而观的人群，他们恭迎的生命欢跃，难道竟是一种警号，难道竟是为了某种永诀！

那一群白鹭再没有回来

　　每一次到黄山都要经过屯溪。屯溪的水是从黄山流下来的，流向兴安江，流向千岛湖，流向富春江，流向钱塘江。这一带的山形水态，是为世人所称道的锦绣江南，所以不仅人愿意到这里来，而且鸟也愿意到这里来。记得那一年，大约是二十世纪八十年代中期吧，诗人有约，会于屯溪，相期一道攀登黄山绝顶。登黄山的第一站便是屯溪。那时屯溪的宾馆并不多，我们住的是当时最好的屯溪宾馆。馆建于半山，面对着一江秀水。那水从黄山汤口一路直泻而下。来到屯溪谷地，水势渐缓，别是一片安详宁静的风景，仿佛淑女临境，万种风情。

　　我们在那里谈诗论文，闲暇下来，便约三五好友端了藤椅来到露台上，我们一边品茗闲话，一边凭栏眺看溪山佳色。此际，清风送爽，花香盈袖，鸟唱婉转，如置身仙境。黄昏时节，是这里一日中最热闹的时刻。临江一带的白鹭经过一天的劳累，都回到了树林中。它们把沿岸所有的树都占领了，它们施展了魔法，顷刻间在原先碧绿的枝叶间缀满了遮天蔽日的白花。不，不是白花，简直就是把那天那地搅成了混沌的白银世界。

也难怪，这一带树木繁茂，江水清澈，鱼类和昆虫都十分丰富，没有工业污染，没有高楼摩天，也没有车水马龙，宁静和澄洁引了这些远方的客人，白鹭们视这里为它们理想的家园。它们聚群临水而居。清晨如云彩般成群结队飘飞而去，到了晚霞灿烂的时节，又成群结队地飘飞而来。一日辛苦之后的团聚，它们把这里闹成了一片欢乐的海洋。羽翅蔽空，喧声如浪，震天撼地，把这安谧的水域顿时幻成了繁华的市肆。古人说："蝉噪林逾静，鸟鸣山更幽。"人们从这些极度的喧哗中，感到了极度的宁静。无疑，飞翔和追逐带来的是欢乐，鸟儿欢乐，人也欢乐。

那一次屯溪小住的印象是深刻的。首先是这一群白鹭，山水尚在其次。随后我又两次路过屯溪。第二次来时，原先住过的那饭店翻修了，规模大了，也更豪华了。但原来那种朴素的皖南风格却是永远地消失了。屯溪变了模样，变得和南南北北所有的大小城市没有什么两样了。当然那些树林还在，只是，只是，那一群白鹭再也看不到了！白鹭不喜欢这里的变化，它们失去了家园。

第二次来屯溪，我站在屯溪大桥之上，那是一个阳光明媚的中午，我曾目送一条鱼惬意而自在地顺流而下。两岸夹视的人们为它惊人的美丽欢呼。而在我，却感到了不安，为这惊人的美丽而担忧。从屯溪往下行走，溪山重重，前路茫茫，网罟密布，它的归宿将是哪里？那时我写下了一篇充满忧患的文字。而现在，就是此刻，那一条美丽的鱼的身影还在我的眼前，那感受仿佛还是昨天。然而，不仅是鱼已远去，而且，我眼前竟看不到一只白鹭！

那一群一群欢叫着飞翔的精灵如今都在哪里？它们还有山水树林可以栖居吗？那曾经把一片绿树林缀满了雪白的花朵的喧腾着、追逐着的种群，它们还有劳碌一天归来的欢乐的黄昏吗？它们的新居在哪里？它们是否还如往昔，在一夜安谧的睡眠之后，还能迎着晨曦和朝雾开始新的一天充满活力的飞翔？我的白鹭在哪里？它们还有家吗？它们能找到鱼虾果腹吗？要是这钱塘江的上游，这富春江的上游，这兴安江的上游，这临近天下名山之最的黄山的风景佳丽之地都不能安身，又在哪里可找到供它们嬉游和生息的地方？我真的感到了悲哀！

最近一次到黄山，是在一个月前。我们先是到了黟县，参观了那里新开发的旅游景点——明清古民居，一天忙乱的旅程下来，下榻花溪宾馆。屯溪已经大变，这里已是遍地的灯火楼台，遍地的酒楼歌肆，遍地的霓虹遮蔽了满天的星月，遍地的管弦歌吹打破了四野的寂静。较之域内的诸多旅游城市，看来屯溪不缺什么，一样的不缺衣香鬓影，一样的不缺车水马龙，一样的不缺灯红酒绿。但我还是感到了寂寞。我找不到我的白鹭了，一只也找不到。

那一群遮天蔽日的白鹭飞走了，它们不再回来。我感到寂寞。

2002年12月22日，三游黄山归后作，于北京昌平北七家村

难忘大西北

到新疆看朋友

　　到新疆看朋友，这是我日夜萦心的愿望。在中国所有的省份中，新疆是我去的次数最多而且是去了还想去的地方。特别是今年，此时，现在，这种愿望一直强烈地冲撞着我，我要到新疆看望我的朋友。他们安好吗？他们开心吗？我想念我的朋友，我的朋友一定也想念我。我要和他们一起吃香香的羊肉抓饭，吃烤得焦脆的烤包子，还要和他们彻夜痛饮伊犁大曲。对了，我没忘了要向陈柏中和沈苇他们爷仨"讨还"他们"欠"我的那一碗"欠了三代人"的羊杂碎汤！①我还要找到那年一路陪我到南疆的尤鲁托孜－亚克亚，就是大家亲昵地叫她"星星"的那位新疆女子，我记得她优美的舞姿，我要向她表示我的怀念和谢意。

---

① 关于此事，数年前我曾写过一篇散文《一碗杂碎汤等了三代人》。

机会到了，束装即发，这次的目的地是伊犁。伊犁的朋友在等我。凌晨出发，乘机，转机，傍晚时分，到达伊宁。来到入住的"塞外明珠"，已是入夜时分。欢迎晚宴是当晚八九点，北京入睡了，伊犁醒着，伊犁的"夜晚"依然悬挂着不知疲倦的明晃晃的大太阳。朋友来自四方，主人感受到友情的温暖，露出笑容。举杯，歌舞，酒情醉意，一切照旧。我告诉朋友，我怀念新疆，怀念新疆的朋友。此行是一个会议，但私心却是访友。

　　记得是前几年，在阿克苏，中亚腹地的正午时分，阿克苏的太阳透明，如一盏巨大的白炽灯。我们的朋友是一位诗人，他的诗篇被谱成了歌曲，"新疆的馕是月亮，是太阳"，唱遍了天山南北。他放下繁忙的公务来陪我们。此刻他的作品不是诗歌，而是比诗歌还要美丽生动的他的试验田——几百亩的矮秆大枣（他是学农业的，农业是他的本行），和一眼望不到边的葡萄长廊。成年的枣树也只有六七十厘米高，正在扬花，大枣是成串如葡萄那般结果的。那枣园，望过去像是葡匐地面的棉花田。他邀请我们秋天来摘枣。我知道阿克苏和库尔勒的香梨很出名，现在是诗人的大枣了！想象着我们"俯身"摘枣的情景，仿佛已被盈袖的枣香蜜醺醉了。中午他陪我们喝酒，他的祝酒词是一首诗。我们在阿克苏访问了多郎河边，听数十人合唱的多郎木卡姆，在热瓦普和艾捷克伴奏下和维吾尔族老爷子踏着鼓点共舞，他们长髯飘飘，极有韵致。

我们六月底离疆，回京不几天，《绿洲》的一位编辑就传来了充满血泪的短信，她亲历了乌鲁木齐那场突如其来的灾难。我们的阿克苏诗人临危受命，放下了他的大枣试验田，也暂时放下了他的诗歌，他奉调到了乌鲁木齐，做着与诗歌、与阿克苏大枣完全不同的工作。我不知道诗人在新岗位是否发现了新的诗意——也许是没有，也不会有的。现在他身负重任，日夜悬心，我等闲散之人，不忍打扰他。朋友告诉我，他很好，为了舒缓紧张心情，他每晚十一点后读书、写诗，一般不理公务。我托朋友向他寄言致意：又是枣花时节了，再过月余，诗人的红枣将挂满田头，到处点亮了红彤彤的小灯笼。如果诗人来了兴致，相邀在阿克苏葡萄长廊共饮一杯，我会欣然赴约的。我们相会，当然是弹响热瓦普，痛饮慕萨莱斯，在刀郎河边通宵达旦。

　　我还要看望我的更加年轻的一位朋友，他祖籍湖州，大学是在金华读的，环太湖周边是江南锦绣之地，他是被越剧和吴侬软语浸泡起来的生命。但他选择了新疆，也许是为了爱情，也许是为了诗歌。须知江南和塞外是完全不同的地域，前者的娟秀和后者的粗犷是截然不同的风格。如今，他在新疆已生活了近三十年，蓄着和维吾尔族大叔一般的长须，他已自认为是新疆人了。他知道那里生存条件的严酷，曾有诗句说，"一个古尔班通古特，一个塔克拉玛干，那里的荒凉让人走投无路"。但他还是义无反顾地选择了这里，他把最宝贵的青春留在了边疆。他很清醒："故乡和他乡造成了我的分裂。但这种分裂并不可怕，有时还十分令人着迷"，"差异性构成了新疆的大美，抹去了这种差异性，新疆就不成为新疆了"[1]。他用青春丈量着这片土地的神奇和美丽，他发现了新疆的大美，雄浑而壮丽：

> 中亚的太阳。玫瑰。火
>
> 眺望北冰洋，那片白色的蓝
>
> 那人傍依着梦：一个深不可测的地区
>
> 鸟，一只，两只，三只，飞过午后的睡眠[2]

我记得当初读到此诗受到的感动，他只用短短四行、三十多个字，写出了一个令所有人都感到震撼的特异的地区，那辽阔，那无边的寂静，中亚正午的太阳灼热如火，烘烤，炽烈，燃烧，他看到了一朵奇大无比的玫瑰，玫瑰也在燃烧。惊人的新鲜，惊人的绮丽。据我推测，写此诗时他来新疆不会太久，但他对中亚风情捕捉和概括却如神来之笔。那年我和他在阿克苏河畔分手，之后无多时，乌鲁木齐有事发生。自此之后，诗人的诗中多了些忧郁和悲伤，我觉察到他内心的哀痛。在那年所写的一首诗中，他把这种心情表达得非常克制：

---

[1] 这里引用的是沈苇《论新疆》的诗句，以及他的《西东碎语》中的论说。

[2] 沈苇：《一个地区》。

——你有什么悲伤？

"我没有自己的悲伤，
也没有历史的悲伤，
只有一座遗弃之城的悲伤。"

——你站在哪一边？

"我不站在这一边，
也不站在那一边，
只站在死者一边。"①

此刻，我仿佛依然与他站在阿克苏河岸，河水在眼前缓缓流动，远处，塔里木河在闪闪发光。再远处，就是浩瀚无边的塔里木盆地了。从那里向前望去，东边是巴楚，西边是库尔勒。我想起当年同游的另一位诗人朋友，清晨，一个诗人站在克孜尔木扎特河畔，他沐浴着千佛洞山岗初起的一抹阳光，他看见一棵躺在沙地上的胡杨，年轮枯朽了，这些烈日下的墓园。②在新疆生活久了，人们都有一份这土地赋予的坚强，生活在这片土地上的人们尽情地享受着这片土地的神奇和美丽，以

---

① 沈苇:《对话》。
② 诗人郁笛《在沙雅我遇见的另一片胡杨》中的诗意。

及它特有的雄浑和坚忍。

从此刻我们站立的河岸向着远处的再远处，塔克拉玛干遮天蔽日，黄沙迷漫，无边无际。开阔，旷远，地平线伸向遥远的远方。我的思念也如这地平线一样漫长而悠远。犹记那年在吐鲁番，在葡萄沟畔与我合影的维吾尔族小女孩，她该长得像一朵花了！我还记得诗人林子在舞会上认识的干女儿阿依古丽，她好吗？快乐吗？我没有见过她，只是在林子的文章中感受到她的美丽和快乐，祝福阿依古丽，祝福吐鲁番小女孩。在我的想象中，你们一定摇曳着洒花的长裙，戴着你们的小花帽，穿着你们的高跟鞋，在泉水潺潺的葡萄架下无忧无虑地尽情歌舞！

思绪回到此刻的伊犁，这城市的美是如此难以言说。秀丽的伊犁河穿城而过，河谷地带穿天杨遮蔽了天空，这里是一片温湿的绿洲。我们去了那拉提，沿途是类似江南的河网，细流、浅滩、雪山、草地，青翠的山峰，火箭一般刺向天空的雪松。我们在草地上享受着那里的阳光和风，这里有着与瑞士的圣女峰相比毫不逊色的美景。在一个帐篷里，我们接受一对维吾尔母女热情的款待。干果和馕，滚烫的奶茶，我们在地毯上盘腿而坐，享受着无拘束的民族友爱。女儿如花，短发，时尚装束，她在乌鲁木齐读高中，说着流利的汉语。她叫古丽米娅，她说她的目标是北京大学。青春的、美丽的古丽米娅，我祝你梦想成真！

伊犁有看不尽的美景，我们在那拉提一座非常大的休闲园和和哈萨克族、维吾尔族等各族市民一起度过周末。赛马、歌舞、丰盛的晚餐。我们迷恋这和平安详的生活，我们不愿有人破坏这和睦安宁的一切。随后的行程：是霍尔果斯明亮的阳光，赛里木碧蓝的湖水，是可克达拉缠绵温柔的草原之夜，是悠远肃穆的宁远古城，是气壮山河的锡伯族大远征。更让人意外的是，伊犁有可与普罗旺斯媲美的薰衣草场，无边的薰衣草一径向着国境线延伸。浸满花香的边界，紫色的象征着友谊和爱情的边界，这是花香装饰的和平安宁的、远离了猜疑和敌意的边界。

　　我们的聚会是美丽的，为此我要真诚地感谢诗人亚楠和他的《伊犁晚报》的同人，是他们的友情把我们灌醉，是他们的爱心使我们一路充满了欢乐而忘记忧愁。记得离别的夜晚，我们唱歌，我们拥抱，我们不忍别离。亲爱的朋友们，新疆是你们的故乡，新疆也使我们对它充满了乡情。记得在离别的前夜，我给"塞外明珠"酒店题写临别留言："塞外江南有乡情"，指的就是此时的心境。我祝福我们共有的家园永远充满友情，永远充满信任与互敬，永远传唱着那婉转绵长的爱情之歌。我想念新疆，我想念我的新疆各族的朋友。亲爱的朋友们，我们的离别是暂时的，我还要回来看望你们。我期待着和你们一起吃羊肉抓饭——当然，我也不曾忘记我日思夜想的那一碗杂碎汤！

　　临了，我还要告诉你们，我最近结识了一位新朋友，一个维吾尔族的小伙，他的名字是麦麦提敏–阿卜力孜。他在镇江上学，放暑假了，他已回和田看望母亲，他带去了我对他家人的祝福。麦麦提敏是90后，小小的年纪，用汉文写了许多诗，出过诗集，也把维文的诗翻译成汉文。麦麦提敏聪颖、沉稳、多思、有才华。他写的诗让我感动，为他淡淡的忧郁，为他深沉的孤独。[①]我要告诉你们的是，他的诗是那样让我感动，那里装着他的善良和友爱，为母亲，为大地，为心灵，为人类。我要引用他的《巴格达的星星》与你们共享，我要说的是，这样的诗，这里所展示的博大的爱心和襟怀，是我们更多年长的诗人们所未曾或未能写出的——

母亲

巴格达的星星在闪光

巴格达星的闪光

在遥远的底格里斯河水上反射，微弱

母亲

那是曾被血液染红的河流

那是烈火曾燃烧过的河流

那是星星曾发现自己的河流

那是流过婴儿、母亲的尸体的河流

---

① 麦麦提敏："我的内心深处一直有着一种我无法摆脱掉的孤独和忧伤，大概与生俱来。"见诗集《返回》的后记《我需要对话》。中国文史出版社，2012年2月。

那是深沉的河流，那是痛苦的河流

——河里，流的是泪水，是巴格达的泪水

母亲

巴格达星星微弱的闪光

在深沉的、痛苦的和水上反射

　　这位年轻的歌者，我的可爱的维吾尔族小兄弟，他在诗的最后代表巴格达的星星祈望："停息吧，人类，放下武器，不要再流血了。没有战争，你们会更幸福；没有战争，我会更明亮。"这是巴格达的星星在祈祷，其实是这位年轻诗人的心在为那片土地祈祷。麦麦提敏，我对你的怀念你听到了吗？我对你的妈妈和家人的祝福你带到了吗？回到北京，我得知你已获准通过参加了中国作家协会，我为你高兴，向着遥远而亲切的南疆为你祝贺。

　　我要到新疆看望我的朋友，看望我藏在心中的老朋友，也包括远在和田的新结识的小朋友——麦麦提敏-阿不力孜。

2014年7月26日于北京大学

阿克苏绿洲田园

　　从乌鲁木齐起飞，约一个半小时，机翼下面出现大片的绿洲，阿克苏到了。此时正是南疆的正午，太阳无遮拦地热烈地烧灼着这些远来的宾客的心。地委书记是一位诗人，他以诗人的热情引领我们拜访绿色的依干其乡，那里有他精心写作的另一种诗——他的农业试验田。他写了大地上的诗篇，再来写稿子上的、心灵中的诗篇，他是一位全面的诗人。

　　密植的红枣园，密植的核桃园，用他们的话说，是像种庄稼一样地种果树。这些矮秆的果木，绵延十几万亩，把绿色铺向了远方，铺向了塔克拉玛干沙漠的北沿。那些密密的、矮矮的枣树，垂挂着如今还未成熟的青涩的果子，那些果子葡萄串似的压在了细嫩的枝头。遥想秋熟时节，这一眼望不到边的火焰点燃的绿洲，该是何等的辉煌灿烂！

　　这里是多浪文化的故乡。多浪河边的波浪，多浪河边的村庄，这里是塔克拉玛干边上广袤的绿洲，这里是多浪人世代耕耘的地方。那些雪水，那些阳光，造就了香喷喷的馕：太阳一样的馕，月亮一样的馕，阿克苏最香最香的馕。

2009年7月，乌鲁木齐有事，回想前此新疆之行的欢愉，为之怃然。7月24日记。

奥依塔克

　　整个夜晚，奥依塔克都被玛拉斯弹唱摇撼着。那传达着遥远的恋情和征战的柔软的、雄健的旋律，摇撼着这里的雪山和松林，摇撼着这里的毡房和牧场，如急浪，又如煦风。于是，那想在奥依塔克静静的夜晚，抬头细数南疆夜空的星月的人们，那些静静的心灵，也因充盈着这些来自远古的节律而失去了平静。

　　我们难以判断此刻我们身在何处。帕米尔高原如一匹巨狮，蹲在中亚湛蓝得有点发黑的天空下。公格尔峰、慕士塔格峰，一字排开的还有无数的冰川和雪峰，它们齐刷刷地、无所阻拦地向着遥远的塔克拉玛干倾泻它们的雄伟与壮丽。奥依塔克就站在那冰川的夹缝中，骄傲于它在洁白世界中独特而耀眼的宝蓝和青绿。奥依塔克是夹峙在冰川与荒漠之间的一块润玉，它闪着寒冽的光。

此刻，它一样地在倾听那玛拉斯彻夜的弹唱，一样地在接受它旷古的温柔与强健。奥依塔克有一个失眠的夜晚了。篝火升起的时候，淡淡的烟雾驱散了峡谷深夜的寒冷。人们踏着舞步，忘记了高原夜间逼人的风露。

篝火渐渐地熄了，琴声渐渐地弱了，而人们的舞步却是更加欢快了。奥依塔克的这一个夜晚是不眠的。好像是一种梦境，当舞曲终了的时候，当篝火在高原的夜色中暗了的时候，依稀中有人踏着霜冻归去。挽起的是亲密的手臂，悄然细语在耳边。奥依塔克更有了一个浪漫的夜晚。

2004年11月8日于北京昌平北七家村

神奇

　　这是晒不死的骆驼刺，这是死了也不肯倒下的胡杨。这是凝固在空气里的繁华壮丽的宫殿、寺庙和村庄，那里飘动着一千年不散的炊烟，缀挂着风吹不走、雨打不湿的永恒的蜘蛛网。这是昔日浩渺的海洋，这是海底的岩石和珊瑚礁，这是巨大的鲸和鲨，如今时间已把它切割成无数的长刀和剑戟，还有旗帜，以及火焰。无边的赤色的、褐色的、灰色的山峦，幻成了海市蜃楼，伴随着戈壁上寂寞的驼铃。一只鹰，停伫在中亚澄碧的天空，它在正午透明的阳光里沉思。

　　我看见那爬在地面的野西瓜，它的枝蔓盘成一团，紧贴着戈壁滩；它的叶片似是钢铁铸成，发出黑色的光泽。它选择生长，选择在荒凉的大小卵石组成的冷酷的地面。

　　远处是横亘半空的天山，它的无数的雪峰闪着银色的光芒。在山峦的更高处，是纹丝不动的白云，它们堆叠成了更高的雪峰。在白云的上边，则是无边无际的碧蓝的天空。而在这一切的下边，是参天的白杨林，是稻田和葡萄园，那里悬挂着啤酒花翠绿的藤蔓，它们酿造着人间无尽的甜蜜和芬芳。

绿洲是这里的岛。马和骆驼，牛和羊，欢跳的鸡。从那里走出了披着纱巾，穿着艳丽长裙的女人，那样丰满，那样婀娜，那样飘逸和安详……

一辆驴车滚过村庄的道路，带着一缕柔情，还有冬不拉和热瓦甫弹奏的欢乐。这是新疆。

2004年8月13日凌晨匆匆记于阿克苏

塔什库尔干

　　有人在帕米尔高原上用石头垒了一座城，这就是塔什库尔干。一只鹰飞到了那最高的一块石头上，它骄傲地收起了坚强的翅膀，这就是塔什库尔干。在高原，在中亚澄碧的天空下，在鹰也感到飞行艰难的地方，硬是有人把一块一块的大石，从高及天边的高处，搬到了鹰住的地方。在塔什库尔干，石头城就是这样产生的。希腊神话里的那个人，把石头从山下推上山去，中途又滚了下来。再推，再滚，终于成了悲剧的象征。而塔克拉玛干那里神一般的人，把许许多多的石头，推向了世界最高的高原，做出了一座城，这就是塔什库尔干。塔什库尔干是力量和智慧的神话。

　　这周围是一片绿洲，绿洲的外面是无边的沙海，这石头是哪里来的？不问来处也罢，这么多、这么大的石头，它们又是怎样被搬到这高入云霄的台地上来的？是一些什么样的人，在什么样的年代，他们用什么样的工具？这旷古的谜，我们无法回答。这里是经堂，这里是客栈，这里是街巷，远古的驼队走过流水的峡谷。如今从石头城的高处往下看，那里水已断流，只留下干涸的河床。有几棵红柳点缀着空旷中的寂寞。想当年，这里的驼铃摇撼着帕米尔，和着叶尔羌河的天空般的碧蓝。驼队从这里走向了远方。

那日我陪你登上了石头城。我们挽着手，避开众人的道路。在空旷的台地上，在错落的巨大石头板块之间，只有我们享受着这份远古的孤寂。天这么高，高得鹰也懒得飞翔；地是这么阔，阔得骆驼也懒得走动。而这里只有我们的心跳。你是累了，但是你坚持要走这苍老而荒凉的创造奇迹的路。于是我们拥有了属于我们的塔什库尔干。

2004年6月

库车之夜

　　夜晚十点钟，库车的天空还是亮的。亮得有点像冬天的破晓。有一些朦胧，有一些暗淡，泛着冬日清晨的鱼肚色。中亚腹地的天空总是这般明亮透彻，即使到了夜晚，也不肯就此隐退，这有点像那些困了还硬撑着眼皮贪玩的孩子。

　　库车的夜晚，街市依然喧腾。运货车在嘈杂的人群中纵横，喇叭喊破了嗓子，人们依然无动于衷，寸步不让。还有那些板车，也掺和着添乱。这里是放松的，这里没有一点点的拘束。人们从远处来到库车街头，就像是到了家，席地而坐，摊开了背来的地摊。全放开了。按照生活的本来样子放开！

　　道路有点脏，毛驴们随意地留下粪便。空气也有点脏，飘浮着粉末般的尘土。那尘土来自沙漠，是沙漠一样的让人感到亲切的本色。除了那些浮尘，还有木炭和煤块烧出的烟，烤羊肉串的香味，烤馕的香味。

快到午夜了，人们还兴奋着，依然是人声喧哗，夹杂着那些沙尘，还有那些轻轻飘荡的烟缕。库车的这个夜市，简直要办成早市了。

2009年7月15日于昌平

星星伴我

　　美丽的星星一路伴我。从乌鲁木齐到阿克苏，从拜城到库车。在唱响木卡姆的多浪河边，也在古龟兹千年沉睡的千佛洞，星星总用她那清澈如水的明亮映照着我。星星很美，大而深邃的眼睛，是淡淡的蓝色，犹如注满了雪水的喀纳斯湖；她的眉毛黑黑的、细细的、弯弯的，就像天边绵延的昆仑山。星星的体态优美，像是一棵婀娜多姿的伊犁河谷的白杨。

　　星星是新疆的女儿。她的美丽是天然的、纯净的、不加修饰的。我们见面的时候，她娉娉婷婷，一身碎花长裙，尖底的高跟凉鞋。她说着流利的汉语。因为人在旅途，行动不便，后来她收起了长裙，而高跟鞋依旧。她习惯了穿高跟鞋。后来到了库车，在古龟兹花园有一个盛大的舞会，星星一路狂舞，举座欢愉。她十分遗憾地告诉我：可惜今天没穿长裙！

　　那次访问新疆，韩子勇厅长心细，特意安排她一路陪伴我。这样，在新疆的全部行程中，星星总在我的身旁。因为语言相通，我和星星很快就非常熟悉了。我们无所不谈。在阿克苏，那天傍晚，星星一袭黑色连衣裙，珍珠项链和耳坠，我们一起散步。几乎从未有过，我向她谈起了人生隐痛，星星安慰了我。

星星是乌孜别克族，她的名字是尤鲁托孜－亚克亚，乌孜别克语原意是"星星"的意思。她任职于自治区文化厅，大家为了方便，叫她"星处长"。熟悉的人，干脆就叫她"星星"。星星介绍过自己的身世，开始是舞蹈演员，现在分管艺术这一摊工作。前面我说到她是新疆的女儿，据她介绍，在她的亲人中，除了乌孜别克族，还有维吾尔族、塔塔尔族，甚至还有俄罗斯族的血统。难怪！星星是多民族的新疆大地上培育出来的一朵鲜艳的花。

星星的手机坏了，旅途中就不能用。直至我们在乌鲁木齐分手。我们的访问结束于2009年6月21日。我离开新疆没几天就发生了令人痛心的"7·5"事件。我怀念星星，牵挂新疆的朋友。手机短信和电子邮件都不能用了，我只能在心中为他们祝福。

2010年6月1日于北京昌平

一碗杂碎汤等了三代人

　　这题目乍看有点耸人听闻，但是，且慢，这是真事。一碗杂碎汤，一碗让我垂涎三尺的新疆乌鲁木齐的杂碎汤，竟然让我记挂了近三十年！而且，更不妙的是，三十年过去了，至今也仍是一个未完成的念想。几次来到新疆，下了飞机，悻悻然记起的，也还是这一碗始终不能兑现的羊杂碎汤！

　　说起来话长。那是二十世纪八十年代中期，我应陈柏中先生的邀请第二次访问新疆。那年同行的一共四人，刘再复、陈骏涛、何西来和我。我们开始了对新疆的紧张访问。那天是陈柏中设家宴款待我们，他的夫人知道我们四人中有三人是福建人，特意做了一席适合福建口味的盛宴。

　　从我们的住处到陈府不用乘车，我们穿街走巷就到了。路过一座市场，那里清洁敞亮，透明的凉棚下，一溜排开新疆的美味小吃。最诱人的是那些卖羊杂碎的摊子，女士们一袭白衣，站在热气腾腾的汤锅前。滚沸的清汤，鲜嫩的羊下水，一碗盛好，外撒脆生生的芫荽和鲜红的西红柿片。

这么洁净的食肆，这么鲜美的、色香味俱全的杂碎汤，我之前从未见过。我看得呆了，竟移不动脚步。我央告说，我想吃一碗再走。大概是丰盛的家宴已在等待客人，也可能是担心一碗杂碎汤下肚失去了胃口，陈柏中急了，连拽带推，硬把我从市场拖了出来。他安慰我说，"新疆有的是这样的杂碎汤，到了喀什我请你！"

我们在喀什的访问依然紧张，但陈柏中真的没忘了他的承诺。但是不幸，偌大的喀什城我们竟然找不到一家卖杂碎汤的！主人当然觉得没有面子。我们就这样有点儿惆怅地又回到了乌鲁木齐。送我们上飞机的时候，陈柏中热情地向我们挥手告别："记住，一定再来，我请你吃杂碎汤！"

一晃竟是十年过去。陈柏中退休了，女儿出嫁，女婿是诗人沈苇，我认识的。这下，他干脆顺水推舟，把这"未完成的事业"交给了下一代。沈苇大概是得到这位泰山大人的真传，连续几年接待我，都是信誓旦旦，但依然是"杂碎汤的，没有！"

记得那年，我们又有机会再聚乌市。一阵美酒佳肴过后，已是午夜。沈苇酒酣饭饱，猛然想起亲爱的岳父的嘱托，记起了"拖欠"多年的那碗汤。他酒眼惺忪，兴冲冲地说，"走！今晚我一定要请你吃杂碎汤！"而此时，即使是习惯于熬夜的乌鲁木齐都打烊了。我跟着沈苇蹒跚的步履，像一对醉鬼游走在乌鲁木齐的大街小巷。这当然是又一次只是表达"诚意"而毫无结果的行动。

我对新疆很有感情，因为新疆不仅山川雄丽，而且新疆的朋友多情友好又豪爽仗义。迄今为止，我访问新疆少说也有七八次了，每次都是满载友情而归。但就是那一碗可爱又可恨的杂碎汤，它几乎成了我的"心病"。我想，这可能也是陈柏中和沈苇的"心病"吧！

时间过得真快，沈苇不仅有了女儿，而且女儿也已成人。显然，沈苇的心境十分平静而又坦然，他心中有数，他已经把那个"未竟的事业"交给他的下一代了。几次见面，他总是满怀信心地说，"不就是一碗杂碎汤吗？完全没问题，我女儿请你！"

前些日子，沈苇再一次陪我从乌鲁木齐来到阿克苏。下飞机的时候，我们一起回忆了这碗杂碎汤的"故事"。前来接站的阿克苏的朋友听着，惊奇地睁大了眼睛："我们新疆人友好好客，很大方的嘛，一碗杂碎汤还要等三代人？我不信！"好在沈苇在场，证明我没有说谎。

至于将来要请我吃杂碎汤的第三代人，我至今还没有和她接上头。我想，她应该是一个可爱而又漂亮的新疆女孩。

2009年8月7日于北京昌平

杂碎汤奇遇记

几年前我写过一篇《一碗杂碎汤等了三代人》，记得是首刊在《光明日报》或什么其他报刊上，后来先后被《西部》和《新疆日报》转载。那当然是一篇消闲文字。但的确是正版的"非虚构文学"，连文中的关键人物如新疆原作协主席陈柏中以及他的乘龙快婿诗人沈苇等，都是真名真事，这些当事人面对我所叙述的非杜撰的"故事"也都默认。那场"羊杂碎风波"已经过去几年了，不仅陈柏中和沈苇，也不仅沈苇代"承诺"的他的女儿的宴请，至今也没有向我"兑现"。沈苇曾向我暗示过，欠了谢老师的那碗羊杂碎总是要还的，由女儿请，即使她恋爱结婚有了子女，她的子女也还是要请的。于是，我也就这么焦虑而耐心地等待着并牵挂着。以上所述，算是"杂碎汤前传"。现在所述，是它的续篇，姑名之曰"杂碎汤后传"。

前传的发生地是新疆，后传的发生地则移到了宁夏。这两地，水草丰茂，都是中国西北羊肉鲜美的地方。岁月如飞，说起来，如今的这部所谓"后传"，也是三五年前的陈年旧事了。那年我受邀访问银川，陪我同游的有生于宁夏本土的几位主人，他们自豪地介绍家乡的滩羊有多么鲜美。这就又一次诱发了我的"羊杂碎情结"。那日一早，一拨人相约去吃当地最有名的羊杂碎，不知是无心还是有意，独独把我"落"下了。也许他们并不在意，对于我却是新的"伤害"。同时被"忘记"的另一位宁夏友人同情我，他安慰说："他们吃他们的羊杂碎，我带你吃更好吃的。"他的话当然温暖了我，弥补了我的"被遗忘"的失落感。

这位好心的宁夏人请我吃他认为宁夏银川最有名的烩小吃。这里当然保持了他的一份乡情，一份难忘的童年记忆。说起来有点辜负了他的一片好意，我面对这一份他所说的绝顶"美食"却是味同嚼蜡，毫无感觉。我只对又一次被羊杂碎"抛弃"而耿耿于怀。宁夏的朋友很无奈，只好安慰我"相约来年"。这一晃也就几年过去了。这个夏天我再访银川，住在宾馆每天吃同样的饭菜有点腻了，惦记的也还是那一碗始终与我失之交臂的羊杂碎汤。那天我们就要结束旅程，临行的那顿早餐一众人等还是在宾馆就餐。两位好心的朋友知道我的心，我们三人的早餐临时改为杂碎汤。他们带我去了当地最有名的一家小店"圆梦"。

小店的全称是"西门桥小宁羊杂碎"，地处银川市中心的某处街区上。鲜艳的、仿佛是新刷过的翠绿色的门脸，占了约二十米长的开间，五六张桌子，十来张带椅套的靠背椅子，二三位年轻女子在忙碌。洁净，清雅，安谧，没有其他食肆随处可见的那种嘈杂。客人看来都是常客，平静地买单，平静地等待，点的菜送来了，只是平静地低头享用。这些客人，熟悉这里的行情，大碗还是小碗，纯肉的还是带面肺的，该付多少钱，他们都一清二楚。这是早晨的一餐小吃，当地人一日开始的盛宴，是一种享受，更像是一种必修课。

小店的清雅洁净无可挑剔，主人也很自豪，他们的招牌上大字写着"自己清洗加工"六个字。这小店是限量供应的，只供早点，中午以前就收摊了。所以来的人很踊跃，都是奔着这一碗杂碎汤来的。此刻我竭力渲染的杂碎汤，其实就是整羊之外的那些内脏，肝、肚、肠、心，等等，经过清洗加工后予以杂烩的一种民间小吃。这种小吃不光是西北有，也流传到了内地，在北京我也吃过，但是远不可比。

小宁羊杂碎的原料是新鲜的当地滩羊的下水，细细的、薄薄的切片，煮得糯糯的、软软的，加工的精细洁净且不说，特别是那碗滚烫的清汤，浇上红油，再撒上翠绿的芫荽，红绿相间，醇香扑鼻，煞是佳好无比。多情的主人给我这个远客点了豪华版的杂碎汤，大碗，纯肉，不加面肺的。一份发面饼子，一份糖蒜，一份咸菜，都是赠送的。两位主人则是小碗加了面肺的，价钱当然要便宜得多。他们告诉我，面肺别有风味，很好吃，倒不是因为便宜。这面肺也有来历，以清水十数次灌洗羊肺，然后充以稀释的面粉入肺，加盐、清油和孜然煮成切片即成。一般吃众为了省钱，多选用面肺加少许纯肉。好在小店可以任人随意增减分量再论价，给顾客带来很多方便。

临别银川，为了一碗杂碎汤，生怕误了航班，几次想放弃，我的朋友没有同意，庆幸的是，由于坚持，终于没有贻误了这份天下美食。畅想前前后后，因为一碗杂碎汤曾经造成多少遗憾！这真应了我的一位挚友说过的话：人生的过错在于错过。没有错过的人生真是美丽。我带着一种满足的心情，诚挚地感谢帮我圆梦的两位好人。而他们也真是我的知心，还是继续以这道美食诱惑我。前不久，其中一位委托另一位转来了一个微信：宁夏吴忠有一家杜优素西施羊杂碎，上过中央四台，轰动天下。他们邀我再访宁夏，直奔吴忠，再做一番美谈。我问，是吃杂碎还是看西施？答曰：兼得。

从来说，鱼与熊掌不可兼得，美丽的西施，再加上同样美丽的吴忠羊杂碎，二美可以兼得，何乐而不为？我于是盘算着另一次的宁夏之行，我要写羊杂碎奇遇记续篇：《杂碎汤艳遇记》。《杂碎汤艳遇记》，这应该是我的羊杂碎系列理所当然的新题。

2017年9月25日于北京昌平北七家

长安行旅

雄关永峙诗情绵远

案头展开几幅有关阳关和玉门关的历史地图，我在寻找这两座赫赫有名的古代关隘的"行踪"——它们是在岁月中"游走"的，它们在"游走"的过程中留下了让人无限追怀的惆怅。汉代开辟河西疆域，这过程与我们此刻的追踪有关。《汉书·西域传》载："列四郡据两关。"河西四郡指的是武威、张掖、酒泉和敦煌，这四郡我都到过，两关即玉门关和阳关，只是在想象中凭吊。四郡辖区虽也有变动，但大体还是"旧国"版图，而两关究竟屹立何处，却令那些考古学家们为之废寝忘餐。

汉唐至今不过千载之遥，那些驼铃叮当的商旅，那些持节远行的使者、僧人，却是这般无奈地消失在风烟渺茫中。当年屹立天际的巍巍雄关，竟然令后人在茫茫沙海中杳不可寻，这未免让人咨嗟。但即使如此，历代史家的追寻却从未间断。他们披阅史书，实地勘探，检讨关隘变迁的蛛丝马迹：太初以前的玉门关，汉代的玉门新关、阳关遗址，唐以后的玉门关，等等。他们描写、论证、辨析，从小方盘城到敦煌西南的沼泽地，远处的疏勒河，古董滩沙砾中偶尔散见的古钱币，总在他们的视野中。他们殚精竭虑地探求并力图再现两关"游走"的痕迹。

向达《两关杂考》说："据《汉书·地理志》，敦煌龙勒县有玉门、阳关，皆治以都尉，其地俱在今敦煌县境内。汉以来中国与西域之交通无不取道于此。唐人于役西陲者，尤喜以之入于吟咏，是故两关不仅在中外交通史上有其地位，即在文学上亦弥足以增人伤离惜别之情。"[1] 向达在这里间接提到文学作品对于历史存在的别样的记载。有趣的是，他无意"泄露"了一个"秘密"——那些"坚固"的建筑物可以、然而终于消失在历史的风烟中了，而文人庄重的甚至有些率性的文字，那些"柔软"的"吟咏"越是奇迹般地、顽强地存在着。它们甚至成了历史叙说的"凭证"。

"黄河远上白云间，一片孤城万仞山。羌笛何须怨杨柳，春风不度玉门关。"黄河悠然垂挂在远远的天边，群山之间云海深处隐约的一座孤城，诗人告知我们，那就是赫赫有名的玉门

---

[1] 向达：《两关杂考》。《敦煌阳关玉门关论文选萃》编者注：本文初稿写成于1944年2月，以《玉门阳关杂考》为题发表于《真理杂志》1944年第一卷第四期，署笔名方回。1945年春作者作了少量修改，于1957年收入作者论文集《唐代长安与西域文明》。今据三联书店1957年版。

关。"明月出天山，苍茫云海间。长风几万里，吹度玉门关。"这位天才诗人同样描写风沙中玉门关的苍茫和遥远，他的笔力雄健超脱。"雪净胡天牧马还，月明羌笛戍楼间。借问梅花何处落，风吹一夜满关山。"这诗句不仅意境空阔，而且呈现动态的和立体的华丽：塞天绝地，万里雪净，马群归去，月照戍楼，而笛声悠远。[1]

边关遥远，诗意绵长。这里是国人皆知的那首伤别之作："渭城朝雨浥轻尘，客舍青青柳色新。劝君更尽一杯酒，西出阳关无故人。"[2]这位擅长写边塞豪情的诗人，他是否到过两关不得而知，但他的这首送别朋友出使西域的短章，却是道出了绵长的孤寂和伤感。关于敦煌两关的诗文，汉魏已有，唐宋尤盛，亦有见诸竹简经券的，这些文字记载着历史的痕迹，具象的，而且是情感的，弥足珍贵。文字的富足，弥补了史迹的贫乏。

由此我们得知，雄关没有消失，它永立于浩茫的瀚海长空。而创造这永恒的奇迹的，则是那些诗文、学者向达称之为的"吟咏"。这些"吟咏"的文字记载的不仅是实在的（和想象的）关山戍楼、城池阡陌，还有瑰丽华美的舞衫歌扇，苍山明月，特别是它留下了生动丰富的人的情感、豪情与悲思——而后者只有诗歌和艺术能够到达。我们读《玉门关盖将军歌》，

---

[1] 这里引用诗句，先后分别是王之涣《凉州词》、李白《关山月》、高适《和王七玉门关听吹笛》。
[2] 王昌龄《送元二使安西》。

那些篇章描绘了驻守边关的将领的音容和习性；读《敦煌太守后庭歌》[①]："城头月出星满天，曲房置酒张锦筵。美人红妆色正鲜，侧垂高髻插金钿。"那里的华美和艳丽，犹如莫高窟的壁画那样，历千年而鲜丽依旧！

史上曾经的关隘只留下一些让后人浮想的烽燧和沙墩，它们只是静默地伫立在茫茫的云海之间，对它的追寻让人有失落感。而此刻慰藉我们的，却是那些看似无物的"空灵"的诗句，它们奇迹般保留了、再现了旧日的繁盛和恢宏，包括它的孤寂和荒凉。李白说过，"屈平辞赋悬日月，楚王台榭空山丘"[②]。他指的是这样的事实：诗歌比一切都长久。巍巍雄关不会永远，而诗歌创造永远。

2018年8月12日于北京大学中国诗歌研究院

---

① 《玉门关盖将军歌》和《玉门太守后庭歌》均是岑参的作品。
② 李白《江上吟》。

敦煌诗旅①

　　古丝绸之路的出发地应该是长安。从长安逶迤西行，渐行渐远，便进了西域。当人们离开美轮美奂的都城长安，回望潼关，霸陵柳色青青，正是离人伤别时节。由此一路行去，过了咸阳，都城已是遥远，秋风渭水，长安一片月华，都已成梦中情景。过千载伤心地的马嵬坡，此后次第是周至、武功、扶风、凤翔，沿途洒落的都是唐诗的声韵和色泽。八百里秦川是一幅色彩瑰丽的抒情长卷，长卷的尽头是兰州，这里有一座黄河母亲的雕像，闪着伟大母性的光辉。黄河就此挥手北上，千里河西走廊铺开无尽的锦绣，慰藉我们寂寞的行旅。

　　兰州之后的路程，以三五百里一座城市的间隔一路向西推进。这些昔日奔忙着骆驼和马匹的商道的两侧，一边是大戈壁

---

① 　此文为《敦煌诗选》序作。

的无垠沙碛，一边是祁连山的千年积雪。武威之后是张掖，张掖之后是酒泉，过了酒泉，嘉峪关就巍峨地出现在眼前了。人们一边行走，一边探寻，何处是西去无故人的阳关？何处又是春风不度的玉门关？有一两只鹰在高空盘旋，它们用旷古的沉默来回答人们。

这是一趟庄严而圣洁的朝圣之旅。黄昏时分终于到达敦煌，三危山屹立天穹，如一座硕大的神像，接受万方的香客向它顶礼！莫高窟还在，瓜州古城遗址还在，月牙泉和沙枣墩还在，只是阳关和玉门关遗址，却是湮没在历史的风烟之中，寂然难以考证了。历史学家和敦煌学家用冷静的言语告诉我们："敦煌、阳关、玉门关，及丝路通流之盛，去今千年以远，昔时故迹，或隐或没；古人亲见，今多茫然。"[1]作为后人，遥想当年的繁华，面对今日的荒寂，心情不免怅然。

这里有一段朴素的文字，考证了两关遗址，可这段叙述也是写于距今七十年前，这些关于阳关遗址的文字本身，也是飘散在历史风烟中的碎片了——

　　　　小方盘西面过了一个沙滩以后，便是叫作后坑沼泽区，这个沼泽区可以北接疏勒河。南湖的水是流到水尾为止，但偶然大雨的时候，山水下来也可以流到后坑。所以南湖

---

① 李正宇：《敦煌阳关、玉门关论文选萃·序》，纪忠元、纪永元主编：《敦煌阳关、玉门关论文选萃》，兰州：甘肃人民出版社，2003年。

对于小方盘，是一个在水的上游，一个在水的下游。

南湖在敦煌的西南，距敦煌一百四十里，是一个不太大但很肥沃的水草田。在它的东南有一个草湖，经过长期间芦苇的腐坏，土越垫越高，现在草湖的湖面已经高出南湖水草田两三丈了。草湖的水渗入地中，水草田便生出好几处泉源。这些泉源便灌溉着水草田中的二百农户的田地。水草田的东北有一个破城，斯坦因称作南湖城，大半被沙盖着，早已不住人了。水草田的西南当着大道通过的地方，还有一个遗址，满地瓦砾，因为常常有古物被人拾到，本地人叫作"古董滩"。在古董滩的东南和西北，各有一个旧烽燧遗址，距古董滩均为五里。[①]

时序代谢，沧海桑田，这位历史学家谈阳关如此，谈玉门关亦如此。他斩钉截铁地断言："不唯现在的玉门县城不能认为即太初以前的玉门关，就是汉玉门县城也不是汉代太初以前的玉门关。"有趣的是，在史学家眼中"迷失"了的，却在诗人那里"寻找"到了。那些草滩，那些烽燧，那些旧城，都随着岁月的流逝而茫然不知所在，却硬是被诗人"定格"在他的作品中。岑参的《题苜蓿峰寄家人》[②]："苜蓿峰边逢立春，胡芦河

---

① 劳干：《两关遗址考》，纪忠元、纪永元主编：《敦煌阳关、玉门关论文选萃》，兰州：甘肃人民出版社，2003年，第93—94页。
② 按，此处的"峰"，应为"烽"。

上泪沾襟。闺中只是空相忆，不见沙场愁煞人。"这里的胡芦河、苜蓿烽、立春等时间和地点（有时更有情景），便为考古提供了佐证。

这回是诗人反过来帮助了考古学家。劳干先生[①]在他的考据文章中饶有兴趣地援引了唐代诗人岑参的《敦煌太守后庭歌》和《玉门关盖将军歌》等资料，用以证实"由苜蓿烽西去，便到敦煌"，以及"开元天宝时，玉门关的位置应仍和贞观相同"。这是岑参《敦煌太守后庭歌》的断句：

城头月出星满天，
曲房置酒张锦筵。
美人红妆色正鲜，
侧垂高髻插金钿。
醉坐藏钩红烛前，
不知钩在若个边。

历史学家说，"城头月出的宴会，应当是上半夜当月在上弦的时候，即应在十五以前。藏钩行酒据周处《风土记》和《荆楚岁时记》说是岁腊的风俗。但时方正月犹是新年，李商隐诗

---

① 劳干（1907— ），字贞一。祖籍湖南长沙，生于陕西商县。1931年北京大学历史系毕业。1932年后任中央研究院研究员，并曾兼任北京大学讲师。去台湾后，兼任台湾大学、台湾师范大学及台湾政治大学教授。1962年去美国，任加州大学教授。主要从事汉代前后政治制度研究，著有《论汉代的内朝与外朝》《秦汉九卿考》《敦煌艺术》《汉代史》等。

'隔座送钩春酒暖'，言春酒，也应是新春的宴饮。所以岑参的路，是从现在的安西附近，即玄奘所出的玉门关西行，正月初一沿胡卢河过苜蓿烽，正月十五以前到敦煌。现在从安西至敦煌，仍有沿河走的路。所以从玉门关西去敦煌要在胡芦河上，非认为即玄奘所经的玉门关不可。所以贞观到天宝，玉门关未换位置，关的东徙是天宝以后的事。"①

面对《敦煌诗选》的原稿，想起这本诗选所涉及的关隘故城、天山明月、塞外秋风、沙场征战，想起阳关、玉门关以及敦煌古城的历史遗踪，已经寂然湮没在枯草沙砾之间，它给历史学家留下了几多难题。那些曾经巨大而坚实甚而极其华美辉煌的物质，在无情的岁月推移中和风沙剥蚀下，显得是那样无奈。倒是那些"不具形"的精神产品——诗歌、绘画或音乐，却是亘古不变的长存。

遗迹在哪里？遗迹就在诗中、画中。我们今天寻找阳关或玉门关遗址，遗址已随着河道或风沙游移，以至于寂然不可考。而在岑参那里，在王维或王昌龄那里，它却有千年万载的永固不易。这就是本篇序文开始时不厌其详地抄录劳干先生文字的缘由。诗人的劳作——也许起始只是由于愉悦或酬答，也许并无创造不朽的深意——造就了意想不到的奇妙。他们吟咏的对象变异了或消失了，而吟咏却永存。

---

① 劳干：《两关遗址考》，原载《中央研究院历史语言研究所集刊》第11本，1943年，第287－296页。

"雪净胡天牧马还，月明羌笛戍楼间。借问梅花何处落？风吹一夜满天山。"① 存留在笔墨间的，不仅有关山明月，不仅有戍楼羌笛，更有那份悲烈情怀、苍茫心绪。我们的确无法体验古人所亲历的一切，却能从诗中获得如同亲历的那般感受。"相思在万里，明月正孤悬。"② 那轮悬挂在祁连山颠的明月，历经千年而清辉寒冽依旧。吟咏它的人不在了，它曾经照耀的景物也变了，不变的是诗中的这轮明月，永远是这么皎洁，这么苍凉地、孤单地悬挂在万里戈壁滩上。

敦煌的诗歌记载了敦煌灿烂的历史。敦煌的诗歌几乎与敦煌的历史同步。史载："元狩二年（前121）汉武帝派霍去病率大军击败西匈奴，河西走廊归入中原王朝版图。汉廷在河西置武威、酒泉二郡。敦煌地区隶属酒泉郡。元鼎六年，汉廷析酒泉郡置敦煌郡，领敦煌、冥安等六县。又建阳关、玉门两个军事关隘为通西域的门户。"③ 诗选开篇《祁连燕支歌》④ 就印证了这段历史。

诗歌是敦煌的骄傲。可以说，敦煌的历史有多长，敦煌诗歌的历史就有多长。这本诗选，始于距今两千多年前的匈奴民歌，而绵延于当代。它最初的文人作者中，就有汉魏六朝时期最优秀的诗人左延年、郭璞、陶渊明、鲍照、庾信等。而后，

---

① 高适：《和王七玉门关听吹笛》。

② 卢照邻：《关山月》。

③ 楮良才：《敦煌地理及几历史沿革》，见《敦煌学简明教程》，第1—15页。转引自纪忠元、纪永元编《敦煌阳关、玉门关论文选萃》，第9—10页。

④ 这首最早的匈奴民歌，歌词如下："亡我祁连山，使我六畜不蕃息；失我焉支山，使我妇女无颜色。"它表现了当年匈奴人对于衰变的慨叹。

进入诗歌的黄金时代唐朝，那些赫赫有名的大诗人如卢照邻、王之涣、王昌龄、王维、李白、杜甫、高适、岑参等，无不有华章留存。敦煌被写进了唐诗，唐诗也因之光辉夺目。中国诗史因敦煌而骄傲。

在中国的历史上很难找到像敦煌这样的地方，诗歌始终伴随着它的兴衰隆替，不是某时某刻，而是全过程。敦煌造就了诗歌，诗歌又装点了敦煌。诗歌是敦煌永恒的记忆，诗歌也是敦煌不朽的美丽。到过敦煌，甚至只是想过、念过敦煌的人们有福了。敦煌给他们以灵感，以飞腾的翅膀、美妙的梵音、瑰丽的色彩。

是这些诗人的彩笔，把敦煌写成了永恒：无边的瀚海，荒芜的沙碛，孤飞的鹰，寂寞的驼铃，苍凉的明月，还有同样苍凉的烽燧和边关的废墟，还有刻骨铭心的思念，思念关山万里之外临窗远眺的女子，思念将士铁衣上的寒光和斑斑锈迹——

> 阳关万里道，
> 不见一人归。
> 惟有河边雁，
> 秋来南向飞。[1]

这是被称为"清新庾开府"的庾信的诗篇。他还有一首写

---

[1] 庾信：《重别周尚书二首·其一》。庾信（513—581），南北朝时期诗人。字子山，南阳新野人，为南北朝末期文坛巨擘。有《庾子山集注》。

莫高窟的诗，是目前所知最早咏莫高窟的诗作。遥想当年，李白临风把酒，高歌一曲："明月出天山，苍茫云海间。长风几万里，吹度玉门关。"胸襟何等开阔，气势何等雄大，境界何等高远！再看看"黄河远上白云间，一片孤城万仞山"，"青海长云暗雪山，孤城遥望玉门关"①这些经典名句，这样的名篇佳作，《敦煌诗选》的编者沿着历史的长河一路走来，一路拣拾着这些稀世之宝。

这本《敦煌诗选》之所以特别珍贵，就在于它几乎囊括了古往今来吟咏敦煌的所有优秀诗篇。上自魏晋、唐宋，下及近、现代以至当今。这是迄今为止我们所知所见的收录时间跨度最长，所收诗体最广②、总体篇幅最大、作者人数最多、代表性也最全面的③一本关于敦煌的主题诗选。主编纪忠元、纪永元昆仲，披阅浩瀚典籍，精选优秀诗篇，详加考辨注释。历时数载，殚精竭虑，始克厥功。他们的敬业精神以及热诚而富有创造性的工作令人感动！

本文始写于2008年2月8日，即农历戊子年正月初二。时在海南博鳌，历史罕见的寒冬之中。2008年2月29日，写竟于北京昌平北七家村。

---

① 前后分别是王之涣《凉州词》和王昌龄《从军行》诗中的句子。
② 收有旧诗和新诗。就旧体而言，诗词曲赋，以至各族民歌，无不皆备。尤为独特的是，本书还收录了古时的"学郎诗""叫卖口号诗""叠字诗"，以及古代少见的各类图形诗，等等。
③ 诗选中有很多珍贵的资料如佚名的《教诲诗》录自敦煌汉简。王梵志通俗诗，《全唐诗》未录。韦庄的《秦妇吟》久佚，世无传本，《浣花集》和《全唐诗》均未收，本书参照诸多版本整理刊出。

在西安错过了兴庆宫

据说旧时长安最重要的宫阙有三处：大明宫、华清宫和兴庆宫。大明宫已湮没无存，现正筹划开掘整理中。后二处虽有历史变迁，但旧时宫殿规模及遗留仍在，可供后人凭吊。可是，那年我在西安却错过了兴庆宫。

第一次访问西安是在"文革"中，那时长安城一片混乱。碑林倒是看了，大雁塔和小雁塔也都谒过。因为那时大反"封、资、修"，不敢也不让人们看旧日的城垣宫阙遗址。记得曾进过一所公园，叫"人民公园"，那公园有一座亭子，叫"东风亭"，我们进去转了一圈，觉得没什么趣味，就出来了。

同行中有一位研究古典文学的，第二天，他神秘地告诉我们：我们昨天是"猪八戒吃人参果了"。西安的朋友告诉他，我们觉得没意思的"人民公园"，正是唐代的兴庆宫，那亭子叫沉香亭，距离亭子不远的那座楼台，正是著名的花萼相辉楼。大家都后悔不迭：我们真是俗物，竟把长生不老的宝贝囫囵吞了！

这个兴庆宫，这个沉香亭，还有这个花萼相辉楼，正是当年李隆基和杨玉环演出爱情悲喜剧的重要场所，据说也是李白一时受宠在君王和宠妃面前曾经一展才华的地方。那时唐明皇出招，李龟年在旁促鼓，谪仙乘着酒性，三阕《清平调》一挥而就："一枝红艳露凝香"，"沉香亭北倚栏杆"，美人、美酒、名花，加上名篇，成就了千秋佳话！

自打那年吃了"人参果"至今，我一别四十多年不曾进过长安。世界上的事情都有定规，机遇不到，一切"愿望"全是空无。我就是把当年错过兴庆宫的遗憾，一直埋藏在心的深处。

到了今年，到了这一番中国诗人们在长安大聚会的时候。我告诉朋友：无论如何，我一定要看看兴庆宫。他们瞪着眼睛，并不理解我的决绝。我终于偿还了隐藏了几十年的心愿，拜访了日思夜想的兴庆宫。亭台依旧，宫阙依旧，牡丹盛开依旧。当然，千年以前的悲欢宠辱，已散作天边的烟云了。

我仍是感到欣慰，因为糊住兴庆宫和沉香亭牌匾上的"人民公园"和"东风亭"的污垢，已被岁月的风雨所无情荡涤，历史回到了正常的轨道。今天的人们可以理直气壮地品评盛唐的一切滋味，李隆基也好，杨玉环也好，高力士也好，李太白也好，这才是真正的人民所拥有的自由。

2009年6月28日于北七家

窗口对着大雁塔

此番访问西安，下榻唐华宾馆。宾馆位置极佳，开窗就是大雁塔。

都说唐代离我们很遥远，其实，此刻我和古长安就只隔着一扇窗子。这座大雁塔，当年的玄奘在这里住过。那年他从西域经历了千难万劫，驮回了万卷经书，就在这里的青灯之下，就在这大慈恩寺的僧房之中，阅读、翻译、整理那些佛家经典，成就了千秋功业。我和他隔了千年之遥，却总是那么近，就在我眼前的那个窗子背后。长安城里的锦绣繁华与他无涉，毕其一生，他沉浸在他所献身的事业之中。

从窗子向外望去，我的思绪飘越千载。想象着当年的长安，那些佯狂醉酒的诗人们，那些舞剑的女子，还有那些舞剑般写着狂草的书家们，那些坊巷里飘出的令人陶醉的酒香，还有春日里曲江边踏青寻春的丽人们。香车宝马，衣香鬓影，她们行过，把钗钿撒了一路。这些，都在尽情地渲染着盛世的繁荣！

当然也还有繁华之后的沦落，凄惶的出逃，以及哀伤的归来。"秋风吹渭水，落叶满长安"[1]，即使是写悲凉，唐人也断不了这样的扩大的气势。长安就是这样大喜大悲的、让人感慨唏嘘的城池。那是一个悲喜交集的年代，大明宫中的花朝月夕，华清池旁的千娇百媚，那是怎样的万千宠爱！除了盛极一时的繁华，也有这样无尽的悲凉：渔阳鼙鼓，安史风烟，西宫南内，落红满阶，白头宫娥，倚门追忆着繁盛的往昔！

旅居西安，仿佛每日面对的就是一册正在打开的唐诗卷轴。我们一面怡情于鼎盛时代的锦绣华彩，一面又为那个时代诗人文士放浪不羁的情怀所倾倒。而同时，又令人无端地生出沧海桑田、世事莫测的感慨。

2009年7月1日于北京大学

---

[1] 贾岛：《忆江上吴处士》："闽国扬帆去，蟾蜍亏复圆。秋风生渭水，落叶满长安。此地聚会夕，当时雷雨寒。兰桡殊未返，消息海云端。"见《全唐诗》572卷，6647页。中华书局1960年版，第2次印刷。又见《四部丛刊》本《长江集》卷五，作"吹渭水"。
这个短注是我特意加的。记忆中唐人写长安有此句，但不知作者。那日偶遇张鸣教授，特为请教。蒙他检索见示如上，至感。谢冕附记，2009年7月1日。

长安遗韵①

　　这里是古长安，这里是生长诗歌的都城，这里留下了中国历史上最杰出的一批诗人的足迹和声音。长安城里大雁塔的屋檐下和阶梯旁，曲江边开满鲜花的河岸，到处都飘散着唐诗的芬芳。渭水从长安的北边流过，沿河的柳枝依然摇曳着千年惜别的伤情。出了长安城，北行不远就是临潼，那里的华清宫的氤氲水气中，依然弥漫着旷古的甜蜜与哀伤。从临潼往东走，潼关已隐约可见。"去年潼关破，妻子隔绝久。"②诗歌不觉间引导我们从大国的盛世来到了战乱的硝烟之中。

　　说到这里，我们还没有说从咸阳到宝鸡的这一段路程。从长安西行，第一站是咸阳，"咸阳二三月，宫柳黄金枝"③。而

---

① 此文为在第二届中国诗歌节（西安）的讲话。
② 杜甫：《述怀》。
③ 李白：《古风·咸阳二三月》。

后是武功，附近有一个马嵬坡，在诗人的笔下描写得凄婉而缠绵的爱情故事，终于无奈地在这里留下一个悠长的叹息。过了武功，是扶风，是岐山，是凤翔，沿途到处都散落着唐诗的闪光的碎片。长安以及长安周遭的那些山川城郭，都被那些才华横溢的诗人们用美丽的诗句"定格"了。我们行走在八百里秦川，仿佛是行走在用灵感和想象力、瑰丽的色彩、动人的韵律所编织的诗的锦绣长廊之中。

那一时代在长安市上饮酒赋诗，在大雁塔上唱酬歌咏的诗人们，此刻已远离我们。但我们依然从他们的诗中看到了他们当年酒后的狂态，也看到了他们当年面对大自然的那份从容与闲适。但当他们面对人世的不公和压迫，也没忘了把这些不安的心迹和揭露的勇气保留在他们的诗中："朱门酒肉臭，路有冻死骨"①，"是岁江南旱，衢州人食人"②，这就是唐诗中愤怒与哀叹的一例。

有唐一代，诗分初、盛、中、晚，名家辈出，高峰迭起。他们为数众多，但却人各一面，个性鲜明，风格迥异。令人感动的是，当他们面对社稷安危，民生疾苦这些重大的题目时，却是这般地心气相近，他们与万民的哀乐与共！

在西安我们感到了言说诗歌的困难。因为我们面对的是古典的辉煌。这种辉煌既使我们感到荣光，又给了我们压力。记得那

---

① 杜甫:《自京赴奉先县咏怀五百字》。
② 白居易:《轻肥》。

年在马鞍山，是第一届的中国诗歌节，会议的第一个节目就是古典诗词的吟诵，当时就受到极大的震撼。后来我们到了当涂太白墓，到采石矶谒李白衣冠冢，在那里寻找过诗人浪漫的水中捞月的足迹。充盈在我们耳边的都是千年以前的声音。那时我联想到当今我们的诗歌写作，就感到了沉重的"古典的压力"①。

现在来到了唐诗的故乡，这种古典的压力几乎就是西安的空气。整个诗歌帝国的黄金时代，就这样无声无形地向我们压过来。作为后人，我们因自己的怯弱而无言。这种无所不在的古典的辉煌，涉及了一个伟大的时代和伟大的诗歌，涉及了诗人与时代之间的默契，它的伟大的灵感和表现力，它的自由、开放的姿态与民众的忧患息息相关。所谓的盛唐气象，乃是诗歌与时代高度完美融合的气象。在今日的西安，我们的耳边总不由得响起早已消失的月色和声音——

长安一片月
万户捣衣声②

这诗句用语平常，却是气势高远，雄浑壮阔。这说明，所谓的大国气象，或者说诗歌的大气，绝不是可以随意"造"出来的。它来自诗人的大视野、大境界。我们常慨叹当今是大国无大

---

① 在马鞍山第一届中国诗歌节，我的会议发言的题目就是《古典的压力》。
② 李白：《子夜吴歌》。

诗，我们的周遭充满了所谓的"个人化"的梦呓。因为我们的诗歌创作存在误区，我们太相信和太痴迷于所谓的"与世界接轨"了，我们自觉不自觉地按照世界性的"大师"的"范式"写诗，结果出来的作品，不过是在对大师的重复中失去了自己。

相当多的诗人太过"自恋"，他们以为伟大的诗歌只能面对自己。他们因为鄙弃昔日的"为政治服务"而拒绝社会和大众，甚至对摩天楼的坍塌无动于衷。诗人的自私是诗歌的羞耻。

较之当前文艺的轻薄时尚，较之舞台和屏幕上的无聊轻浮，诗歌是相对严肃的。但是我们依然感到了匮乏，主要是缺少厚重的作品。生当今日，风云世变，也许现今已不是莎士比亚或拜伦的时代了，但是我们还是怀念惠特曼和聂鲁达那样的大气磅礴。我们诗歌的格局与我们的大国地位不匹配。至少，我们缺乏艾青的《向太阳》那样的激情和气势。

自我抚摩和无病呻吟的作品太多，生当和平年月，我们当然不会排斥快乐和消闲，但不论何时，这些都不会是时代的主潮。有位经常在电视屏幕上出现的学者警告我们："谁有权力对几亿人的快乐说不呢？"[1]当然谁也没有这个权力。同样，谁也没有权力把文艺的功能仅仅锁定在"快乐"上。我们认定，除了快乐，也许还有悲哀，还有忧患。如同唐代，写《秋兴八

---

[1]　见《解放日报》2009年5月1日17版：《赵本山的"大舞台"》。

首》的诗人，也写"三吏三别"①。

因为身临古长安，满耳都是唐代的声音和色彩，还有那一代人的神采气韵，也深深记取他们的诗歌理想。生当当年，李白尚且感叹："王风委蔓草，战国多荆榛"②，"正声何微茫，哀怨起骚人"，何况我们？李白说，"自从建安来，绮丽不足珍"，他所期待于当世的，是有着建安风骨的"正声"。现在轮到我们发出慨叹了：

大雅久不作，
吾衰竟谁陈！

2009年5月20日，于北京大学中国新诗研究所

---

① 《秋兴八首》和"三吏三别"都是杜甫的作品。
② 此句以后的引诗，均引自李白的《古风：大雅久不作》。

辑
八

八闽大地

三汊浦祭

农夫啊，你们要惭愧；修理葡萄园的啊，你们要哀号，因为大麦小麦与田间的庄稼都灭绝了。葡萄树枯干，无花果树衰残，石榴树、棕树、苹果树，连田野一切的树木也都枯干，众人的喜乐尽都消灭。

——《旧约·约珥书》

一

总觉得前方应当有一道江，总觉得听得见那江水拍岸的声音，不远，也不近，不宏大，也不微弱。南国的江总是那么清丽，有点文雅，有点温柔，似乎还有点羞怯，总是那么梦幻般静静地流淌着，在不远的远方，在不近的近处。那时我年小，我望不见那江，只是一种感觉，感觉它就在那前方，在前方静静地梦一般流淌。

闽江在这里好像是打了一个弯，分出了许多水溪流经这里的大地。这里原是个河网地带，那水像毛细血管似的渗着这里的田园。我记得那里的树木遮蔽了天空，高大的白玉兰，树身有几丈高，开着白色的清雅的花，还有同样高大的芒果和柚子，那枝叶都散发着芬芳。这里是花的王国，珠兰、含笑和茉莉，还有向着远处的橄榄和柑橘，青青的竹子和碧绿的芭蕉，把田园铺成了一片锦绣。

河汊在这里纵横，那水是清澈的，水草静静地在下面摇曳着。阳光从高处雨点般洒下来，阳光似乎很吝啬，又似乎很顽强，它冲破那密不透风的树丛的末梢，从那高处径直地往下穿越。亚热带的阳光在这里洒成了一片动人的花雨。这里似乎整天都飘着雾，连花香，连阳光和月色，都带着浓浓的水汽，那空气是润润的、湿湿的、滑滑的，如同漂亮女人的肌肤。

这里很像是一个深潭，水从外面流进来，在这里汇聚，映衬着这里的波光云影，还有漫天飞洒的太阳雨。因为少阳光，那清澈的水有点发暗，闪着幽幽的光，似黑，又似蓝。是那种灰白色的光。河网在这里汇聚并扩张开来，容纳着深潭、小溪、花木、河岸和水草。这里是以这个方圆并不大的水潭为中心，形成了一个相对独立的风景，我们都叫它"三脚桶"。

从童年到现在，我只记得"三脚桶"这地名。这名字于我是那样亲切，如同一个亲人。我在想，一定是人们觉得那水潭如一只装水的大木桶，一定是那引水进来的通道是三道小溪，这一定是富有人情味的乡人给这可爱的地方以昵称。"三脚桶"是人们给这河网地带的一个亲切的小名，如同人们通常给自己的孩子起小名一样。

二

"三脚桶"是我外公的家。不，应该说，我外公的家那边有一只我们都喜欢的"三脚桶"。平时我们住在城里，很少到外公那里去。我们认识"三脚桶"是因为离乱。大概是二十世纪三十年代后期吧，日本军队逼近了福州，沿海一带经常受到骚扰。福州城里是很不安全了，我们是"跑反"（福州人把逃难叫"跑反"）到外公那里去的。那时我不过五六岁，不知道什么是灾难。"跑反"却意外地给童年生活带来了欢乐。

学是不用上了，也不用做功课。"三脚桶"成了我们的朋友。我们几乎整天都泡在那河边，垒堰拦水，捉小鱼小虾，或是沿河岸往洞里掏螃蟹，或是干脆打起了水战。夏天日长，我们乐此不疲，直至月亮升上了树梢，直至萤火虫在草丛漫飞。这才一身泥垢恋恋不舍地回家。

"跑反"的日子，在大人们那里是忧心忡忡，而在我们——我和弟弟，以及新结识的乡间的小朋友们——却是其乐无比。

从此，"三脚桶"就成了童年记忆中的永存不忘的一页。这一页是那样鲜明，甚至是那样神奇。它给我长久的想念，它进入我的生命，它成为我永远的心灵家园。那些年战乱频仍，我们不断地搬家，我也不断地转学，那些走马灯似的住处和学校，都记忆模糊了，唯独"三脚桶"例外，我忘不了它！

"三脚桶"是我生命的一部分，甚至是最重要的那一部分。很奇怪，在我往后的日子里，它不再是童年的嬉戏之所，它潺潺的流水的声音，它四围的鸟鸣和蝉噪；它的近处和远处无所不在的、浅浅的、浓郁得让人心醉的花香；还有那明的和暗的、深的和浅的颜色，绿的、蓝的、灰的、黑的，发光，闪亮，这一切，构成了一个永恒的世界，它是我生命的梦！

在此后漫长的时间里，我一直想着我的"三脚桶"，我怎么也不能忘记它。在我的生命中，它是一种境界，自然、美丽、多彩、生动、充满生命的活力的境界。它不再仅仅是我的忆念，它成了我的理想。当我思寻世界上最美好的事物时，我就想到"三脚桶"。世上有很多美好的东西，但只有"三脚桶"是第一！

三

动荡的生活一直延续着。外公很早就去世了，他的子女也已星散。我和"三脚桶"再也没有机会见面。但"三脚桶"一直在我心中，忘不了，也驱不走。直至今日，我的年龄比当年的外公还大了，我还是不忘当年的好朋友"三脚桶"。在生活中，"三脚桶"始终是美丽的梦。当我失意，当我寥落，当我苦痛，当我想望，"三脚桶"就神奇地出现。它始终听从我的召唤，因为它是我心灵的朋友。

但动荡的日子我无法寻找它。我只能在心中默默回想它的迷人的美丽。后来看到一部外国影片，记得名字好像是《南十字溪》。那故事我是忘了，可那景象却是十分鲜明：奔涌的流水，浓密的树林，浅滩，急流，飞溅的水花，当然也有鸟鸣和花香。南十字溪就是我的"三脚桶"。我在现实生活中失去的，在一个幻想的空间得到了。但我还是想着、念着我外公的那个家园，我童年以迄于今的梦想。先是在梦中找"三脚桶"。梦中找不到，就用电影中的画面来代替。

最奇怪的是，在那个大动乱的年代，我有一段时间曾身陷囹圄，一个夜晚，又一个夜晚，我睁着双眼从黑夜到天亮。在万般无奈和痛苦中，是永远美丽动人的"三脚桶"前来安慰和拯救我。我当日因吟诵古人的"不眠忧战伐，无力振乾坤"而获罪，有着前所未有的忧愤。绝望时，眼前就出现"三脚桶"的花香和流水，长满青草的河岸，透过茂密树梢的太阳雨！我被这永远的美所感动，曾经中夜展纸，我把"三脚桶"化成了我的诗篇。屈辱，哀痛，对于未来的绝望心情，顿时化为高尚、纯净、圣洁的世界。

"三脚桶"是我的希望，我的理想，更是我生命的至美。

四

　　我一定要找到我的"三脚桶"。我要它回到我的生活中来，而不能只是在想象中，在梦里，或者只是以"南十字溪"来替代的画面中。动荡的生活结束了，我回到家乡的机会多了，我有条件来实现我的愿望。可是，"三脚桶"毕竟是我童年的经历，距今少说也有六七十年的光景。外公不在了，母亲也不在了，所有能够唤起记忆的线索都断了。我只知道外公姓李，可他的名字呢？还有，"三脚桶"所在的确切的地名也无从知晓，什么镇？什么乡？什么村？在福州的什么方位？但我还是要顽强地寻找。因为它是我的梦，不，是我的命！

　　那年在福州，袁和平见我心诚，下决心要帮我。我说那"三脚桶"有很多很多的花，有高大的白玉兰，有成片的珠兰和茉莉，那是一个漫野飘着花香的地方。袁和平一想，福州郊区花最多的地方就是建新公社，那是著名的花乡。驱车到了建新，那里正在卖花，有满地的榕树的盆景要出售。完全不对，连一点儿痕迹都没有！这不是我外公的家。为了安慰我，我们顺道看了位于洪山桥边的金山寺。我寻找"三脚桶"的努力失败了。留下的是我对袁和平永远的怀念。

　　不找到"三脚桶"我不甘心。事情到了去年，又有一位好心的朋友陈明亮帮我。出发之前，鬼使神差，我脑中突然冒出一个地名：郭宅。陈明亮一听，"郭宅我知道，我在那里玩过"。郭宅距福州城区约二十里，原先是闽侯县的一个乡。从地图上看，正是闽江南行和乌龙江交汇的河网地区。我为什么会突然间想起这个地名？那是一种"神启"，也许是一种灵思。一定是母亲和外公冥冥之中在帮我！

五

车子过了白湖亭，走在通往闽江与乌龙江交汇的公路上。约十里，只见陈明亮把车子往右一拐弯，车子驶进了一条狭窄的乡间小街。街两旁是一间挨一间的小店，一个简陋又热闹的乡村集市。这情景唤起了我的记忆：是的，这是我曾经走过的路，通往外公家的路！不过，当年的那么一拐弯，眼前展开的是一片水田，碧绿的，闪光的，湿润的，飘着淡淡的稻花香的水田；是田间的石板路，两旁是一眼望不到边的稻田，不是商店，那时没有房屋。郭宅到了！也许"三脚桶"就在前面等我！

那天下着小雨，地上泥泞，我们行走在积水中。首先问的是，此地有没有姓李的人家，若有，那老房子是否还在？热心的乡人回答是肯定的。这里有十几家，前面上濂村还有十几家。那老屋附近就有一处，房主人姓李！我们来到跟前，屋子已经残破，正准备拆除，地上堆放着巨大的木柱。还是当年不加修饰的木结构，还是当年夯着黄土的地面，还是当年的高门槛。记得那时从后厢房出来，对于小小年纪的我，翻越几个门槛显得十分困难。我认定这就是我住过的外公的家，从这里可以找到我亲爱的"三脚桶"。

这里有没有叫作"三脚桶"的地方？那"三脚桶"还在不在？又在哪里？我跟乡人描绘了童年印象中的情景，这情景在数十年的岁月中，已被我的心灵无数次地重复显示过。有几道溪水，有一个水流会聚的"桶"，周围是茂密的树林，有很多很多的、让人心醉的花香！回答说，有！就在不远处，就在当年的村边。那是三汊浦！不过，现在已经没有了！

我这才知道，三汊浦和"三脚桶"原本是一个地方。"三脚桶"的正名应该是三汊浦。"三"是没有问题的，在福州方音中，"脚"和"汊"的韵母都是"a"，"ka"和"ca"是可以互混的，至于"浦"和"桶"，先前说了，"桶"是一种昵称——甚许竟是我的"创造"，因为我那时并不识字。

近乡情怯。经村民的指引，我们来到了三汊浦。他指着眼前密密麻麻的简陋搭起的房屋，和几条由水泥砌成的流着断续污水的黑水沟说：这就是。这里原先有很多水，是从江那边进来的，那时河那边的船可以直接驶到三汊浦。这里是上洲，从上洲到下濂要淌水过三汊浦，水是清的，水底下是石板路。

六

　　但是，这哪里是我日思夜想的、亲爱的"三脚桶"啊！一棵树也没有，一朵花也没有，一片雾也没有，甚至一滴清水也不给我留下！还有，那湿湿的、润润的、弥漫着淡淡花香的空气呢？为什么也不给我留下？哪怕是留下一口！我的那些伸向天空的遮蔽了阳光和月色的白玉兰呢？我的那些喜鹊停过、知了唱过、蝴蝶飞过、亚热带中午的阵雨冲洗过的芭蕉树、芒果树和橄榄树呢？为什么连一片叶子也不给我留下！

　　我的小溪在哪里，我的河岸——那长满水草的、在水草深处有蟹洞的河岸又在哪里？为什么连一抔湿土、一株草叶也不给我留下？

　　是谁在毁灭我外公的家园，是谁在毁灭我的"三脚桶"，是什么样的罪恶的手，伸向了我的梦、人间的至美？是谁砍伐了这里的灌木和乔木，砍伐了这里的果树和花树？是谁填堵了这里的溪流和河道，是谁如此忍心地摧毁这一切？

　　这么多丑陋的屋顶和烟囱，这么多发出恶臭的黑烟和污水，还有这水泥砌成的臭水沟，是它代替了往日清澈的流水和迷人的花香！

　　是谁谋杀了我的"三脚桶"？我要到哪里去找这凶手？

　　我没有想到，我用了毕生精力和情感寻找的，却是这样的结果。我找到的，却是我永远失去的。我多么后悔这寻找。早知如此，我不如不找。我只把它留在我的心中，融在我的灵魂里，让它伴我终生，永远是、依旧是昔日模样。

然而，我的"三脚桶"是永远不存在了，它已从这地球上永远消失了！永远，永远，不可复制，无法再生，只能是永远地寂灭。

七

三汊浦，这是我为你写的一篇祭文。

2005年2月23日，悲愤中。于京郊昌平北七家

消失的故乡

　　这座曾经长满古榕的城市是我的出生地，我在那里度过了难忘的童年和少年的时光。可是如今，我却在日夜思念的家乡迷了路：它变得让我辨认不出来了。通常，人们在说"认不出"某地时，总暗含着"变化真大"的那份欢喜，我不是，我只是失望和遗憾。

　　我认不出我所熟悉的城市了，不是因为那里盖起了许多过去没有的大楼，也不是那里出现了什么新鲜和豪华，而是，我昔时熟悉并引为骄傲的东西已经消失。

　　我家后面那一片梅林消失了，那迎着南国凛冽的风霜绽放的梅花消失了。那里变成了嘈杂的市集和杂沓的民居。我在由童年走向青年的熟悉的小径上迷了路。我没有喜悦，也不是悲哀，我似是随着年华的失去而一起失去了什么。

　　为了不迷路，那天我特意约请了一位年轻的朋友陪我走。

那里有梦中时常出现的三口并排的水井，母亲总在井台边上忙碌，洗菜或洗衣的手总是在冬天的水里冻得通红。井台上边，几棵茂密的龙眼树，春天总开着米粒般的小花，树下总卧着农家的水牛。水牛的反刍描写着漫长中午的寂静。

那里蜿蜒着长满水草的河渠，有一片碧绿的稻田。我们家坐落在一片乡村景色中。而这里又是城市，而且是一座弥漫着欧陆风情的中国海滨城市。转过龙眼树，便是一条由西式楼房组成的街巷，紫红色的三角梅从院落的墙上垂挂下来。再往前行，是一座遍植高大柠檬桉的山坡，我穿行在遮蔽了天空和阳光的树荫下，透过林间迷蒙的雾气望去，那影影绰绰的院落内植满了鲜花。

那里有一座教堂，有绘着宗教故事的彩色的窗棂，窗内传出圣洁的音乐。这一切，如今只在我的想象中活着，与我同行的年轻的同伴全然不知。失去了的一切，只属于我，而我，又似是只拥有一个依稀的梦。

我依然顽强地寻找。我记得这鲜花和丛林之中有一条路，从仓前山通往闽江边那条由数百级石阶组成的下山坡道。我记得在斜坡的高处，我可以望见闽江的帆影，以及远处传来的轮渡起航的汽笛声。那年北上求学，有人就在那渡口送我，那一声汽笛至今尚在耳畔响着，悠长而缠绵，她不知是惆怅还是伤感。可是，可是，再也找不到那通往江边的路、石阶和汽笛的声音了！

这城市被闽江所切割，闽江流过城市的中心。闽都古城的三坊七巷弥漫着浓郁的传统氛围，那里诞生过林则徐和严复，也诞生过林琴南和冰心。在遍植古榕的街巷深处，埋藏着飘着书香墨韵的深宅大院。而在城市的另一边，闽江深情地拍打着南台岛，那是一座放大了的鼓浪屿，那里荡漾着内地罕见的异域情调。那里有伴我度过童年的并不幸福却又深深萦念怀想的，如今已经消失在苍茫风烟中的家。

我的家乡是开放的沿海名城，也是重要的港口之一。基督教文化曾以新潮的姿态加入并融会进原有的佛、儒文化传统中，经历近百年的共生并存，造成了这城市有异于内地的文化形态，也构造了我童年的梦境。然而，那梦境消失在另一种文化改造中。人们按照习惯，清除花园和草坪，用水泥封糊了过去种植花卉和街树的地面。把所有的西式建筑物加以千篇一律地改装，草坪和树林腾出的地方，耸起了那些刻板的房屋。人们以自己的方式改变他们所不适应的文化形态，留给我此刻面对的无边的消失。

我在我熟悉的故乡迷了路，我迷失了我早年的梦幻，包括我至亲至爱的故乡。我拥有的怅惘和哀伤是说不清的。

崇武半岛①

　　大陆消失，眼前是一座完整的石垒的城。我们登上城墙，看崇武城如蜂房。一色的石垒房屋，在灰暗的雨云下泛着白色的凄清。拥挤并不喧杂；生命在繁衍，又似在沉思。这是大陆最突出的一个部分，石城恰好嵌在它的尖端。尖端高处为文昌阁，已毁，在那里建了一座灯塔，灯塔再往前便是海。

　　海无边无际，日夜撞击着这座孤城。城在颤动，六百年来就这么颤动。崇武镇上的居民一样地日夜不宁——心在颤动。这里的海潮沉重，风也沉重。也许是郁结云气，也竟是来自心头。他们随时都准备迎接苦难。

　　这大陆的顶尖，没有遮拦。风和浪一径地向它扫荡过来，树站不起来，于是镇上便少树。唯有"蜂房"裸露，一色的惨

---

① 此文初刊1990年6月5日《厦门文学》1990年6月号。据此编入。

白。人也裸露，这里缺少安全感，忧患因之而生。大自然把温柔和舒适给了另一些幸运的居民，将不安和惊恐留在这里。

我们来到这里，正赶上渔船进港。风帆落下，潮水退去。一片黑色的泥滩，蒸发着潮腥味。打鱼的汉子正在分鱼。多数是小鱼，分成堆；几尾小鱼剁成段，加入那堆里去——原始的分配方式！

因为是木船，返程时间长，鱼已不新鲜。他们带着简单的铺盖上船，一出海就是数日，收获的就是这几堆鱼。男人和女人相会，不多言语，也少笑声。一切似都淡淡，大概千百年来就如此。

多情的大海养育着世代的他们，但也无情，它也吞噬这些强悍的生命。而生命在这种吞噬下，往往也变得脆弱。崇武镇上庙宇之多让人吃惊。这里与忧患同在的居民，几乎什么神都敬。

土地贫瘠，生计维艰。大陆不再往前伸延，路似到了尽头。海则是无限的大，海涛狂暴肆虐，而人们又不能不到那充满危惧的水面谋生。他们不能自已，他们祈求庇护，于是冥冥之中他们把安全和希望托与不可知。

人类在不能把握自身的那种原始氛围，正重新构成一种秩序，它无形地对这里的生存进行规约。所有的灵魂崇拜，都虔诚而发自心愿。民众的托庇神灵不只是为了现世的考虑，其中仍有他们素朴的良善。

在难以计数的大小庙宇中，我们看到一座叫"十二爷宫"的小庙。庙始建于明洪武年间，内祀当时抗倭的十二殉难将士。这庙的历史与崇武石城的历史同，已有六百余年。庙之小如闽南乡间田野上常见的地庙，建筑亦粗糙不精。但民众缅怀英烈之诚心可感天地。

那日行色匆匆，不及拜谒另一处小庙——"二十四大人庙"。这是乡民纪念解放初期为掩护渔民而遭国民党飞机袭击的解放军烈士而建。历时三十余年至今香火不衰。现年六十六岁的崇武镇人赵江水曾为"二十四位大人庙"赋成一绝，文字清新雅好：

> 官兵同穴壮成仁，同志于今称大人；
> 莫酒焚香非迷信，元元不忘敬功臣。

朴素的崇武人，他们的信仰驳杂，但心香一缕，却始终向着人类的良知。

潮水依旧敲击着这古老的城墙。城建于岩石之上，虽贫瘠，却坚固。海滨岩石上赫然镌着："拥城磐石，官民全禁，不许采凿。"理智加上良知，在灰暗雨云深处，似乎透出一线亮光。

1986年岁尾年初，我两次访问崇武，那个地方仿佛有一股磁力吸引着我。

崇武有古城，有抗侵略史迹，有美丽海滩以及海滨危石上的镌刻，何况还有美丽动人的惠安女子！但我到崇武，观光猎奇的心情总是淡淡的，心头却始终弥漫着渴望冲出神秘氛围的沉重。

惠安女子诚然是迷人的——精美的竹笠，鲜艳的头巾，包得严严实实的头部，宽大的裤子到及露出腰身的短衫，她们挑担迎风的情调，以及浅笑露出的金牙——但凡读过陆昭环的《双镯》、谢春池的《唉，惠东女人》、蒋维新的《啊，惠东女》、林凌鹤的《月亮月光光》以及舒婷的《惠安女子》的人，都会理解他们奇特的服饰背向所蕴含的社会的和文化的悲凉。人们会因这种启迪淡漠愉悦的轻松。

惠安—崇武一带的民俗、文化现象是奇特的。仿佛是从惠安县东境沿崇武半岛北端画了一道无形的线，这道线造出了一个特殊的文化圈。这文化圈同时也意味着一个幽闭的文化环境。

从惠安到崇武并没有当今某些特区那些特意筑起的铁网，但隔绝的严重却不在任何具形的方式。尽管每日有无数计的现代化车辆贯穿崇武半岛，尽管那里多数家庭如同内地一样架起了电视天线，尽管崇武镇一样地风行牛仔裤、国际流行色以及咖啡座音乐，但特殊的文化氛围可以把崇武镇围困而成为"孤岛"。离开崇武镇不用几步，那里依然是世代繁衍的惠东文化。这种文化可以把最现代的文化隔绝、孤立并让它窒息。

记得前年访问海南岛，同行的有哲学家L。那时北京已是初冬而海南却是盛夏，广大的幅员造成了自然景观的巨差，而文化氛围却几乎看不出任何巨异。L在一个即席谈话中感慨于中国文化的"大一统"。

L没有谈到我此刻在崇武看到的"文化割据嵛"。这仅仅是"大一统"中无数"小一统"的一个细胞——尽管可能是特殊的细胞。但这种"切割"是可怕的，它可以成为"岿然不动"的自我幽闭。无数自我幽闭，足可令我们这个古老的民族"缺氧"。

这就是崇武的磁力。也就是我在崇武缺少"观光心态"的因由。

特别的崇武①

　　福建惠安的崇武镇，是个很特别的地方。它是个半岛，叫崇武半岛。陆地到这里就是尽头。崇武伸向海中，房屋、田园、居民和居民饲养的牲畜，都无遮拦地裸露在滔天巨浪之中。这里风和浪都没有受到任何阻挡，它们夜以继日地、无止息地袭击着崇武的大地和人群。而这里的人似乎也特别，他们好像是专门选择了这大陆的尖端，这路到了尽头的、任凭海浪和飓风无休止地打击的地方，繁衍生息，一代人又一代。

　　崇武有一个完整的城，古城墙包围着崇武镇，蜿蜒于万顷碧浪之上。它飘浮着、涌动着，如一只被抛在海上的巨大的银戒指。这城墙建于明代，已有六百多年的历史，和北京的古城墙年龄相仿。但北京的城墙已经消失，而它却完整地屹立着，

---

① 　此文初刊于1997年12月6日《检察日报》；又载1998年3月17日《海南特区法制报》。据《检察日报》编入。

在风浪无遮拦地袭击着的地方，在半岛的尖端，在路的尽头。

设想当初建立这城，也许是为了抵抗外侮（如今它的城墙上还留着炮弹轰击的伤痕），也许是为了获得一种安全感——在不设防的裸露之中，求得一种遮蔽式的防护。那城墙也就成了海边居民的亲密守护者，它的根基牢牢地咬住了海边坚硬的岩石。城墙保护渔民，渔民保护城墙，它们友好地相处，数百年历经天火、兵燹、暴雨烈日、惊涛骇浪而坚定地站立着。

半岛承受着千年的风霜，那些凶狠而无所顾忌的风，一路呼啸着径直向着那城垛、那房舍、那灯塔冲过来。然后，又打着呼哨回旋在上空。一般的树木在这里很难站稳，就是北方常见的挺拔的青松，这里也少见。倒是木麻黄、台湾相思树这些高大的乔木和顽强的灌木，却能扛着那风、那浪、那燃烧的炎日而挺立着。干涸的沙滩上，到处生长着绿得发黑的铁一般的龙舌兰，它们也把有力的根深深地扎向地层，吸取稀少的水分，也好抗击那外界的侵害。这些植物，和这里的人一样，都是能够战胜险恶环境的很坚强的物类。

这崇武城由石头垒成，垒它的石头就来自那海岸线上耸立的石山。灰扑扑的一片，一径地铺向海去，和那隐现于浪涛中的岛礁融在了一起，是浑然不可分的坚定和顽强。除了城是石垒的，这里的房舍也是石垒的，庙宇、河渠，乃至电线杆，无不用石材造成。这一切都标示着崇武的性格：石头般坚定和强悍。

崇武人亲近那石头，一面又塑造那石头。开采、切割、打磨，都用人的一双手。庞大的、坚硬的、粗粝的石头，到了崇武人的手中，特别是到了崇武女人的手中，都化作了可以随意塑造的柔软和生动。这里的人，原来是以饱含着生命的血肉之躯，战胜那无边无际的冰冷和无情！

福厦公路到惠安，又出一线，径直东行，到了大海，路就消失了。不说这里离文化的中心腹地有多远，即使是离厦门、泉州，甚至惠安，也还有相当的距离。"边缘""僻远"，用什么词来形容这里的远离中心，都不算过分。但边远并不意味着隔膜，特别是对崇武这样的地方，就更是如此。

令人诧异的还不只是这里的自然景观，还不只是它的荒凉和贫瘠如何造出了顽强、坚定的繁盛，而更是这里特异的人文景观。它在大陆的边沿，在延伸入海的最后一片陆地上，这个过去的渔村，如今的小镇，却有着较之内地并不逊色的诗和小说、艺术和文化。

人们谈得最多的是这里的女性——著名的惠东女子。她们的服饰、她们的婚嫁，以及她们的情感世界，都谜一般吸引着人们的兴趣；而人们却很少了解这里的精神生产和艺术创造。惠安和崇武的石工举世闻名，他们会创造皇家宫殿的梁柱和础石。崇武的石雕艺人能够把粗糙的花岗岩镂刻成镂空的环佩和狮子的含珠。那些可敬的崇武的女人们，她们能够用双肩背起、挑起、扛起数百斤的石材，用她们的赤脚，从山巅、从海隅。

在海滨的风沙和贫瘠之中，如同这里花一般开放的女性那样，这里开放着文学艺术的花朵。一切也如同这里的环境和氛围，如同这里的自然和人，崇武的精神之花同样是：愈是艰难，便愈是美艳。

人口不多的半岛渔村，居然办了一份纯文学刊物。在这个已有十多年历史的《崇武文学》的周围，活跃着一批颇有潜力的作者队伍。这里还有一个崇武诗社，它拥有一批新诗人，如同内地的青年诗人那样，他们对现代主义和后现代主义都不陌生；除此之外，诗社还集聚了一批写旧体诗的诗人。让人非常吃惊的是，他们还办了一个专登旧体诗词的诗刊《海韵》，这举措即使在文化很发达的地区，也是很少见的。这《海韵》也有近十年的历史了，如今还在定期开展吟诗活动。这个诗社得到海内外的热心支持。这不能不是崇武这地方的另一奇观。若说自然景观多半天成，而人文景观则是不可重复的热情和坚韧的创造。

遥远不一定造成隔膜，艰难不一定造成贫乏，这就是特别的崇武给予人们特别的启示。

太姥山志^①

天下奇山水我走过不少，大都因为它们独特的景观而令人历久不忘：黄山以松，济南以泉，杭州以湖，苏州以园，桂林以碧簪罗带，峨眉以金顶佛光。也许因为是闽人吧，每以家乡的武夷、太姥两山而夸于人：武夷碧水丹崖，九曲柔肠，世所称绝；太姥耸峙海东，山石多姿，风流灵秀，尤见绮丽。此二山，与浙东之雁荡相呼应，遂成鼎足之势。国之东南，山水形胜，这些，应该是此中翘楚了。

记得那年，应闽东主人之邀，京中诸友联袂南行。访三沙港，游三都澳，在霞浦饱览畲乡风情，最后登上了太姥山。太姥我是第一次登临，但我对它并不陌生，说起来却是有一段久远的因缘。记得早年——大约距今总有六七十年了吧——我家

---

① 此文刊《福建文学》2011年第2期。据文稿编入。

中存有一本《太姥山志》。据说是我的父亲或是我的兄辈游过太姥，从寺庙的僧人那里买来的。这本《太姥山志》系手抄本，宣纸书写，字迹娟秀。竖行，有注，每一景点单独列行，极为珍贵。可惜时代惨烈，战火连绵，人命尚不保，何况这一本山志？它当然是消失在风烟之中了。我怀念这一本当年似懂非懂的书，它的命运至今还让我扼腕！

太姥山历史悠久，历来有很多传说。山名太姥，民间流传说汉代有一老母修炼于山中，得仙人指点，于阴历七月七日在此升天。又载容成子也曾修炼于此山，后来移往崆峒。汉武帝的时候，这山就很有名气，被列为三十六名山之首。所以这里寺庙甚多，而大盛于唐。开始是道教圣地，唐玄宗敕建国兴寺后，陆续修庙甚多，遂成东南一带的佛教中心。太姥山的寺庙引来了诸多文人学者，朱熹曾在此注释《中庸》。

太姥耸立台湾海峡的北端，面对着东海的万顷碧波。作为一个旅游胜地，太姥山的好处是山海相连，水天一色。山紧贴着海，海依傍着山。在山巅可以观海，在海滨可以看山。游太姥可观云海，可瞰日出，山岳逶迤向着海洋，那里的沙滩和帆影又增添了山景的妩媚。太姥的潮音洞可谓山海结合的一个杰作，洞立于水中，潮水穿洞而过，飞玉溅雪，声如雷鸣，动人心魄。太姥山并不高，路亦不见险峭，倒是这山海穿插的奇观，使它名扬遐迩。唐薛令之的"东瓯冥漠外，南岳渺茫间"（《太姥山》），明陈五昌的"云横翠壁来天际，日照红涛出海东"（《御风桥》）。"冥漠"也好，"渺茫"也好，都写的是那山海交映的惊人之美，更不用说"红涛出海东"这一直抒海天景色的笔墨了。

若是说，游黄果树为看瀑，游张家界为看峰，游泰山为看"文化"，那么，我认定，游太姥是为了看那千姿百态的岩石。太姥的石峰、石柱、石洞太迷人了，我到一地看山看海，多半不听那些导游状物编故事的讲解。那些讲解浅一些说是"强加"，深一些说是"误导"。他们的解释引导人们放弃主动的再创造式的欣赏，而被动地接受那种层次不高的"某某像某物"的形似的喻指。但到了太姥，这想法却有了改变。金龟爬壁、金猴照镜、金猫扑鼠、金鸡报晓，那些比喻惟妙惟肖，大都形神俱备。有的景静若处子，有的景动若脱兔，你不能不在那"逼真"上叹为观止。至于九鲤朝天、仙人锯板、十八罗汉诸景，都是大场面、大手笔，竟是鬼斧神工奏出的大乐章。

说到大山奇石，我在雁荡山看过一座男女相依的情人峰，他们是站立着拥抱的，不离不弃，极为缠绵。现在太姥山看到了另一对男女，他们同样地温柔亲爱，但他们这次是"坐拥"，仿佛就此可到天明，又仿佛就此可至永久。这是太姥山在为普天下的有情人祝福。

游太姥已经过去多年，现在回忆起来，依稀尚是当年景象。可是，斗换星移，人事已非，那些昔日同游的友朋，却已星散天涯了。我一面在回忆当年的游踪，一面在想念当年的同游者。我的这篇文字，似是在还一笔文债。但更确切地说，是在怀念那本丧失在战烟中的《太姥山志》，怀念那些在艰难年月中丧失了的一切。

2004年6月13日于北京昌平北七家村

三游太姥记①

　　李白有《梦游天姥吟留别》的名篇，开篇写道："海客谈瀛洲，烟涛微茫信难求。越人语天姥，云霞明灭或可睹。"据说他是没到过天姥的，他只是"梦游"。吴越有天姥，福鼎有太姥，两山相隔不算远，闽浙乃是近邻。许多人误认为天姥即太姥，其实不是。说来有趣，并非我有意枉攀前贤，李白是梦游过天姥，而我却是梦游过太姥。说来有些久远了，幼时家中有一本奇书，宣纸，毛笔手书，竖行，线装，字迹娟秀，古香古色的，记得是一部溢着墨香的《太姥山志》。那时年纪小，从来没出过家门，不知何为太姥，此山又在何方？当时识字不多，囫囵读去，某水、某岩、某洞、某峰，似懂非懂，倒是留有印象，却真的有点神往。囿于当日条件，终究只是神游而

---

① 此文为周瑞光、白荣敏编：《太姥诗文集》序言。厦门大学出版社 2015 年 12 月第 1 版。

已。读李白，遂知那毕竟也是一番梦游。

不想这一场梦就是至少一个甲子的时光。我就这样把从未登过的太姥放在了童年的记忆中。此后，连续的战乱，辗转的迁居，这本手抄的《太姥山志》就消失在烽烟之中了。至于我自己，后来是从军，再后来是北上求学，一切的人生艰险，都没能将那本伴我度过童年的《山志》从记忆中抹去。我知道那些年月，我的几位兄长为了避难和谋生曾到过福鼎，他们受到福鼎的庇护，一定也曾拜谒过太姥娘娘，那本《太姥山志》，也许就是某座寺庙的僧人以虔诚之心抄写的。

这个神游之梦也做得真长，一直到二十世纪九十年代，我才有机会真的拜访太姥山。九十年代第一个秋风时节，我应时任宁德地委宣传部领导的北大校友王凌的邀请，协同《人民日报》、新华社、文学研究所的几位朋友，首次拜访宁德地区，并且登上了太姥山。这是我的太姥第二游，也是除了梦游之外的第一次真实之游。此游看了三都澳，领略了畲乡风情，而印象最深的则是太姥山。有感于这里山海交响的奇观，临别，我为闽东之行题写感言："雄浑而灵动，博大而娟秀，山海的精魂在这里有完美的结合。随处可见的勃发生机，是闽东巨变的伟大预言。"还为殷勤款待我们的王凌部长留言："天风海涛，书生襟怀。"后面这八个字，既是对王凌本人的赞许，也是对太姥风情的概括。

三访太姥则是在今年，即 2015 年，与上次访问的 1991

年，其间相隔四分之一的世纪。这比梦游（即我所谓的"首有幸生访"，实即冥想）与实访的间隔期则缩短多了，那是一个甲子的旷世之隔。太平时世毕竟不同于战火纷飞的岁月。这次三访太姥，是应邀参加福鼎举办的"诗意太姥"诗歌活动。我在开幕式的即席发言中，谈到了战乱、福鼎，以及战乱中失踪的《太姥山志》。听众席中有一位周瑞光先生，他远在泰国，听说我来了，特地赶回来与我见面。他给我的见面礼，就是我日夜思念的，也是此次会上提到的《太姥山志》①和一本他本人搜集整理的《迟园挹翠》②。周先生送我的这本《太姥山志》与我当年所见不同的是，他的是木刻影印本，我的是手抄本。

周瑞光先生是一位高人，他热爱家乡的山水大地，特别痴心于闽东，特别是太姥山文献的搜集、整理和研究。他一介书生，无权、无势，也许也缺钱，却硬是凭着一片赤诚，感动了国中名家硕儒，登门索墨，无有不允者。数十年坚持，数十年成功。他无依无靠，几乎全是孤军奋斗，在他的感召下，自启功先生开始，时年九十一岁的顾廷龙先生，时年八十九岁的钱君匋先生，以及赵朴初、夏承焘、任继愈、南怀瑾、苏仲翔等国内名家，纷纷为他的编著题词留墨，这在学界亦是一段奇

① 周瑞光编校：《太姥文献搜遗》（上卷），文化艺术出版社2007年10月第1版。周瑞光扉页题词："谢冕老师存正，周瑞光2015.5.21三十余一年相逢于太姥山。"
② 〔清〕林滋秀著、周瑞光整理：《池园挹翠》，海峡文艺出版社2011年10月第1版。此书封面为启功先生题写书名。另有顾廷龙、钱君匋、任继愈等先生题词。

闻。周先生和我是同代人，在这些大师面前，无疑是晚辈，他之所以能打动那些大学者的心，全凭他的一片敬业精神和他的一腔至诚。

这番与周瑞光的重逢使我们无意间"置换"了会议的重点话题，我们的关注点由诗而转向了太姥文献的搜集与整理。当日的会议安排两个文化考察的路线：嵛山岛和太姥山，我们不约而同地选择了后者，周瑞光与我们一路。对于我来说，又一次与太姥山亲密接触，把记忆中阅读过的书面的描写化为了真实的风景是一番特殊的经历："数行岩瀑千层雪，一线天梯半岭云"[1]，"峭岩桧柏郁崔嵬，陟望摩霄海一杯"[2]。当年山志的描述所给予我的迷蒙的感受，顷刻间转换成了眼前可把握的实景，我的内心陡然升起一种由衷的感动。

在福鼎匆匆的访问，因为一本山志的失落与复得的话题，激发了我们对太姥文献的修复、整理与研究的热情。福鼎的主人——当地政协和文艺部门的相关人士，当时就下了决心，他们要很快制订计划，把包括《太姥山志》在内的有关文献予以系统的编辑出版。这在我，竟是一个意外的惊喜——我原先的愿望是寻到我曾经的失落，只是想重温童年梦游的奇境，而现在，我的获得却远远地超出了先前的期待。我满足，而且感激。

---

① 〔明〕谢肇淛:《游太姥道中作》。
② 〔明〕朱邦锜:《摩霄峰》。

福鼎的主人没有食言，别后，他们开始了紧张的工作。他们以周瑞光前辈长期积累的成果为基点，继续寻找《太姥山志》付阙的其他版本，并且着手编辑《太姥诗文集》，事后，他们通过手机短信和电子邮件告知，经过他们的检索、鉴别、订正，诗文集的体例有了新的改进，篇幅也有了大的扩展，从原先的二百余篇（首），扩展至现在的近四百篇（首）。工作告一段落，他们要来京向我报喜。胜利日阅兵后的第一天，丁一芸、郑清清和白荣敏，冒大雨带着初步的成果来了。我分享了他们的喜悦。

　　现在这本《太姥诗文集》，收唐代以迄于近代的历代与之相关的文献典籍，计分诗词、游记、杂著（序、跋、记、引、志、表等）、辞赋四部分，并附以参考文献的篇目。此书内容较已出版的所有的诗文集更为赅备丰富，体制也更显完善合理，既吸收了明、清两代自谢肇淛、谭抡、王恪亭诸家以至民国卓剑舟，也包括当代周瑞光先生劳作的丰硕成果，更于浩瀚的典籍中检索搜寻，辨伪存真，集腋成裘，聚沙成塔，终成今日之巨帙。他们自此立下宏愿，要以诗文集的编成为起点，近期要完成太姥山全志的工作（访天一阁，补足所缺万历刻本），而后次第展开太姥文化资料丛刊的工作，包括石刻、族谱、海洋、畲族、儒学、茶文化等。

　　他们的计划十分宏伟，闻之我深受鼓舞。同时，我也为周瑞光先生庆幸，先生曾经是单枪匹马，在几乎孤立无援的情况下，每为一事，左冲右撞，费尽苦辛，方得以成。《迟园挹翠》一书的编著即是一例，先生自述："业经三十余年之求索，遍访京、沪、杭、甬、温、榕、厦等市图书馆，并深入闽浙乡村。"① 如今情况变了，深信自此以后，这种孤军奋斗的局面行将结束。类似项目不仅将得到相关机构的支持，而且还会有像丁一芸、郑清清、白荣敏等这些年轻的后继者一起承担重担，想到这里，不禁深深感慰。

回到我的三访太姥的话题上来，我的"梦游天姥"原是一席旧话，竟意外地引发出这番整理出版太姥文献之盛事来，这是始料不及的。福鼎朋友告诉我，除了这本诗文集，他们也正紧锣密鼓地整理《太姥山志》的项目，据悉，已知《太姥山志》共五种，目下仅剩明万历刻本未曾掌握，但他们已知刻本的位置，事情很快就会落实。到那时，也许说不定竟会促成我向往的以从容不迫的心情，一步一步地丈量这座巍巍名山的行程！那就不仅不是"梦游"，也不是"再游"或"三游"，而是非常惬意的"四游"太姥！我这样期待着，期待着与福鼎的朋友们一起参与"太姥文化研究资料丛刊"这一巨大工程的落成庆典。

"峰插空中，壁悬天半。翠障烟连，丹崖壑断。"② "秀色

---

① 见周瑞光《池园挹翠·跋》。
② 〔清〕李拔:《太姥山赋》。

苍茫在天上，片片芙蓉玉削成"①，这景色是如此绚烂、如此迷人！它时刻召唤着我，而且，我仿佛已经看到，我的年长的和年轻的朋友们正满怀热情向我遥遥招手！

2015年9月9日于北京大学

---

① 〔明〕谢肇淛《摩霄绝顶》中句。

森林二章

畈中的守护神

不管有怎样的自然力的无情摧毁，也不管有怎样的人类失去理智的疯狂，这森林总是这样安详而静谧地进行着自身的新陈代谢。也许在历史的某个时刻灾难曾夺去它的全部或部分，但它先前的主人以及后来的主人都顽强地再造它。这个绿色世界的存在是人类良知、智慧和毅力的证明。森林的营造者世代相约，作为他们生存的依据和可能，这片濒临河岸的小小绿洲，不允许被毁，更不允许自毁。

这是一块稀世之宝。这里是从远古的先人那里传下来的原始森林。中国所有的原始森林在深山或人迹罕至的偏僻所在，而畈中例外，它存活于城市周边，或者说，它竟然生长在城市之中。（原始森林在城市存在的事实，在中国是个奇迹，而在世界的一些地方并不乏见。著名的维也纳森林，它便与这个音乐之都齐名，而且它本身就构成了这一欧洲古老城市的一个动人风景。我曾有幸登临维也纳城边的高空旋转餐厅，奥地利殷勤的主人，为我和一个在世界享有盛名的诗人夫妇结束维也纳访问的饯行宴侑。从那里俯瞰维也纳排山倒海似的绿色瀑布向着城市奔泻，那气势的雄丽真让人感动！）

畈中所在的福安这个城市其实很小，原先还只是一个县治，近年才改为县级市。有条叫作富春溪的流过城边。那溪水日夜冲刷着两岸的稻田和橡胶园。闽东一带山海交错，浩瀚的海面时有飓风袭来，崇山峻岭则怂恿洪水为患。富春溪经年泛滥，无情吞噬畈田村民的田地和房舍。于是，聚居现今，田乡的畲族祖先开始沿江营造森林。

从那时开始，他们相袭成法，世代子孙誓以生命保卫这里的草木。时事沧桑，其间无数天灾人祸为虐，畈中森林都奇迹般地成为幸存者——对于我们这一代人来说，能够躲离"大跃进"和"文革"的人和物，都让人为他们的顽强和机智怀有极大的敬意。

碧蓝的富春溪温柔地流过畈田乡野。我们进入这片宽阔的地面，正是东南早秋时节，但见丛森茂树，遮天蔽日，那些如飞龙、如跃虎、如卧牛的树的精灵，不论是秀丽俊逸，还是苍郁遒劲，都以无言的喧哗，向我们诉说着战胜历史难危的荣光。

进入此地，不能不使人庄严敬畏。一个普通的民族，一支纯朴的农民谱系，在那样漫长的蒙昧甚而疯狂的岁月，无论面临的是什么，兵燹、饥饿、残暴或重压，他们都专注而坚定地守护这绿洲。这些不曾享受现代文明阳光的种族，把保护和净化自己的生存环境视为至高的天职，不是由于谁的指令，而是出于纯粹的自爱。这无疑是心灵，更是道义的奇迹。

一友人客居美国归来，谈及那个国家给他的印象，他没有说纽约的帝国大厦，没有说芝加哥各式各样的博物馆，也没有说旧金山大桥，他说的只是他的一家美国女房东给他的心灵震撼。这震撼是因美国超级市场的包装纸引起。美国超级市场包装的考究是出名的。人们为了便于提携总是喜欢那些印刷精美样式别致的塑料袋，但女房东却劝说她的房客宁用不甚方便的纸袋而不用塑料袋。她说，纸袋在海水里可以溶化，不会毒死鱼类。这房东是旧金山湾区的一位普通美国女性，她面对的是世代奔腾的大海。

在繁荣而富足的社会感到文明背后的危机，身处高度发达的物质文明而能以自觉的行动调整人与它所赖以生存的自然关系，这才是真正的强大。这位普通的美国人拥有自觉是她的生存危机的唤醒，而我们此刻面对的这无边的苍郁，却是从不可知的蛮荒年代，从那些贫瘠而少文化的畲族先民积无数代人的坚持、奋斗、抗争保存下来的。现在我们徜徉的畈中森林，它从来未曾面对现代工业文明的生态威力，它悄悄站立在落伍乡村的一角。这里距离后工业社会的危机感，大约还有一百年乃至数百年的路程。

畈中不能与维也纳相比，也不能与旧金山湾区相比，它是绝对的小地方，即使是在县级地图上也只是一个小黑点。而此刻的畈中以及它的世世代代的守护神在我的心目中，却是一个在暗黑的历史天空中闪闪发亮的大光圈。

附录：《武夷山记毁林之碑》碑文

武夷山水以九曲闻天下，山随溪转，左右侧诸峰兀立，争为奇状。正流下泻，有濑有潭，有急湍，时而击作雷吼，益奇。盖幽清引入，投一篙而山形顿换。水上看山，九州中惟此奇绝。

有谓水木清华，可状山胜。何乔柯古木之不多见，岂历厄斤斧，几至于濯濯然欤。是间民俗尚朴，独于森林爱护，茫昧若无知，滥伐风炽，遂使大好名胜之区，劫余古木之可数者，仅存六十有七棵，殊为心痛。

溯三十年来，初刮共产风，旋大炼钢铁，伐木丁丁，声闻彻夜。乃至十年劫盗，天心星村两生产大队竟于风景区内谷设伐木场，坏山胜莫此为甚。

公元一千九百八十二年，毁林事件尚辄有发生，如天心大队武夷宫二队队长胡大明、黄柏大队太庙小队社员吴连兴、罗金良、王大路、王美兴、吴方培、吴方荣及工程公司职工毛振汉等并燕子窠小队十一户，其盗伐抢砍多至七百余株，又屡次遭开荒种菜而烧山毁林，职工中有综合农场第五作业区刘培德，社员中有马头队陈植贵、李福兴、黄家魁、水帘洞队陈达水、佛国队王家富、桂林队谢金火、赵金良、慧苑队郑开发及开心十队等，计共被毁林木一千五百余根，杂木五万二千余斤，烧毁劫林数千株，致使狮子峰、三仰峰、三岩洲、燕子窠、鸡公窠、金鸡洞、弥陀山、水帘洞之走马楼、慧苑之燕子窝，几处多景其萌蘖，良可慨也。

福建省人民政府曾有颁发加强武夷山风景区保护管理布告，晓喻民间，然仍无视政令尊严者有之，岂有恃无恐，抑或肆无忌惮，而冥顽成性。

最发人深思者，一千年前南唐保大二年，李良佐建会仙观于武夷宫今址，早有禁樵。古时且尔，今者保护森林，政府有明令，凡我人民，宜各有责遵守之。

况惟有自觉，心有自尊，肥己损公被人鄙，非君子所为。砍毁敛迹，则名山胜概，益增华美，记事勒石，示告诫焉，幸勿自贻伊戚。

公元一千九百八十三年十月福建省武夷山管理局立

永生的碑碣①

我相信它还活着，尽管它已从它曾经站立的地方消失。我记得它曾站立的地方及站立的姿势，我清晰地记得当我欣喜地发现它曾经站立的那个早晨。平生经历的事很多很多，许多事都忘记了，包括应该记住的和不需要记住的，忘了也就忘了，我坦然。但是，它曾经的站立和事实上的消失，却如深刻的刀斫，留下了一道滴血的沟痕。巨石无言，也许它并无生命。但我如哀悼一位伟人，哀悼这个坚石雕造的魂灵。

九曲溪在不远处潺湲，轻雾覆盖着远处的玉女峰和近处的大王峰。幔亭山房前面的芳草伤心的碧。轻飞的落雾和晶莹的朝露装饰着山间惊人的静谧。就在那一丛含笑的指引下，我望见它那伟岸的身躯：一块碑石耸立在丹崖碧水之滨，在鲜花和绿茵的簇拥下，庄严、安详、坚定而自信地站立着。

那是一个早晨我惊喜地发现：一块非凡的巨石"武夷山记毁林之碑"立在眼前。一般意义上的记载功业与它毫不相干，它反抗惯例和定见，使石碑变成了丑的记载和唤醒人们良知的警号。它以无拘的思路和无畏的气概，刻了那些害怕被镌刻的名字。这种抗世嫉俗的行为，理所当然地为世所不容。所以，

---

① 此文载于《厦门文学》（1994年10月）福建作家散文专号。

那个早晨的惊喜其实是喜中有惊，甚而惊大于喜。它带给我们欣慰之时伴随的是不幸的预期——我们毕竟是曾经而且现今还在这片无边的泥淖中打滚和陷落的生灵，因而我们有充分的自信可以做这样的预期。

那是八十年代初时，人们对那种空气中飘浮的重临的春意并不因断续风雨而减弱。那碑就在这种气氛中默默沐浴着从天游云窝深处冲破重雾而出的初阳的微茫——尽管这种冲出充满了艰难和痛苦。自那以后，短短的时间是仁人志士交口称誉的同时，无不对那些隐伏暗处的杀机充满忧虑—— 一些人开始阻挠树碑，砍树之后又策划毁碑。这一切，如同他们自身进行或支持进行对武夷山森林的毁灭那样，做得既坚决又肆无忌惮。

八十年代最后一个年关的早春时期，我在南平与兴平古刹的密林中听到了这一年最早的一声鸟鸣。那鸣声鼓励我重上武夷山，为的是再一次向那块把愚昧和邪恶公之于世的无畏之石致敬。可等待我的却是一片杀戮之后的空旷，在当年引我惊喜的那个地方，我连断碣残碑都没有找到。

那些屠手早把血迹抹得干干净净，好像一切都没有发生。

我如哀悼英烈，默立在当年繁花碧树的所在，吊唁那一片空空的白。那是一个难忘年关的早春，春天里没有了让人震惊的塌陷，这似乎是某种不祥的预兆。这一个遥远的死亡似乎预言了另一个更大的悲剧。这原是一块什么都可能发生的让人哀伤的土地。

碑可以被粉碎，人的能力可以把某些物质摧毁，而道义和公理却不能。在这个空间消失了的，在更大的空间特别是人的心灵中存在下去。那巨碑是永生的，它没有被粉碎，而是以经历灾难之后的更大的完整耸立着。如同我此刻所做的那样，我寻找那个已经消失的石头上面不曾消失的碑文。这些碑文已被热爱真理的人们记住，它完整无损地站在我们面前，代表着良知、智慧、人的自觉以及他们可能有的抗恶精神。

躯体为残暴所消灭而精神不死。乃至我们至今还能一字不差地默诵这一大气凛然的文，而让那些愚昧和暴虐者在良知面前蒙羞。这也许是那些人所不愿看到的，然而，道义却是如此顽强地表明自己的存在。

谢冕附记：

以上文字，是由我的朋友林莺从《厦门文学》1994年10月号上为我抄录在电脑上的，她以电子邮件的方式发给我。林莺告诉我，未曾发现原载文章有我记忆中的"附录"。我感谢她，同时也开始寻找我十分珍惜的《武夷山记毁林之碑》的原文——我相信我的记忆。我的记忆是可靠的，终于在1992年7月1日的台湾《联合报·联合副刊》上，找到了我寻找多日的附有"附录"的《森林二章》。碑文的失而复得令我欣喜，我将此事告知正在帮我编辑文集的孙民乐，他脱口而出说，陆龟蒙说过："碑者，悲也。"这恰好应了我写此文的初衷，以及寻找《武夷山记毁林之碑》前后的心情，总的是一次充满悲情的经历。陆龟蒙语见他的《野庙碑·并诗》："碑者，悲也。古者悬而窆，用木。后人书之以表其功德。因留之不忍去，碑之名由是而得。自秦汉以降，生而有功德政事者，亦碑之，而又易之以石，失其称矣。余之碑野庙也，非有政事功德可纪，直悲夫瘏竭其力，以奉无名之土木而已矣！"

2011年11月17日—2012年2月23日记于北京昌平北七家

那一片红土地[①]

　　告别海洋，告别蜿蜒秀丽的海岸线，告别花团锦簇的鼓浪屿。这是十月，十月有明亮的阳光，十月在这里还是开花的季节，十月在这里依然有着温煦的碧波白浪，这里是白鹭飞翔的地方。远方在召唤我们。亲爱的厦门，我们要向你告别——告别满城的凤凰木和台湾相思，告别迎着海风摇曳的椰子树和芒果树，也告别那爬满三角梅的窗子里流淌出来的肖邦的月光。温柔的月光，多情的三角梅，我们要向你告别，那一片红土地在向我们招手。

　　车子越过海堤。过了集美，过了同安，过了漳州，车子向着闽西的崇山叠嶂的深处进发。那深山的深处有我们神往的宝物，那里的土地是红的，那里地下埋藏的矿物燃烧起来是红

---

①　此文刊于2004年9月10日《中华读书报》。据此编入。

的，那里耕耘这大地的人的心是红的，血也是红的。蓝色的海洋，我们爱你，爱你无尽的活力，爱你不竭的生命，爱你不分日夜的奔涌，爱你千姿万态的灵动，你是自由的精灵。但我们也爱高山，爱他的沉稳，爱他的浑重，爱他的坚定，爱他的伟大的缄默。我们多么贪心，我们得陇望蜀。我们拥有了海洋的浩瀚和深沉，我们还要高山的雄健和博大。基于这样的向往，我们从蓝海洋驰向红土地。

这里是龙岩的红炭山。红炭山是一块巨大的燃烧的煤，它的熊熊的火焰，把整个闽西的崇山峻岭燃成了红土地。红炭山是福建煤电公司的象征。这公司的矿区分布在龙岩、永定、苏邦三地，绵延百余公里，方圆六百多平方公里，是一座规模不小的矿山。公司支持文学事业，把作家、诗人和编辑们从厦门，也从北京和其他地方请到这里来。这是文学和煤矿的握手，也是蓝海洋和红土地的握手。正是由于这样的机缘，我们才有可能认识这里的山林和田地，这里的城镇和乡村，特别是那些在深深的地层下面为我们生产光和热的可敬可爱的人们。

翠屏山、龙潭、铜锣坪、培丰、瓦窑坪、大同沟，还有苏邦，矿工们都站在自己的岗位上，日日，夜夜，月月，年年，夜以继日，年复一年。所有的巷道都是一条飞翔的龙，它们穿行在千百米的地层下。矿灯闪烁，钻枪飞旋，乌金漫天，罐笼升降。这一切充满生命力的、轰轰烈烈的搏斗，都在人们看不到的地方进行。这些生产光明和热量的人们，他们做着最苦、最累、最脏也最险的事情，创造着大地天空的灿烂辉煌，但他们的名字却鲜为人知。他们是伟大的默默的奉献者。

铜锣坪矿矿长李梅煌，美丽的名字，坚强的汉子。他从工人干起，从班长、队长、区长，干到今天的矿长。问他过去岁月的记忆，他笑笑。感受最深的是，那时井下大干，没有待遇，年终给一张五好奖状。又说，最厉害的是一块黑板，上面画着飞机、火车、汽车、板车，谁都不想坐板车，只有拼命地干。李矿长，1951年生，石狮人，生产建设兵团一师六团做过战士，在邵武矿做过采掘工。有一男一女，男孩子在石狮热电厂，女孩子在中山大学英语系。这样的人很多，很平常，却是无言的灿烂。

矿区是漂亮而整洁的，龙潭矿、铜锣坪矿、翠屏山矿，到处都种着鲜花和草坪。一切都井然有序。在一座矿井井口的矿灯房门前，我读到一首打油诗："工作一马虎，就会出事故，国家受损失，个人受痛苦。"我心中感动，顺手抄了下来。在矿井的值班房，我顺手翻开安全信息中心的报表，有的字很潦草，看不清楚。这是2003年10月5夜间的记录，比较清楚工整，也抄了下来：

瞥瞥掘6队：上山正常进尺，岩性一般，炮后加强敲帮问顶。绞车提升时严禁行人，做到行车不行人。

采5队：39#井W小眼进尺，顶板比较差。炮后加强敲帮问顶，及时支护。沿途断柱，当班补齐39#E。

这里有些专业用语，我们不甚了了。但可以看出，记录是认真的。本子很旧了，一行挨着一行，一天挨着一天，密密麻麻地记了一整本。有的字迹清楚，有的字迹潦草，不同的笔迹来自不同的书写者，都是当班的安全检查员。他们都写得实在，好处说好，差处说差，具有实效性，不是做给别人看的。我望着这些文字，有一种神圣感自心中升起。这就是他们的日常，也就是他们的平常，日日夜夜，年年岁岁。

　　我们只是客人，我们有些感动，也有些激动，但我们看过就走了。他们在坚持，坚持着日常，坚持着平常，每一天！

　　那一片红土地，我亲爱的、遥远而又亲近的红土地！

2004年6月26日于北京大学中文系

寻找一种感觉^①

——福建长泰漂流记

　　这个夏季福建多雨，阴雨连绵已近月余。我们到达之后的五六天里，天空仍是阴云密布。雨依然时紧时疏、丝丝缕缕地飘个不停。这个季节的雨雾，仿佛望不到边的忧愁，给我们的旅途凭空增添了几许伤感。来到长泰，住进了漂流宾馆。得知这里的马洋溪橡皮筏漂流远近闻名，我心有所动。这无边的阴雨改变不了我的冲动。我向接待我们的主人表达了我的愿望，主人显然有些踌躇。这是我们到达长泰的最后一天。我如果就此离开，而与天下闻名的长泰漂流失之交臂，对于我来说，那是太遗憾了。这是我这番千里故乡之行的隐秘心愿，我必须在这里完了这心愿。

　　记得上一次漂流，是在四年之前，当年我已七十岁。那是

---

① 此文据文稿编入。

衡阳辖内，叫作长宁西江的一个山溪中。那里水面较宽，两只皮筏艇捆绑在一起，一艇可坐四至六人，由前后两名水手引领。皮艇从十余米的高处抛掷而下，让人丧魂落魄。虽有翻船的可能，大体却是有惊无险。而长泰漂流用的却是半圆形的皮筏，仅容二人乘坐。这说明这里的河道更窄，弯曲更多，皮筏不能容纳更多的人乘坐。半圆的船身是为了旋转更灵活，可以任其颠簸、打旋，甚至翻滚。主人经过研究还是接受了我的要求，他们做了精心的准备。最重要的措施就是给我安排了一个有经验的船工。

马洋溪源于长泰境内陈巷镇，自虎头山一路弯弯曲曲地跳荡而下。流经山重、后坊、十里诸村，全长三十余公里，于龙海蓬莱汇入九龙江入海。主河道天然落差二百二十二米。自鸣珂陂至亭下村，在不及十公里的水域中，计六十多道弯，七十多个落水区，可谓人间奇险。马洋溪从远山深壑奔流而下，夹岸挽岩，层石叠嶂，急流数十公里。河道流经长泰名镇岩溪，岩溪顾名思义，便知与一条布满岩石的湍流有关。岩溪溯流而上，是枋洋，便是著名的百丈岩瀑布，山溪的急流从那百丈的高处一路抛洒下来，历经顽石堆垒又多起伏又多弯曲的险滩。溪上悬岩夹峙，如偃、如伏、如跃、如抛、如剑戟冲天，又如巨兽伺伏。幽木参天，榛莽遍野，时而天开一线，时而浪淹石滩。最奇崛的是，马洋溪汹涌着的水流无所遮拦地从两岸的夹缝中，乱涌而出，惊涛蔽空，乱雨纵横，目不能张。

我们就这样任由浪涌皮筏，上下冲宕于激浪险滩中。身边的浪花，天上的雨水，浑身湿透，筏中水满，我们就这样任由惊涛骇浪蹂躏着、摧残着，魂飞魄散而又始终惊喜着。天依然飘着雨。久雨不晴的山溪，水流暴涨，增加了漂流的难度。我一身短打，系紧救生衣，却是谢绝了安全头盔。陪同我的船工是部队转业的小伙子，他的沉着坚定给我以信心。

恶劣的气候挡住了所有的游客，这日的马洋溪，数十里的河道上，只有我们这三只橡皮筏在漂流。雨还是在下。天色是阴沉的，乌云在头上集结，似乎在酝酿着一场暴雨。这并不能动摇我们的决心，我们翻滚着、跳荡着，有时则是弃艇在急流中相互搀扶着蹒跚而进。就这样，我们穿越了马洋溪最刁钻古怪的一段，最终来到了漂流的终点。我们的主人心中一块石头落了地，他们带了摄影师在岸上迎接我们，为我们留下了最开心的、胜利的一瞥。主人告诉我，在长泰漂流的游人中，我是第二年长的。

漂流是时下青年人锻炼和嬉游的一种方式，它的好处是能够磨炼人的意志，并在考验人的心理和体魄中得到一种历险之后的快乐。他们青春年少，他们要的就是那种挑战极限的刺激。而在我，我需要对我的生命可能性，以这样的方式进行试探和检验。这样的阴雨连绵，这样的山洪暴涨，这样的从数十米的高度、一次又一次地抛掷和旋转、颠簸和翻滚，这样的任由天上的和溪中的水劈头盖脸的联合攻击，在生理上和心理上该有怎样的承受力？我需要事实上的回答。

皮筏艇几次被水灌满，小伙子几次把它停靠并翻转在岩石上，把水倒净，然后继续我们的漂流。有几次，旧有的航道被水淹没，我们不得不停下来奋力推船，另觅出路，而后他箭也似的跃身一跳，复又置身于急流中。我的伙伴有几次警告说可能要翻船，可是几次都化险为夷。这全靠他的智慧、机敏和勇敢。在雨中，在风浪中，在极端的惊险中，只有此时，才能感受到一种平时未能拥有的快乐。

长泰漂流的老总连文成是性情中人，他的兴奋甚至超过了我。他亲自骑着摩托在泥泞的山道上迎我，迎接我的还有《福建文学》主编黄文山，他们为我的平安返回而真诚地祝贺。今日与我同时漂流的，还有沈爱妹和夏立书，他们分乘另外两只皮筏，他们的年龄大约只及我的一半。连文成先生是成功的企业家，他的业绩远近闻名。他在企业管理中有一句名言叫作："有能力就会有幸福，幸福就是一种感觉。"这番长泰漂流对于我，其实很简单，就是寻找一种感觉。

回到北京，正是高考时节，福建全省暴雨。报载：建瓯考生因雨延考。又有报道说，闽西暴雨成灾，国务院总理亲临慰问。闽西的水，闽北的水，一起流向了闽南，流向了晋江和九龙江，流向了长泰的马洋溪。想起来，我真有点后怕。

2006年7月14日于北京昌平北七家村

在泉州听南音

洞箫的清音是风在竹叶间悲鸣。
琵琶断续的弹奏
是孤雁的哀啼，在流水上
引起阵阵的战栗。
而歌唱者悠长缓慢的歌声，
正诉说着无穷的相思和怨恨。

——蔡其矫《南曲》

典型的闽南院落，厅堂成了演唱者的舞台。观众散落在两边厢房的屋檐下和天井中，周围有很多花木，天黑，看不清花木的品种，仿佛有白玉兰，幽幽的香。这是一所宁静的闽南院落。简单的条凳，不设茶座，听众可自由往来，有人在暗中送茶水，脚步也是轻的，怕惊动别人。朋友告诉说，民间的南音演出是不收门票的，在泉州，这是家常的社区活动。好在大家都守规矩，没有喧闹的，听众很有品位，也不大声说话。南音的好处是静静地欣赏。要是北方的京剧，那些堂会或清唱的场面，票友们也都在行，也守规矩，但那些京胡和锣鼓未免有些喧腾。南音不同，它的优雅犹如南国天空飘过的云朵，或者是那花间轻轻游荡的流萤。

泉州的这一个夜晚，完全是意外收获。这天从崇武访友归来，入住华侨宾馆，耳边还带着半岛海浪的喧哗，心绪尚在依依之中。宾馆地近文庙，年轻的友人知我未曾听过南音，便道，这边上就有演唱的。于是出宾馆旁门，便入了这院落。这里已是一派箫管清绝。我们悄然入座，举目望那厅堂，灯影中坐着四位白衣白裙的年轻女子，持紫檀板的，吹洞箫的，抱南琶的，另有一位品笛的，她们是伴奏。此际款款而入的，是一位同样白衣白裙的女子，她一样高贵地绾着发。此刻全场静默，她是主唱。没有人报幕，也没有鼓掌，一切都是默契的。只见那后来者在座位上轻轻一俯身，檀板轻拍，那伴奏的乐声就起来了。

南音的演唱用的是闽南方音，但我们被告知，演唱中的韵文多读的古音，因此，即便是当地人，也未必全能听懂。幸好配有字幕。看那字幕，词句古雅清俊，宛若牡丹亭或西厢记中的句子，但亦有俚白的闽南俗语夹置其间。字幕显示的内容，多是言情闺怨一类，心绪幽幽，相会无期，情思杳杳，倾诉绵绵。哀怨多因情变，积郁总求宣泄，她就这样轻轻地唱着，迂回婉转，如歌如泣，如怨如诉。主唱者居中而坐，伴奏的四人两旁列坐，她们用箫管和檀板应和着。那唱词，那韵味，那情调，逶迤而迂徐，悱恻而缠绵，宛若是，天边那一声裂帛，飘落如陨星；宛若是，山涧那一曲浅滩，隐忍地叹息。

我被那哀婉之情缠着，丝丝缕缕，缠绕得难以解脱。只见厅堂那边厢白衣裙窸窸窣窣，她们静默地退了。换上来另一拨。原样的装束，原样的步履，依旧是一袭白衣白裙，依旧是发髻高绾，依旧是檀板箫笛。只是这回那主唱的斜抱了琵琶，她一边弹拨，一边轻启歌喉，却也是一样的断续着她的哀愁，她的叹惋，一声声都是花间雨露，带着那淡淡的泪痕。我听不懂那唱词，却领略了那份牵挂，那份深情，那份情爱，那份怨尤……

南音似无念白，只是吟唱，听南音不是习惯上地看演出，其实全靠清唱。它不出现剧中人，演唱者总是"代言"，故而并无传统意义上的表演，只听凭一人幽幽地唱着，不高亢，不激越，情到深处亦不愤懑，只有镜前灯下深深的、淡淡的、落落的孤凄与清寂，伴随着那悠长的叹息和倾诉。凄清是有的，哀婉是有的，但却是无以拒绝的让人沉醉，沉醉于她的哀痛之中。史载，南音（或南曲）为宋元时南方戏曲和散曲所用的诸种曲调之统称。大都渊源于唐宋大曲、宋词和南方民间曲调。盛行于元、明，用韵以南方语音为标准。据统计，《九宫大成南北词宫谱》所收南曲曲牌有一千五百余种，其中有《梅花操》《八骏马》等十大名曲。这些曲牌成为宋元南戏和明清传奇的主要曲调，泉州的南音溯源于此。南音当日自江浙一带南移，渐行渐远，直抵刺桐旧州，演变而为今日保存完好的泉州南音——它是一块有声无形的晶光闪亮的戏曲音乐活化石。

泉州的这一个夜晚，听着南音，不由得想起一个泉州人，如今他已远去，他用美丽的想象再现了南音的无限风情，他的诗句中飘洒着千载的余韵——

南方少女的柔情，在轻歌慢声中吐露；我看到她独坐在黄昏后的楼上，散开一头刚洗过的黑发，让温柔的海风把它吹干，微微地垂下她湿的眼帘，发出一声低低的叹息。她的心是不是正飞过清波，思念情人在海的远方？还是她的心尚未经热情燃烧，单纯得像月光下她的白衣裳？当她抬起羞涩的眼凝视花丛，我想一定是浓郁的花香使她难过。（蔡其矫《南曲·又一章》）

泉州的这一个夜晚，我听到的所有悲歌都发自女人的心的隐秘之处。总是旷古至今无限延续的相思和爱的哀哀的念想与追忆，一丝一缕，都扯着泪痕与血斑。年轻的美丽的生命，总在这种悲苦的咏叹中渐渐老去，一代又一代，这是何等揪心的恒久的悲哀！这种悲哀伴随着世世代代，永远的痛，却是永远的新；永远的传承，却是永远的痛。春风，秋月，朝朝暮暮，总是这般痛心地感动和沉醉，一个夜晚接着一个夜晚。

2014年12月6日岁暮于昌平北七家，是年第三次返闽之行的前夕，未完稿。12月7日改定。

鹭岛寻梦

很久很久以前，听说厦门海上出现了一道彩虹。又是很久很久以前，听说那彩虹上飞舞着一条长龙。这都是很久以前的事了。二十世纪五十年代，厦门筑起了海上长堤，后来火车开进了厦门岛，开始了福建有铁路的历史。这都是当年非常轰动的事件。而在我，却似是在昨日。记得当年，我应朋友之邀，从北京携友南下，一下子扑进了厦门温暖的怀抱。鼓浪屿的浪花迎接我，南普陀的钟声迎接我。我们住不起宾馆，住在中山路刘登翰老家的骑楼上，白天看静静的行人，晚上看静静的灯火。日子安详，友情深重。

当年有点少年轻狂，很是张扬。我们每人胸前别着白底红字的北大校徽，夸张地走在路上，很赢得那些中学生们羡慕的目光，她们用闽南话喊：北京大学！北京大学！当年的厦门规模不大，因为我弟弟工作的单位在厦禾路，除了中山路，我只认得厦禾路。说起厦门，大体只是从轮渡码头到厦门大学一线，那是当年厦门风景最集中的去处，其间中山公园、万石山、植物园，都在这条线上。再远一点，就是换一路"长途"汽车，到集美拜访集美学村和陈嘉庚的鳌园。

因为是文科学生，知道鲁迅在厦门待过，我们总没忘了追寻鲁迅的旧迹，怀想当年他的苦闷。后来读到蔡其矫的诗，他写鼓浪屿是海上花园，我们喜欢；后来读郭小川的诗，他从青纱帐写到甘蔗林，写凤凰木开花红了半城，写当年的厦门风姿，我们也喜欢。我出生在福州，也地域上讲，认厦门是广义的"家乡"也正常。弟弟是在厦门成家的，他当然成了厦门人，后来弟弟把母亲从福州接到厦门居住，再后，我的姐姐一家也从建阳迁来，这样一来，我家的重心就从福州移到了厦门。

当年的厦门是"前线"，山崖海滨多见炮垒，有旧的，也有新的。金门炮战，打打停停，建设的事，排到了后面，那时少有新的建筑。我们到厦门，眼中总伴随着战争的阴影。看湖里炮台，到前沿村庄远眺金门，想当年金门战事的惨烈。到处显现的是郭小川咏唱的美丽而又战斗的景象。但老厦门依然风姿绰约，曲巷长街，三角梅垂挂于家家屋檐，玉兰花的暗香充盈在城市的每个角落。鼓浪屿是我们最爱去的地方，那里的恬静中依稀有着旧日的沧桑。我记得当年的一首小令："多情海，颂丰功，古山遗垒吊雄风。仿佛郑公犹昔键，号令艨艟尽向东。"到了厦门，心中默祷的是台海早日和平。

每次到鼓浪屿，总要攀登日光岩，那里的三角梅很有名，舒婷后来写过。那时舒婷可能还在闽西上杭插队，她是否开始写诗？不知道，我们还不曾相识。她在鼓浪屿的家，是后来才到过的。此刻想起的是郑成功，还有与厦门有关的陈嘉庚，还有林巧稚。他们都是这片沃土培育的伟大的人。行走在鼓浪屿弯曲崎岖的小道上，听不知哪家的窗棂飘出的钢琴声，内心安宁，一种欣喜。即使是在当年战云密布的氛围中，厦门仍然是宁静的和温馨的。鹭岛有海鸥在浪花上飞翔。菽庄花园，小石道蜿蜒于浪花之上，那里的每一朵浪花都悄悄地呼喊着：和平、友爱。

　　飞机正在降落，机翼倾斜，如同一只海鸥，惬意地、斜斜地抖动着翅膀。我被优美的音乐唤醒。机舱里传送着同样优美的闽南乡音："人生路漫漫，白鹭常相伴。"这是厦门航空在向乘客道别，普通话、英语，再就是闽南话，三种语言告诉我们开放的厦门到了！改革开放以后，厦门成了特区，静谧的南方小城顿时繁华起来。厦门成了我经常拜访的城市，开会是理由，顺带着探亲，公私兼顾。每次都是这样，睡意迷蒙中被亲切的乡音唤醒："人生路漫漫，白鹭常相伴。"厦门到了，我的家乡到了！这是多少次梦一般的经历。

　　记得当年，厦门的宾馆寥寥可数，到了厦门，海滨最"豪华"的，可能只有华侨宾馆。因为"豪华"，一般难得住上。此后的厦门，从山间到海滨，春笋般地到处矗立着新造的华丽宾馆。筼筜湖沿岸，鸥鸟飞翔，一时花团锦簇。当年海上彩虹的瑰丽，早已让位于环岛的海滨大道。从鼓浪屿回望，沿着海岸线修起了绵延数十里的环岛公园，这些公园成了我们如今的最爱。每次从机场到宾馆，我总让主人开车特意绕行，为的是和大海的亲密接触。想起在南普陀修行的弘一法师，我总会选择在他书写的"悲欢交集"碑前伫立，默念他给予我们的人生启悟。

转眼间，几十年过去了，我从青年时代走到了今天，我的记忆依旧鲜明。记得当年，为吃素斋进了南普陀，寻找诗人命名的"半月沉江"；记得当年，为了贪吃传统的面线糊，我不惧斯文扫地，蹲在路边小摊子被弟弟发现；大约是前年吧，亲友团聚，一个高端的海鲜大宴未能慰我的怀乡病，贴心的朋友引领我，在一个冷僻的小巷，一家门脸窄小的小店，一碗原汁原味的沙茶面，顿时冰释了我的乡愁。我找到了记忆中的温度和气息。

开过盛大的国际会议的厦门，如今是世界为之惊艳。我也为自己的家乡自豪。记得有一年是在新年前后从厦门返京，我的邻座是一位参加厦门国际马拉松的运动员。他每年此时都要专程参加这样的盛会。我不禁动了念头：我也要参加，我要在北京最寒冷的季节回到我温暖的厦门，我要成为"最年长"的准运动员，跟随着浩荡的队伍快步奔走在我的家乡的亲爱的海滨大道。这是我如今的一个梦。

2018年6月25日于北京大学

有幸生在幸福之乡

　　早年，我住在半城半乡的叫作程埔头的地方。更早些，应该是如今很有名的吉庇巷或者安民巷，这些地名，都是福气满满的喜乐之地。搬到了南台，姐姐家还在城里的杨桥巷。我到姐姐家，要穿越大半个福州城。周末，步行，从长安山走到吉祥山，过了安泰桥，就到了城里。你想想，又是长安，又是吉祥，又是安泰，我的家乡有这么多的吉祥语！来到了杨桥巷，一气展开的是富贵锦绣的光禄坊、文儒坊、衣锦坊、朱紫坊……

　　那一年在武夷山开了一个盛大的诗会。除了来自世界各地的友人，我的挚友沈泽宜也抱病来聚——这位从五十年代开始就受尽折磨的诗人、学者，此时正是濒临生死关头，为了诗歌，他还是来了。此外，还有一位未曾到会的女性——她是会议主持者王珂教授的夫人，她也处于生命的危境之中。

在会议最后的闭幕致辞中，我为了向这两位朋友表示感激之情，我从内心深处向上苍祈求他们的平安，为此，一口气向与会者列举了中国这块土地的祥和美好的地名为他们，也为大家祝福！

大地名是福建，福建的首府是福州，都是福字当头。福州东北方向是福安，福安往北是福鼎——盛产白茶的地方。福州向南，紧挨着是福清，都是满满的福气。有了福，还不够，还要安：除了福安还有永安、南安、华安、惠安、诏安，以及盛产铁观音的安溪。有了安，还不够，还要宁：宁德、建宁、寿宁。还要泰：永泰、长泰、泰宁！

这就是我的家乡，地处东南海滨的福建省。我走过中国的许多地方，这些地方也都有一些吉祥平安的地名，但像我的家乡这样，全省地县以上的地方中占比至少三分之一的地名都取名于福、安、泰、宁这些吉祥语，而且沿用至今的，恐怕不多，也许竟是第一甚至是唯一！我为自己的家乡自豪！

福建大部地区临海，海岸线自北而南不间断，而北边则是山清水秀的武夷山脉，通过分水关、仙霞岭，从那里连接着中原大地。多山临海的地界，耕地不多，也种一些水稻，但从来不是产粮大省。海滨土地贫瘠，只能种些番薯。所以福建人为了生存，多半远走南洋，甚至欧陆。在东南亚，福建人号称南洋的地面，到处都留下了福建乡亲的足迹，他们在异国他乡当地民众一起劳动和建设，他们和那里的民众心连心，创造了一个又一个新的城市和乡村，也发展了那里的文明，陈嘉庚、胡文虎这些世界闻名的侨领，就是这样形成的。他们用自己的汗水和智慧，创造了财富，再回到家乡，兴办各种事业，陈嘉庚就是其中杰出的一位。他在南洋种植咖啡和橡胶，节衣省吃，赚来的钱回乡办学，集美学村、厦门大学、华侨大学都是他的杰作。

福建人的足迹遍布全球，那年在旧金山唐人街，在那里吃了地道的福州鱼丸的肉燕，那边还有演出闽剧的广告，在遥远的沙捞越，我吃到家乡的"光饼"和面线——那里有一座名店"新福州"，满街都是中文招牌和福州方音。在接近赤道的远方，我"遇见"跨海而来的福州的守护神大地公公"福德正神"，真是他乡遇旧知！福建人在遥远的加里曼丹扎下了根！

濒海，夏季来台风是寻常事。台风来了，无遮拦地袭击着这片大地，窗户和大门紧闭，静待"客来"。台风来时，木屋为之摇晃，草木惊悸变色，而家人也都安之若素，居民们不慌不忙履险如夷地应付着灾害。一俟台风过去，该种地的种地，该上街的上街，日复一日，年复一年。

我曾在大陆的尽头石城半岛待过，也到过裸露在大陆尖端的崇武古城，那些地方濒海，一年四季，日月晨昏，而被惊天的巨浪袭击中。此时此际，我的乡亲，也都是置身在不加防护的裸露在惊涛骇浪之中，大抵也都是习以为常，安之若素。

年代久远，现在的人们已经不知情了。在省城福州如今最繁荣的八一七路中段,从中亭街,斗亭到南门兜,过去都是低矮的木板房,除了风灾,还有火灾。大火一烧,是木板房火光冲天,一毁而尽,可谓"火烧连营"。我的乡亲也都静对灾难,灾后重建,也还是木板房。可谓处变不惊。

我的父辈、祖辈,生生世世耕作着,劳苦着,也就奋斗着,在这片无遮拦的时空中,毁坏、破灭、重建!风浪过后,生活归于平静。于是再开始,甚至往往是从零开始。世世代代,永无绝期。幼时不知,年岁渐长觉得有些警悟,觉得福建这地方充满了祥和之气。那些地名,州府县治,各有历史,地名的由来和沿革,各有其由。然而,为何会是这样,这样的集中,这样的耀眼和明亮?为什么总是福、泰、安、宁这四朵祥云?哦,我的先祖,我的大地,你是如此厚爱着、庇护着、祈福着我们受苦受难的大地和我们世世代代的乡亲!

行文至此,觉得意犹未尽,还想弥补未述及的。先说前面提及的永安,这是一座位于闽西北的普通县城。在二十世纪日本人侵入时,福建沿江沿海一带常受骚扰,为安全计,福建省人民政府一度迁移至此。这地名的吉祥,永安于是成了福建战时省会所在地。人们不仅要问,为何是永安,为何不是别地?永安,祈求的是永远的国泰民安!这也是已经逝去的岁月留给我们的记忆。

文章写到末了,还有未尽之意。那就是我列举的诸多象征吉祥的地名中,一个如今已经消失的地名,需要重新郑重地提出。那就是已被令人感到陌生的一个叫作"武夷山市"所取代的原先的崇安县！崇安屹立在武夷山麓，是一座古城。建郡的历史可上溯到南唐的崇安场。唐宋年间县治繁盛，此地曾留下朱熹、陆游、辛弃疾等先贤的足迹。朱子在此开馆授业，陆游在近处为宦，极一时之盛。崇安成为人们入山览胜和求学问知的居留地。可是，不知出于何种考虑，崇安在地图上消失了。

在此，我不妨有个斗胆的建议，取消短见的现有地名（武夷山市），恢复古城崇安的地名，叫县，叫市，甚至也不妨叫郡，总之，只要崇安在即可。这样，我的吉祥的名单中又多了（恢复了）一个"安"！岂不是令人欢喜的事！

2022年3月31日"换骨"术后居家康复，于昌平北七家"家庭病房"

辑
九

碎步集

南岳会仙桥记①

　　进南岳庙时，僧舍外倾盆大雨。任凭庙外乱雨如瀑，我们依然平静地在那里吃素斋。斋饭无甚特色，似是下味过重，有失素菜清淡本色。加上上菜已久，有些凉了，故平平，不敢加誉。近年出行，似从未遇见庙宇的斋食给人留下深刻印象者，素斋的衰落是一个明显的事实。记得当年有一个消息说，诗人郭沫若访厦门南普陀寺，进斋饭，曾给席上的一款汤菜命名"半月沉江"，一时传为佳话。现如今，饮食行业中此种文人韵味早已烟消云散了。倒是半个世纪前的一个夏天在南京鸡鸣寺吃过的一碗素面，那素净醇香至今不忘。

　　菜凉是有原因的，因为南岳区的主人要在下班之后赶来山上作陪。遇雨，山路难行，菜端了上来而主人未到，大家都只能等

---

① 此文刊于 2002 年 4 月 23 日《衡阳晚报》。据此编入。

着。需要感谢的倒是主人的盛情，他们都是忙人，却要放下手中的工作来陪我们这些闲人。大家以茶代酒，频频举杯，用的是出家人的规矩，倒也别有情趣。

因为雨大，主人临时改变了原先安排我们留宿山中的计划，今晚我们将在南岳镇上过夜。为了争取时间，我们决定还是冒雨上山。离大庙，行四公里，抵忠烈祠。秋风萧瑟，秋雨缠绵，我们撑着雨伞拜谒了当年衡宝会战殉难的英烈。这里有坟十三座，其中一座埋着国民党六十师牺牲的官兵忠骨一千八百余具。

"忠烈祠"三字为蒋中正所题，至今保存良好。我诧异，这题字究竟凭了何等法力，能够逃脱那些历史的风雨而成为幸存者！

衡山是可以走车的，饭后我们的面包车继续前行。行约十分钟，抵玄都观，观俗称半山亭，想必是离衡山绝顶已近半程也。此时雨霁，有微阳出云间，众大悦，谓有吉兆。主人言，前不久某要人曾访衡山，也是雨过天晴，后来果然官居极品云。主人又戏言曰：你们中谁人日后若是发了迹，可别忘了告诉我们！

到了南天门，则是一派艳阳风景了。我们都收了各自的雨伞，尽情享受着南国雨后晶莹的碧绿。回想午间祝圣寺檐间急浪狂沙般的雨意，真有隔世之感。自南天门至祝融峰绝顶，雨后晴空万里，繁花绿树，艳阳满眼，是我们南岳之行最惬意的一段旅程。抵祝融峰已是日斜时节，游人稀了，四山静寂，空旷而清幽，我们逢上了旅游最难遇的绝佳时刻。祝融峰是衡山七十二峰的最高峰，海拔约一千三百米，相传是古祝融氏葬处。我们在祝融殿旁的悬岩上，迎着清风斜阳，笑语连连，留影甚多。眼看太阳要下山了，我们方才恋恋不舍地告别衡山绝顶。

从祝融峰下来，众人上车，应该是结束此日衡山之游的时刻了，我们要返至南岳镇过夜。车子开动不久，至一处停下。同行的衡阳晚报老总雷安青先生显然游兴犹浓，他向我们建议，会仙桥离此不远，何不顺路一访？这一建议从者不多，对于多数同行者来说，一天紧张的、急匆匆的行程，此时已是倦极思静的时分了。但依然有勇者愿行。在雷安青的带领下，我们一行五人离开公路，沿山间小道蜿蜒而下。路旁野草山花乱眼，有山泉鸣唱相随，似是在鼓励我们这些热情的客人。

行约数百米，迎面一峰，屹立千仞，峰外无山，放眼望去，只是茫茫无边的云涛。此时四围静极，所有的游人均已散去，只有我们急行的脚步声，在敲打着深山的清寂。斜阳无语，青松无语，白云无语，我们的心一时也就肃穆起来。行千步，始抵峰前，有巨大的岩壁题字，曰："昔人会仙处"。这背后大概有着某一种动人的历史故事，手头没有材料，故也不便乱猜。从题字处往前，过斜坡小径，通往对面，这小径类桥，也许就是会仙桥。桥对面，只见有一独立的峰峦迎面耸视，壮极高雅，大约即是会仙处了。

我们到达那里的时候，被眼前的情景怔住了。只见一抹斜阳中，高天云潮下，万山寂静，草木噤声，那峰前倚立着一对少女。少女衣着素淡，裙袖凌风，却是一种来自碧霄的超凡的风情。她们无言，只是静听无边的天籁。我们的到来带来了尘世的喧嚣，四围的静穆于是被打破。经交谈，那位稍大的少女叫钟辉，1982年生，是当年的应届毕业生。她昨日已收到中央财经大学中文系的录取通知书，开学在即，就要北上报到了。她是来向住在山上的女友告别的。

因为是文学同行，雷安青热情地向钟辉介绍了我们。少女说，北大是她的第一选择，但是成绩不够，进不了北大。她表示到了北京一定要去拜访燕园，那是她日夜思念的地方。至于北大的人，她说自己知道的不多，只知道余杰和孔庆东——钟辉显然为自己有限的所知而有点不好意思，但她紧接着说，我会好好学习的。

被感动的是我们，为这美丽而单纯的少女，为这衡山之游的最后的也是最瑰丽的一笔！我有许多旅行的经验，自然风景当然是要看的，但我更怡悦于风景中的人。这次衡山之游，因有会仙桥上的这一番遭遇，而显得是格外的美丽。我们回到了车上，向那些等待我们的同伴介绍了会仙桥上"会仙"的奇遇，他们显然十分羡慕我们。

今日同游会仙桥的共五人：衡阳的雷安青、长沙的钟友循、南岳的尹朝晖、北京的徐伟峰和谢冕。

2001年8月24日记于衡阳南岳镇银苑宾馆，2002年4月6日完稿于北京畅春园

清风明月下的东湖

　　校园里浓密的树丛好像是遮天蔽日的山峰，把秋天洁朗的夜空密不透风地全给笼住了。一行人就这么行走在不见星也不见月的林荫里。我们的"导游小姐"是王涧，一位正在攻读博士学位的女生。她在前面引路。

　　这是中秋节的第二个夜晚，昨夜的欢乐已经退潮。那楼前、水边、亮晶晶光闪闪的供月的红灯笼和红蜡烛，以及那漫山遍野的青春的笑语欢歌全消失了。只把这座绿得发黑的校园，留给了那些悄声细语的情侣。我们就这样行走在有点寂寞也有点温情的校园林荫小道中。

　　珞珈山校区的西北边界就是东湖。东湖在这里柔柔地伸出一只手臂，把珞珈山揽在了她的怀抱。此际，东湖水轻轻地拍打着这座驰名中外的学府的楼阶和小径。可以想象，在白日里，那漪涟的湖光，映照着螺髻般的珞珈山，会是多么迷人的风景！可是，此刻没有，只有绿得发黑的树丛，以及模糊的灯影映照的、依稀可辨的林间小道。

远处传来了隐约的人语声，王涧已在湖边立定了。这原是东湖南岸的一个码头。黑暗中，有几只小船在等待着我们。船是简单的，对面两道靠椅，没有什么装饰，倒也清雅。船尾立着船家，他负责摇橹。我们身边也有桨，可划可不划，就看各人的兴致。这里的好处是没有路灯，也没有如今到处可见的烦人的喧闹。只有依稀的波光，依稀的人影，依稀的桨声拍打着依稀的湖面。轻轻地、悠悠地，我们的三只小船就这样尾随着荡向了东湖深处。

靠近珞珈山的这一侧东湖是宁静的，它的微波轻轻地漾着。波纹是看不见的，波声也微弱到听不见。东湖仿佛是睡眼惺忪的美妇人，含情脉脉，若有所待。风，也是若有若无，而从岸边、山上吹来的桂花的香气，也是那种若有若无的、让人难以捉摸的迷离。这里不是游人密集的去处，这里被那些追逐热闹的人们疏忽了或者遗忘了。这使我想起张岱《西湖七月半》中所描写的那些"看人的人，看看人的人"，他们把真正的西湖美景留给了夜深人静后的那几个清雅之士，不觉会心一笑。

我们这三艘小船——远近这湖面也仅有这三艘小船，轻轻地摇曳着，桨橹拍打着温柔的水。没有浪，没有喧闹的歌声，甚至也没有大声地说笑，就这样静静地、梦一般地、向着湖水黝黑的深处荡去。湖面是暗的，如黑色的丝绒，风是轻拂着的，吹动着发皱的丝绒。那丝绒缓缓地、软软地向前铺展开去，那上面闪烁着暗色的光亮，仿佛是无声地滚动着碎银。我们这才四处去寻那银光的来处。猛一抬头，一年中最圆的那轮月亮，早已悬挂在辽阔的中天！她在这一片黑色的软缎般的湖面上方，有点忧郁地也有点孤单地悬挂着，静静地照着我们。俗谚云："十五的月亮十六圆。"虽然过了中秋，但我们今晚所享有的，却是一年中最圆、最明的月亮。

真应当感谢细心周到的主人，在紧张的会议的空隙里，为我们安排了这么诗意的节目。当然，更应当感谢的是今晚的月亮，她把最柔也最含蓄的风景留给了我们，她似乎不再留意把这光、这亮，还有那轻轻地拂着的风赠给我们以外的别人——这辽阔的东湖的一角，今晚仅仅属于我们。

我们的船就这样静静地荡向了湖心。离岸远了，离远处那些花里胡哨的霓虹也远了，原先登船时节那仅有的一点市廛，也隐没在静静的水波中。这时只有天上的一轮明月与身边的无限清风，以及从远处的岸上飘来的淡淡的桂花的香气与我们为伴，我们就这样静静地听船家的桨拍打着水，静静地看月随船移，静静地享受着无形的风用无形的手给我们的抚慰。

如今的城市是越来越繁华了，也变得越来越喧嚣和躁动了。城市里已经没有明月，也没有清风。在城市，明月或者清风的空间已经被那些用钢筋水泥堆积起来的怪物侵占了——我们已经没有月明用以清心，我们也已经没有清风用以洗俗。她们已远远地离开了。我们如今只能在古人的诗中找到她们，或者只能在很少有人的地方找到她们。她们对于我们，只是记忆中的存在，或者只是诗意中的存在。"清风明月不用一钱买"，这是谁在说话？这是谁的诗句？清风，明月，而且无价，这对于今天需要花钱买瓶装水喝的我们，是多大的诱惑啊！

而这一切，一切我们在现实生活中失去的，今晚的东湖都慷慨地给予了我们！这无价的清风，这无价的明月，还有这无价的人间之情和友谊！今夕何夕，有此良缘？我的同代人，比我年轻的朋友，我们避开了一切俗世的烦忧，也抛却了拘谨的礼节，面对着这皎洁的月和清爽的风。东湖的这一个夜晚，我们都说了什么是不重要的，重要的是，我们拥有了这个夜晚。我相信，今宵、今世，我是不会轻易地把它忘却的了。

1999年9月25日，农历己卯八月十六日，中秋节过后的第一夜，"全球化趋势下的文学与人"会议的与会者，泛舟于珞珈山下、东湖之上，极尽一夕之欢，如此赏心乐事，不可无记。众人兴至，议作同题散文以纪其盛。谨作附记于上。

1999年10月10日记于北京大学畅春园

绿荫深处一座古城①

　　这是泗河岸边。太阳明亮地照着，照着河两岸无边的让人晃眼的绿色。河床是干涸的，所有的水都被上游的水库拦截了。泗河没有波浪，只剩下这无边的绿。这里依旧柳色凄迷，这里依旧草色青青。满眼的风烟告诉我，如今这已经干涸的河床，就是那首脍炙人口的"泗水流，汴水流，流到瓜洲古渡头"的词里所说的泗水。人们告诉我，当年水路畅达，从这里乘船经河入湖再入江，可以直抵江南重镇瓜洲京口。记得吗，那踏歌远去的、扶醉而归的诗人？记得么，那岸边折柳的难舍难分的、天涯断肠的离人？在这泗水岸边，岁月消磨了人间多少的悲欢离合，如今，都化作了这一掬无边碧绿的酒！

　　那时这里水波浩渺，往来舟楫如织，想象中一定是一道非

---

① 原载《人民文学》2002年第10期；《兖州日报》2002年10月13日。据《人民文学》编入。

常美丽的、充盈着生命活力的长流水。不然的话，它怎么会引发那位哲人亘古不绝的感叹？子在川上曰："逝者如斯夫？不舍昼夜！"他说这话的时候，应该就站在此刻我站立的河岸上，这怎么不让人心动！很多平时人们习以为常的景物，在伟大的智者那里，就化为了警策千载的灵思。我真要感激这片依然丰腴而深厚的大地了，究竟是什么样的灵感，什么样的机缘，引导我有幸来认识这大地的沉厚的积藏？

泗水穿越鲁西南平原无边无际的青绿，在这无边无际的青绿的深处，站立着一座古城。兖州的历史，几乎就是一部缩写的中华文明史。它的历史可以和这个民族最古老的记忆联系起来：这里是有熊氏的邦甸；这里是寿丘旧地——传说中始主黄帝出生的地方；禹治洪后分天下为九州，兖为九州之一。兖州是春秋鲁国故郡。隋唐时兖为天下重镇，隋为鲁郡，唐置都护府，治兖、泰、沂三州。那时这里是南北通途，市肆繁茂，民风端信，英才来聚。金口坝、兴隆塔、少陵台、青莲阁，都是兖州历史上繁荣的见证。

这城市的历史是这般古老，它让我们想念悠远的过去。从泗河宽阔的河岸望去，我们仿佛进入了一条永远无法追及的时间隧道。太遥远了，我们用毕生的心力都无法到达那久远。我们所有的人都只能生活在今天，我们不可能生活在昨天。那位伟大的思想家在这河岸上发出的逝水之叹，正是告诫我们必须紧紧地把握住那不断流逝的时间。远去了，川上叹息的哲人；

远去了，诗酒雅集的吟者；远去了，那些倚楼望月的多情女子。留下的是如今这无边的青青草色，这千里风烟。

我登上兴隆塔的塔顶，我知道这塔巅的一个台阶上，曾经坐过一位为许多优秀男人所倾心的、风华绝代的女子。作为杰出建筑学家的妻子，作为著名哲学家的至交，作为天才诗人的密友，她出身名门，学贯中西，谈吐高雅，本身也是诗人、小说家和建筑学家，她还能用流利的英语表演戏剧。她就在那里，就在塔巅那一角青砖垒成的洞穴口上，她美丽如初，她在沉思。有多少泛着轻愁的往事，在她的身边流过。如今她在哪里？我的闪光灯亮了，照出了一个明亮的此时此刻。

古城仍然以无边的绿色迎接我的到来。这座历经千载的古城，正在以大平原的单纯和质朴，向我展示它今日鲜丽的光泽。这是一座望不到边的崭新花园。高架桥、高速路、网一般展开的乡村公路，阡陌纵横，沟渠如织。公路两旁，遍是花果，这边是望不到边的石榴林，榴花似火；那边是望不到边的银杏林，银杏的叶片在夏阳的照射下闪着绿色的光芒。车行过处，铺到天际的是毛白杨的苗田。卫护这些幼苗的，是公路两旁高高大大的毛白杨树！大平原上的白杨树，曾经被一位作家写成了一种精神的象征。如今它们依然忠实地站立在这片土地上，守护着这一座古城，守护着这古城看来没有边界也没有尽头的无边无际的绿。

这古城已被绿荫所掩埋。它已成为天下闻名的平原绿化市。那泗河的河岸上，有连绵数公里的葡萄长廊。那绿荫深处的村庄，种植着无边的蝴蝶兰，那里是一片同样望不到边的花椒园。城市正在变成一座大花园。它的南部是毛白杨的天下，而它的北部，则是连接天边的桑园。这里是蚕桑的故乡。二十世纪七十年代，在大安镇的李家庄出土过殉葬的铜蚕。著名的"陌上桑"的故事，那位戏妻的秋胡就是鲁国人，据说，那故事就发生在甄桥村。也许那位端正善良的妻子投入的滚滚的河，就是泗水！这些文物和传说的存在，至少证明了在远古，这里已有非常发达的农业文明。杜甫那首《忆昔》：

忆昔开元全盛日，小邑犹藏万家室。
稻米流脂粟米白，公私仓廪俱丰实。
九州道路无豺虎，远行不劳吉日出。
齐纨鲁缟车班班，男耕女桑不相失。

这里说的"鲁缟"，就是兖州的特产。它的历史可以追溯到秦代，那时宫中所用的织品，就是这里进贡的。鲁国的后人没有忘记历史上的荣誉，兖州人正在用自己的智慧和汗水，书写新的篇章。在鲁西南平原的无边大地上，在无边的绿荫深处，站立着一座既古老又年轻的城市。

2002年7月15日于兖州兴隆宾

在汤阴谒岳飞庙①

　　每次到杭州，我都要怀着肃穆而景仰的心情，拜谒位于西泠桥边的岳坟，去感受那里感天动地的浩然之气。每次我都会遥想起岳飞那伟大崇高的人格魅力。他是在国家危难之际，当那些身居要位的大人物们沉迷于偏安一隅，在江南的软风吹得把中原沉沦的苦痛抛到九霄云外之时挺身而出，在"还我河山"的呼声中，拼死疆场，收复失地，很是唱响了一曲复兴救亡的壮歌。但他的孤忠大义却遭到了那些奸佞的忌恨。他们串通起来，利用朝廷贪图安逸的心理，以十二道金牌，以"莫须有"三字残害忠良，造成了令人扼腕的千古奇冤。到岳坟，去看那些为悼念忠良而枯死的古柏、不食草料而饿死的战马，能够使我们的心灵得到净化。

---

① 　此文刊于2003年5月9日《中国纪检监察报》，题为《谒汤阳岳飞庙》。据文稿编入。

岳飞的纪念地不止杭州一处，与岳飞相关的纪念场所更是不少：宜兴岳堤和百合场遗址、泰州岳庙、靖江岳飞生祠、于都岳飞寨、开封朱仙镇岳庙。当然最著名的要数他家乡河南汤阴的岳飞庙了。去年岁末，我访安阳。主人盛情，在临上火车前，相邀去了汤阴，为的是拜谒岳飞庙。我到安阳数日，都是弥天大雾。那日也是如此，在中原少有的雨霰寒战中，我怀着神圣的心情，踏上诞生并哺育了这位大忠、大义、大孝的传奇人物的故土。尽管近来学界有一种关于岳飞是不是民族英雄的争论的传闻，但在我的心目中，岳飞作为在国破家亡之时挺身而出的伟大的英雄形象，始终没有改变。他一生壮烈悲慨的事迹，什么时候想起，我都会为之气壮神雄。

汤阴岳飞庙建于明景泰元年，后每隔数十年便有一次大的修葺。历代统治者都能对此自觉地予以保护。唯有二十世纪六十年代那次"大革命"是例外，岳庙终于在劫难逃，"遭到严重破坏"——这也是"史无前例"的一个例证。这汤阴的岳庙和杭州的岳坟不同，这里规模略小，没有杭州那样的恢宏。但这里岳飞作为神的形象弱了，似乎更富于人间情怀，透出了浓厚的乡情和民俗的气息。铁铸的跪人比杭州多了一个，那是王俊。此人绰号王雕儿，平日专事搏击，坑害无辜，编入岳家军后寸功未立，对岳飞素有嫌怨。在奸臣张俊的收买下，"告首状"陷害岳云、张宪，致使岳飞冤案得以成立。从杭州的"四跪"发展为这里的"五跪"，就鲜明地体现了民众对佞臣的极端愤恨。

这座庙宇之所以让人感动，在于它浓厚的民间色彩。庙前有施全祠，纪念行刺秦桧未果而被施以磔刑的忠烈。在施全铜像的左侧，为隗顺塑像。隗顺是一个狱卒，有感于岳飞的忠义，乐岳难后他私背岳飞遗体葬于钱塘门外，家人亦毫无所知。直至临终前，方以实情告诉了儿子。这在当时，是要冒族灭的危险的，一个狱卒，身份卑微，却是这一番感天动地的无畏！汤阴故里，乡人情重，铸像千载，以志不朽。这也体现了中原大地质朴而博大的胸怀。

此次拜谒，我印象最深的是悬挂在正殿"乃武乃文"横匾两旁的一对楹联：

人生自古谁无死

第一功名不爱钱

当时读到，好似石破天惊，觉得畅快淋漓。此联是清同治年间的一位榜眼、翰林院编修何金寿集句题书。何金寿还有跋文一道，尤有深意：

王尝曰：文官不爱钱，武官不惜死，则天下太平。偶读文信国、杨忠愍两公诗，得此二语。因思孤忠大节，与其立论者，异代同符，上下千古，未有若斯言之吻合无间，爱书于王之庙堂。呜呼，金寿不能赞王，此王之志也。

文信国是文天祥，杨忠愍则是受魏忠贤陷害致死的杨继盛的谥号。我对立于岳庙正殿中门的这副楹联感触良多。记得当日迎面一读，有一种被电击中心灵似的震撼。自古而今，立于岳庙的文墨，多得数不胜数，其中也有不少极为精彩的文字。唯独这一副对联，用的是明白浅显的话，说的却是千秋万代平民百姓都能懂的、随时都能起到醍醐灌顶效果的道理。去掉那些多余的形容和典故，淡去那些华彩的装饰，旷古而今，普天之下的大忠大德，剩下的不就是这两句诗所表达的简单明白的道理吗？

首先是"人生自古谁无死"。这是一句参透了人生底蕴的至理名言。死亡对于所有的人都是公平的，人人都难免这一个最后的了结，但死的价值却大有不同。若文天祥、岳飞者，为社稷江山，视死如归，可谓壮烈至极，换来了千秋万世的景仰和赞誉，而且成为人生的境界和典范。这个意义却是一般人所难以到达的。另一句是"第一功名不爱钱"。这也是一句非常透彻的话。它的概括力很大，许多人生的道理都凝聚其中。想一想目下的那些为了金钱而身败名裂的家伙们，哪一个不是在"钱"字上面栽了跟斗！所以，功名云云，难以尽述，第一要义则是"不爱钱"三个简简单单的字。做到了不爱钱，就是做到了无私心。只有不受金钱的诱惑，才能谈及。

岳飞一生的行状，他留给后世人们的巨大而丰富的精神遗产，也就统统包括在这明白简单的一副楹联之中。集这副楹联的翰林院编修很谦虚，也很聪明，他不用自己的话，而是引用了两位前贤的名言，以显示异代同符的孤忠大节。这就是"金寿不能赞王，此王之志也"的意思。其实，他是深深地认识岳飞、了解岳飞的。真理是朴素的，不需要装饰。汤阴岳飞庙仅仅因为有了这一副楹联，就会像一块巨大的磁铁吸引着千千万万的朝圣者。我坚信！

2003年1月20日于北京大学畅春园

侗寨尝新节记

　　这是癸未年的六月初六日，阳历公元2003的7月3日的早晨。湖南新晃侗族自治县扶罗镇伞寨举行一年一度的大赶坳。坳会的会场设在河滩上，不远处是清澈的贡溪在明亮的阳光下闪烁。贡溪经扶罗镇注入舞水，此后一路蜿蜒而行，直至汇入沅江。伞寨扶山临水，林木葱郁，是个青山碧水风景佳丽的所在，再加上侗乡特有的浓郁风情，这里的坳会引发了我们这些外来的客人浓厚的兴趣。

　　少数民族的歌节我参加过不少，此类活动的中心，多半是为男女欢会而设。跳舞，对歌，而后情人幽会，总是非常浪漫的爱情节日。侗族的赶坳当然也不例外，也有歌舞爱情的节目。我们来到河滩的时候，赶坳活动还没有开始，人们正缓缓地从贡溪两岸向河滩集中。会场上正播放着一对男女的爱情倾诉。主人告诉我们说，现在正在演唱的是本寨的歌手，并把歌唱的内容翻译给我们听，大抵是梁祝故事中楼台会那样的情节——男女有约，但女方的家长却为她另觅夫家，男友闻讯赶来相会，是一种无可奈何的互诉和话别。回肠百转，凄婉悲绝。那哭诉的声音回荡在空旷的河滩上。

要是仅仅作为传统的浪漫爱情的盛会，我们此行不会有惊喜。但是我们却有了一个意外——作为传统坳会的核心部分的，却是侗族一年一度的尝新节的祭祀仪式。尝新节我是第一次听到，尝新节的祭礼活动也是第一次参加，这种第一次给了我全新的感受。乡民介绍，明洪武年间，侗族姚、吴、杨三姓始祖为避乱辗转至晃州，入银甲寨（今伞寨），开田拓土。永乐三年三月，他们于谷雨时节播植禾黍麦豆，至六月初六，恰逢辛卯，但见所植作物均已孕苞。于是相约各家自设香案，敬谢神明，遥请先人品尝当年新谷。祭祀仪式大抵始于午后未时，焚香三炷，冥纸二帖，米饭两碗，新鲜禾苞两根，米酒七杯，有钱人家则用刀头（即猪肉）置于神龛。自此定每年六月十五之前逢卯日（丁卯除外）为尝新节，遂成定制，至今凡五百余年。

那日我们参加的是全寨的祭奠仪式，这是尝新节坳会的第一项也是最主要的内容。仪式是在鞭炮、锣鼓和唢呐声中开始的。尝新节祭祀的是神农氏，他们采集田中丰满的禾苞，以酒洒地，焚香燃纸，宣读祭文。他们也有自己传统的祭文形式，祭文是文言的。歌颂神农为"五谷之尊"，"凡民之生存也，全赖昔帝之亲尝百草之苦也"。因此他们"每逢尝新佳节，休忘神农之大德"，这是中华传统文化中颂扬农神的庄严的祭奠仪式。侗民族是很善良的民族，他们感恩图报。他们设祭神农，却也没忘了感谢给他们带来丰足和平安的一切神灵和先人，从"开荒业主、古老前人""诸佛神圣，历代宗亲"到"大成至圣，文武曲星""开国大帝，保朝帅领"，祭文中都请他们"大驾光临"一起和村民"欢庆尝新"。

这一天的伞寨嘉宾云集，来自北京的，来自长沙和贵阳的，更有来自市县和乡镇的，大家欢聚在一起。我们的尝新宴是在村主任的家中举行的。伞寨的村主任和书记举办了盛大的宴会，款待这些外边来的客人。这是一座大吊脚楼，厅堂和游廊里摆下了十多桌宴席。四样菜蔬：酸苦瓜、氽豆角、蒸茄子、焖南瓜；两道主菜，烧蹄髈和煮鱼，都是白煮的，不用酱油和其他作料，但是极为精美纯正的农家菜。我平生讲究饮食，也很挑剔，无论精粗，均以本色到位为准，绝不含糊。这次伞寨的盛宴，并不铺张，却以朴素简单见长，实得我心。菜肴是无可挑剔的，米酒更佳，甘甜温润，都是用大碗喝。同席扶罗中心小学语文老师杨飞辉，是此次坳会女主持，豪爽善饮。她连续敬我五碗，五碗之后，我已预感此酒非同一般，便戛然而止，遂未醉。

据村支部书记杨长华介绍，伞寨原名"伞在"，今名是后来改的。当初姚、吴、杨三姓兄弟清明扫墓培青，持伞遇雨。

离开时，伞忘置墓间。翌年清明，人们发现那伞还在，遂定村名为"伞在"。此地民风淳厚，由此可见一斑。

今日同游者，除外地宾客外，尚有怀化杨序岩、芷江舒绍平、新晃王行水、黄骐华、卿定伯、徐朝大、姚敦干诸君。

2003年8月13日于北京大学畅春园

登梵净山记①

　　梵净山在贵州境内，海拔二千五百多米，比黄山还高出七百余米，是云贵高原境内第一山。梵净山和别处不一样，它以"步"来做地名的标识。这山因为一般的山坳都没有名字，所以就出现"三千二百步食宿店"之类的名字。梵净山所谓的"步"，指的是它的石阶。从山下往上走，每登一个台阶为一"步"，平地前行，不论多远，也就是一"步"。山势崎岖，登山途中难免也有下行的时候，那么，下行不论多远，都不算"步"。登梵净山绝顶，总数是七千八百九十六步。这是准确的数字。就是说，单程上山有七千九百步的石阶要走，加上返程的，那就是要步行一万六千步。都以为下山容易上山难，其实，下山的难度绝不比上山小。很清楚，当人的精

---

① 　此文刊于《山花》2004年第3期。据此稿编入。

力发挥到了极限，极限以外的一切，都是一种超支。这时不说一步，就是半步，也都有登天之难！大凡有登山经验的人，都清楚这一点。

梵净山没有受到太多的"开发"，这是它的幸运。所以，这里保持了极好的植被。整座山都被原始森林覆盖着，是一座青翠的、绿涛起伏的森林之海。那天我们登山的时候，雨一直下着。身上的汗水和外面的雨水，湿成了一片。我尽力保护着手机和相机，其余的一切都置之度外了。我始终一个人走在最前面，这是我登山的习惯，人多了互相受牵扯，还要说话，还要停歇，而这一切都要付出体力，最终影响登山的成败。每次登山，我都谢绝乘坐滑竿，一般也不坐缆车，除非是集体行动。现在旅游景点修缆车成风，不高的山，也修。每次遇此，我心都不悦。我为这人为的对自然景观的破坏而痛心。

我就这样一个人在雨中走着。过了三千二百步，再过三千六百步，行至四千五百步，这里方才有了一个真正的地名：回春坪。此时天已昏暗，这里距离极顶还有大约一半的路程，不能再往前走了。回春坪是我们今天要住下来过夜的地方。我到达回春坪的时候，同游的大部分人还没有上来。雨下得极大，屋檐滴水如瀑，我就在屋檐下，以雨水冲浴。没有毛巾，没有香皂，就把身上的衬衣脱下来当毛巾用。人们还没到，我就钻进了被窝。因为我已无衣物可穿，随身的衣服都用来做"毛巾"了。

回春坪的此夜，大雨倾盆。宿舍的门几次都被风吹开，雨水发疯似的往屋里灌，这一夜仿佛是在惊涛骇浪中度过。到了天明时节，雨还是没有停歇的意思，我们是冒雨继续上路的。我依然走在最前面。有两位年轻一些的朋友，大概是为了照顾我，与我同行。过了镇国寺，低头赶路的我们竟然茫无所知，在逼近梵净山极顶的双岔路口，我们走错了路。我们径奔通往蘑菇石的一条路。

此时山风极烈也极悍，它充满了恶意，竟像是下了决心要把包括我们在内的一切摧毁，并推到天外去。这里是高山草甸地貌，周围没有一块岩石，没有一棵大树，甚至连灌木也没有。一条崎岖的小道，沿着陡峭的山脊通往绝顶。我们无所依托，也无所遮拦，完全裸露在暴风骤雨之中。风雨像是发疯似的向我们扑来，无法站立，只能匍匐着往上爬行。风势实在太猛了，爬行也不行，风力之大也可能把爬行的人像推动一根树枝那样，把人推下山。这时，才感到人在自然界面前的渺小。我是下定了决心要登上梵净山的极顶的，我狠下一颗心，我把身子倒过来，干脆坐在地上，倒着身子，低伏着头，一步一步地倒行着往上挪动。

这通往蘑菇石绝顶的山脊，它的两边也许是悬崖峭壁，也许是万丈深渊，幸亏有了这么大的雨雾，它把一切的可能让人失魂落魄的景象全遮蔽了。周围是灰黑灰黑的云天，此刻我感到我绝对是孤立无援的，我只能依靠自己微小的力量，抗争着来自大自然的无边的狂暴。为了前行，我只能在这一片疯狂的迷茫中，曲身坐在地上，艰难地往风雨迷茫中的山巅挪动——这就是我此时此刻的状极狼狈的"攀登"！我的两位同伴是尽责的，他们一人在前，一人在后，护卫着我。下山的时候也是这样，他们一前一后，拉着我的手，三人全都弯着腰、低着头，用拼凑起来的力量，抵御着凶狠的高山风。

非常遗憾，我们拼死抵达的并不是梵净山的金顶。这只是蘑菇石，这里有著名的"万卷书"景点，但这里不是我们要攀登的目的地。我们走错了路。我们白担了这份危殆了。站在蘑菇石的绝顶，风是一阵紧似一阵的狂烈，雨点斜着扑向我们，也是一阵紧似一阵的暴戾。这山顶太危险了，我们不敢久留，赶紧下撤。

到了梵净山不登金顶可就太冤了。特别是在这样的暴风雨中，我们已经经历了这么多的"苦难"，所谓的"行百步，半九十"，我们能这样半途而废吗？这是不言而喻的，也是不可更改的。顺着原路往回走，从镇国寺的另一个方向向金顶冲刺！这就是此时此刻我们的选择。我们仍然寻找着通往金顶的路，我们绕过了一座冲天而起的危峰，它矗立在九霄云上，是真正的壁立万仞。因为是毫无遮拦的一座孤峰，山峰的周遭全用铁链围住了，人就手抓住铁链小心地走。但即使这样，那猛烈的风也还是让人胆战心惊。我亲眼看到一位当地的妇女，在铁栏边上她的背篓被风吹起，如一面迎风的旗。那情景真让人感到惊心动魄！我们未曾却步，还是小心翼翼地绕过那铁链封锁的、危立天际的孤峰。

绕了这山峰一圈，终于逼近金顶。前面已无路可走。迎面又是一柱陡峭的巨石，有一道长约五十余米的人工凿就的笔直的石阶，石阶的外面安装了用以攀登的铁梯！这是通往金顶的唯一的路。就是说，此时所有决心登顶的人，都必须在这样的急风暴雨中，一人的头顶着另一人的脚跟，垂直地攀缘这座铁梯。须知这是怎样的攀缘啊？一百八十度的垂直，八级以上的飓风，劈头盖脸的大雨。充满了登顶激情的我们，都在这样严重的局面面前停住了脚步！

梵净山绝顶就在咫尺之遥，等待着我们的到来。我们已经历了那么多的"生死考验"，真的就差那么几步了，但是就这么几步，却令我们望而生畏！这样在极险峻的陡直的石岩上凿出的阶梯路，即使在平时也令人丧胆，何况是现在这样的风雨交加。此刻三人对望，不约而同地说出了最不愿说出的话："不上了。"这在我，是平生第一次做出这样"懦怯"的决定。对于我这样历来秉信前进哲学的人，这的确是极为严重的，也是极为遗憾的"退却"。

到了梵净山，我用整整两天的时间抵达金顶，却在仅差几步的关键时刻停下了脚步，为此我留下了终生的遗憾。由此我也领悟到：不是所有的时刻都应当前进，而是要在非常关键的时刻选择——尽管你可能极不情愿——后退。这是否就是这场梵净山的大风雨给予我的启示？我把这样的启示电告我远在英国的年轻朋友，她正在为一场没完没了的笔墨官司苦恼，我告诉她：后退并不一定就是失败，有时也是胜利。

2003年12月31日于北京昌平北七家村

个旧的春天①

　　北方正是滴水成冰的季节，我被遥远的春天所召唤。个旧那边来电话说，那里有一个文学的聚会，要赶在新年的假期里举行。于是，这一年的第一件事，便是在第一天的第一时间里，赴一个春天的约会。在昆明机场，我们受到了鲜花的迎接。个旧的朋友远道来迎。我们不敢怠忽春天的期许，婉谢了昆明留客的美意。宜良、路南、弥勒、开远、沙甸，一路向南，一路向着春天。一个车队把我们送到了千年的锡都。

　　个旧群山环抱，老阴山和老阳山南北相对，是一种和谐中和的象征。城市中心有一湖，名为金湖，它是个旧的心脏，日夜跳动着碧蓝的脉搏。个旧所有的建筑都环湖而建，环形的楼房之外，套着环形的群山。这山，这湖，这四季常绿的树，这

---

① 此文刊于2004年4月7日《光明日报》。据此编入。

一年到头开不败的鲜花，让人怀想起世界上那些城市里嵌着绿宝石的最美丽的地方。这城市地处亚热带的北端，我们到达的时候，所有的鲜花都在开放。节气正进入数九，在中国的大部分地区，寒冷才是起头，严重的冰天雪地的威胁还在前面。而这里拒绝了冬季。

城市是绝对洁净的。在街头，我们看不到一张乱扔的纸屑，一个飘飞的塑料袋，更看不见一个随地吐痰的人。个旧让中国人为之气壮，没有噪声，没有喧哗，也没有灰尘，温馨的、安详的、梦一般的宁静弥漫在城市的每一个角落。对于住腻了大城市的人来说，个旧是太迷人了。个旧是锡都，全世界大部分的锡，都由这里提供。没来个旧的时候，我有一种先入为主的想法，以为工业城市总与粉尘、烟囱、嘈杂相联系，何况个旧是一座老工业城市？个旧的蓝天、白云和澄澈的湖水，它的出乎人们预料的宁静和清洁，打破了我的成见。

这还只是物质的和外在的个旧，更让人感动的是精神的和内在的个旧。为了召开个旧市的第二届文代会，个旧政府的各个部门，各行各业，可谓全力以赴。我到过许多城市，参加过许多会议，还没有见过为文学而全部动员这样感人的场面。个旧的朋友说，这是对一个春天的纪念，也是一个文学的约会。二十年前，也是这样的春天时分，个旧迎来了一批作家、诗人和批评家：丁玲、蹇先艾、杨沫、茹志鹃、李乔、苏策、白桦、晓雪以及王安忆等，他们在这里种下了一批树木。沈从文先生当年为之题写"文学林"三字。二十年过去了，木已成林。个旧人念旧，他们不忘故人。为了纪念这些健在和已经不在的人们对文学的贡献，他们重修了"文学林"。文学林的揭幕仪式在宝华公园隆重举行。这是这个春天的聚会的一个郑重的内容。为前人的旧树培土，后来的人们新植称为活化石的董棕一棵，以示继承前贤事业之意。我们在那里留下了足迹。

个旧与巴金先生有缘。巴金先生曾四次来过个旧，所住的金湖宾馆至今尚在营业。为了纪念巴金先生与个旧的友谊。他们修建了金湖文化广场。个旧政府派专人赴沪请巴金为广场题名。现在碑石已刻就，广场已落成，我们来这里，正好为巴金题写的碑碣揭幕。广场背靠雄丽的阴山，前濒温柔的金湖，是风景佳好之地。我们揭幕的时候，广场上彩旗飞舞，锣鼓齐鸣，身着民族服饰的群众跳舞欢歌，为巴金，也为中国文学祝福。

个旧是一座小城，是人口不过数十万的县级市。但个旧却有魄力把自己的名字与中国的文学大师的名字联系起来，这不仅是由于愿望，更由于它的视野和胆识。二十世纪八十年代初期，中国文学还处于乍暖还寒的时节，思想的禁锢虽在缓慢地解冻，而艺术上的偏见却依然严重。个旧人就有这样的长远而宽阔的眼界，硬是把巴金和沈从文"请"到小城来了。在中国，在一个不大的县城里，能够同时拥有以巴金和沈从文命名的文学景点，可能只有个旧；为了文代会的召开，而举行一连串的文学庆祝活动——金湖文化广场落成，青少年文化活动中心落成，宝华公园文学林重修揭幕，邀请省内外数十名专家进行系列文学讲座——也可能只有个旧。

白桦被邀请在会上讲话。他深情地回忆了半个世纪前发生在红河河谷里的那场殊死的也是最后的战斗。作为幸存者，他不能泯灭那血腥的记忆，他把这种记忆凝聚而为文学的理想精神。他说到肖洛霍夫的孙女莎莎在他们握别的时刻，代表她的奶奶赠送的肖洛霍夫生前最喜爱的"不死花"的故事。他期望我们都能成为文学的"不死花"。白桦说，丁玲留下了她的莎菲，杨沫留下了她的林道静，茹志鹃留下了她的百合花。我们呢，我们能否为文学留下一片绿叶？这样的场合，这样充满诗意的谈话，这都是春天的个旧的赐予。

最难忘文代会闭幕的那个夜晚，充满春天激情的个旧，竟然把奥地利的莫扎特交响乐团，从维也纳到北京，从北京到昆明，不远万里地给请到个旧来了。《蓝色多瑙河圆舞曲》《维也纳森林的故事》《春之声圆舞曲》，融汇着中国茉莉花的清清淡淡的香气。最后，沃夫冈·格罗斯大师如同在金色大厅那样，指挥着这里的听众应和着我们都熟悉的拉德斯基进行曲的节拍，让我们的掌声在个旧体育馆内回响。这时，晚会到达高潮，礼花响起了，彩球升起了，五彩缤纷的纸花从高空慢撒而下……

个旧不仅是热情的，而且是高雅的。在当今，也许连文学中的一些人，都不再把文学当回事了，而个旧，却始终铭记着曾经到过这里、曾经为文学默默贡献的人们，个旧对文学的敬畏和尊重是令人感动的。感谢个旧，感谢个旧的主人们，感谢他们在严寒的冬季给了我们一个文学的个旧，一个春天的个旧。

2004年1月1日至1月6日，个旧市世纪广场酒店

红河谷的密林深处①

　　从个旧一路南行，沿着哀牢山的余脉，两岸是望不到头的青翠。红河急湍在深深的谷底奔涌。因为落差太大，我们只听见红河急流奔腾的遥远的声音，看不见红河的流水。云贵高原自北向南，有一个大倾斜，告别寒带雪峰，告别温带丘陵，我们把高原留在身后，也把洱海，把滇池留在身后，车子一路向南，一路向下滑行，一路向着红河谷。

　　蔓耗是个古镇，它是个旧最南端的一个乡镇。蔓耗往南是金平，再往南走，就出了国界，到了邻邦越南了。红河就是这么走的，它从下关一路南行，过了元江，经个旧，蔓耗入老街，最后注入北部湾。蔓耗过去是红河出国之前的一个重要港口，设有海关和边防检查。它是《天津条约》最早被迫开放的

---

① 　此文刊于2004年3月16日《羊城晚报》。据文稿编入。

通商口岸，它当日的繁华景象至今尚为人所称道。现在还有人记起，那时每日有五千多批马帮穿梭于古栈道上，数万人工不停地运送着有色金属、药材和山货。当日行驶在红河上的大船达千艘，大船其宽度有五根竹竿横排那么长，可见那时的非凡气势。那时的蔓耗古镇，不大的地面到处都设有酒吧、客栈、茶馆、商行、钱庄和妓院，是地处深山的红河谷底一个灯红酒绿的不夜港。后来红河水浅，加上陆上交通发达，蔓耗就衰落了。

我们路经蔓耗的时候，正值街日。那里有身着民族盛装的乡民在赶街，运货车、拖拉机和骡马大车熙熙攘攘，集市上特有的热烈气氛，依稀传达着昔日的繁华。我们今天要访问的地点，是位于蔓耗境内的绿水河热带雨林。这次南下，我仍不忘二十多年前在西双版纳逗留的情景，我想念那里无边无际的森林，以及密林深处的野象群。我以为要看热带雨林，非去西双版纳不可，个旧的主人细心周到，特地安排了绿水河之行。他们说，绿水河也属于热带地貌，那里保留了非常完整的一片热带雨林。

绿水河是一条从山间奔泻而下的山涧，它是地名，也是一个著名的水力发电厂的名字。绿水河水电站是当年为了战备而建设的一座地下电站，建于二十世纪六十年代。整个的绿水河流域，就是发电厂的施工地。这座电站的特点是高水头、深地下、多层、多道，用的是绿水河的山间急流发电。当年数百职工身带草帽、背壶、镰刀"三件宝",自"大跃进"的年代开始在这里创业,迄今已近半个世纪。他们在深山河谷建设了自己美好的家园。

以往,在我们的概念中,建设的代价总是对生态环境的破坏。一般的铺路建房尚且如此,何况像绿水河这样大型水电站的建设?但是红河谷改变了我们的看法,我们看到的是另一种景象。水电站的职工不仅把昔日的荒山建成了温馨美丽的家园,而且硬是把一大片大约总面积达五千亩的热带雨林给原汁原样地保全了下来。电站办公室的一位女士向我们介绍,他们不仅保护了原有的这一片珍贵的原始森林,而且在施工建设的漫长岁月中,在厂区和生活区周围遍植荔枝、龙眼、香蕉、芒果多种果树。单是芒果一项,他们就种了五千余株。绿水河的芒果远近闻名,芒果成熟季节,附近各单位纷纷驱车来购,供不应求。如今的绿水河电站,已是一座瓜果飘香的大花园。

为看热带雨林而看了水电站,看了水电站而更深地了解了这一片热带雨林得以保存的奥秘,这是这次红河谷之旅的意外收获。在绿水河两岸,在茂密的原始森林里,这里生长着三千余种热带和亚热带的稀有动植物。沿着盘山小道,我们进入森林,迎面就是一株矗立天际的巨大的董棕,这是长寿树。在湍急的山涧边,清澈的溪水飞溅着透明的珍珠。遍地都是青翠,遍地都是碧绿,漫山遍野的金花草、望天树、桫椤树。这里生长的多歧苏铁,被称为植物界的大熊猫。在深山,那里有云豹出没，那是国家一级保护动物。为了迎接我们的到来，电站的主人在厂史陈列室特意安排了梁建强、梁建云兄弟私人收集的蝴蝶标本展，三百余种五彩耀眼的"会飞的花朵"，让我们看到了大森林的富丽堂皇。

近年来总在外边跑，走过不少名山大川，也看过不少古代遗存的名胜，当然还有更多的新开发的景点。值得注意的是，所谓的新开发往往是生产和制造"假古董"的缘由。有时不免痛心地想，与其如今这样地"制造"，当初为何要毁坏？有时听到某省某地又有某处旅游资源被开发了，闻之总是有些胆战心惊。因为新开发就意味着新破坏。来到绿水河水电站，原先也带着此种担心，但热带雨林的现实使我心为之释然——电站的建设不仅未曾破坏，而且有效地保护和发展了这里的生态环境。绿水河水电站乃是一个楷模。

此日同游蔓耗原始森林的，还有云南大学的赵仲牧教授，他是美学家，又擅长楹联。他即席拟了一副对联持赠电站主人。联曰：

雨林深处谁曾到？
绿水河边我有缘。

此联工整匀妥，大抵能表达我等的感受。

2004年1月8日于丽江虎跳峡宾馆

山海的那一边

相逢一笑

　　到了台南，扑面而来的是椰林、沙滩、大海的温馨。会议在成功大学举行，成大的校园非常美丽，花影中的雕塑，一棵大榕树，占了大半个操场。这天瘂弦与我同行，他指着一排房子告诉我，那里曾是军营，他住过，朱西宁和司马中原也住过，他们后来都成了作家。

　　二十世纪五十年代，他们都在军中服役，"我们在海边挖坑道，怕你们打过来。"瘂弦说这话时，轻松而快活地笑着。阳光透过榕树的浓荫，花也似的洒下来。他知道那时我也在军中服役。

　　我告诉他，他在这边挖坑道时，我在那边也挖："我们也怕你们打过来。"我同样非常惬意地笑着。这些都是真实的故事。我服役的部队是人民解放军第三野战军二十八军八十三师二四九团。那时我们一个加强团挤在一个不大的岛上——福建莆田的南日岛，我们那时也是没白没黑地挖！那时我们的口号是"与阵地共存亡"。我的手上布满了血泡，扎了纱布，还挖。因为寂寞，我学会了抽烟。

会议的铃声在响，成功大学的师生们已在门前迎接我们。我来不及跟快乐的痖弦谈当日痛苦的一切，也许一切也在不言中，也许一切也都消散在历史的风烟中。此刻我们的心情是这么好，南台湾有美丽的沙滩，美丽的椰林，还有美丽的成功大学花影中的雕塑，还有我们的会议，两岸共同的文化，两岸各具特色的文学和诗歌。这些美丽，比一切的短暂都久远。

那些坑道和碉堡消失了，还有那些误解、敌意和仇恨，也都消失了。而成功大学校园的花在盛开，那棵大榕树见证着我们今天的聚会：文学、诗歌、雕塑，还有我和痖弦的相逢一笑。

2010年5月31日于北京昌平北七家

美丽而亲切的台大校园

　　会议的策划者和组织者郭枫是诗人，他深知我们这些人喜欢"游山玩水"的癖性，很有创意地把会场安排在台湾环岛：几个城市（台北、台中、台南、台东和花莲），几所大学（台大、中兴、成功和东华）。很好，既开了会，又实现了"全岛游"。再加上相知多年的来自四海的朋友——我和刘再复当年在芝加哥一别，竟是二十年前！这是一次十分快乐的行旅。

　　第一站是台北，第一个会场设在台湾大学。隆重简短的开幕式，没有冗长空洞的讲话，中午挤在一间课室里吃便当。一个小时的休息时间，齐益寿（原台大文学院长）领着我和刘心武参观台大校园。树木、鲜花、林荫道，上下课时林荫道上匆忙的自行车，这一切都像北大。这里也有一个湖，叫一个雅致而抒情的名字，那情景也像北大，令人想起北大那个至今尚未命名的湖。

　　齐益寿告诉我们，台大第一任校长是傅斯年，他把北大的精神带到了台湾。傅先生是老北大，办《新潮》时他还是中文系的学生，他是当年新文化运动的一员骁将，大家都记得他。台大为了纪念他，在校园竖起一口"傅钟"。那钟每天敲响，提醒人们不忘奋进。行走在台大校园，我忘了身在他乡，仿佛又回到熟悉的北大。

会议的第一场，有七人并坐台上，他们是：王蒙、高行健、刘再复、痖弦、李欧梵、陈若曦、郑培凯。他们是世界华文文学的象征。最难忘的是开幕会上马英九先生的发言，他说到中华文化的全球影响，说到汉字的美，说到"识正书简"，说到"政治要为文艺服务"。特别是后一句话，颠倒一个词序而新意全出。

记得事后阎连科风趣的讲话，他说，这几天地球的东方发生了三件大事：红衫军包围了总理府；美国要求人民币升值；再就是我们的世界华文文学会议。第一件是政治，要政治家解决；第二件是经济，要经济家和政治家一起解决；第三件是文学，文学的事靠文学家自己解决。此语一出，举座皆欢。

我个人也记得，20世纪80年代以来大陆与台湾的文学家往来，是经历了千辛万苦，冲破了种种障碍，终于使文学的互通走在了政治和经济的前面。事实证明，的确是靠文学家自己"解决了问题"。当然，文学家希望两岸进一步和解，互释善意，期待着政治为文学的互通提供新的推力。

2010年6月1日于北京大学

洛神花

我们自台中乘高铁抵台南，再从高雄改乘自强号，经屏东去知本。列车在断续的隧道里横穿碧翠的北太武山。隧道的尽头便是台湾的东海岸了，这时太平洋出现在车窗外，它以浩渺的碧波迎接我们。

进入我们下榻的富野宾馆，东部最初的温馨是阿美人少女递上来的一杯饮料。清冽的，艳红的，浓酽的甜中带着微酸的美丽的饮料，它的美艳惊吓了我，我有点沉醉了。我猜是杨梅、是樱桃、是草莓，台湾的朋友都说不是。他们告诉我，是此地的特产洛神花。

洛神花，多么清雅而浪漫的名字！我说花莲这地方多的是高山的阿美人，是何人给这僻野的花儿起这名字的？同行的诗人痖弦脱口而答：当然是曹植了！痖弦兄是我们当中最有学问的人，他的话你不能不信。我受了他的鼓舞，有点班门弄斧，接着"考证"：那曹植一定是寻找宓妃到过台湾了。众大笑。

在《洛神赋》中，洛神是一位美丽的女神。她瑰姿艳逸，柔情绰态，仿佛兮若轻云之蔽月，飘摇兮若流风之回雪。难怪才高八斗的曹子建对她一见钟情："彼何人斯，若此之艳也！"洛神花就是这绝世佳人的化身。台湾人说，这花因有火红艳丽的外表，散发着阿美人少女在山峦间天使般的气息，闪闪发光惹人怜爱，她是枝头上的红宝石。

糖渍的洛神花色泽红艳晶莹，吃法如北京的蜜饯，尤宜浸泡冰镇后饮用，如饮仙醪。据载，洛神花原产印度，二十世纪初引进于新加坡和夏威夷，在花东一带广为种植，成为当地名产。

匆匆数日欢聚，痖弦兄即将回他客居的加拿大，我也要回北京。临别依依，他赠我两盒我们共同爱恋的洛神花，留下了我们对台湾美丽、热烈而且甜蜜的记忆。

2010年4月24日，台湾归来，写于昌平

金门三件宝

　　金门有三件宝物，是金门人引以为傲的。第一件是风神爷。风神爷是土生土长的宝贝，好像别的地方还没有。它其实是一个神像，一个很可爱的小老头。其形象有点像内地到处可见的土地爷。那土地爷也是一个可爱的小老头，有时还带着他的夫人一起出场，那夫人就是土地奶奶。土地爷管的事可能多一些、也杂一些。风神爷属于专项管理的，他管的是风。和土地不同的是，土地爷多半住在庙里，而风神爷好像不喜欢住办公室，倒有点像站岗的士兵。这也可以理解为，这爷儿没有什么架子。

　　金门是一个海岛，境内并无高山，平地不多，倒是有一些丘陵，但起伏也不大。从海上刮来的风，是长驱直入，日夜无遮拦地吹。海上风势很猛，风也造成灾害，树木吹折，庄稼被毁，房屋倒塌。特别是台风季节，出海的渔船可能造成灭顶之灾。这样，风神爷的供奉就是非常必要的了。风神爷是保护神，可向它祈求太平，在人们的心目中，它是平安、安全、祥瑞的象征。老百姓指仗着它来造就一方安康，因此它是可爱的。

金门到处都可以看到风神爷。大的可以是一块巨石雕成，其大如丘石。有石制成的、有金属制成的，也有竹木或其他材料制成的。大一点的风神爷大抵都安放在有风的路口，意思是让它抵挡住那风。风神爷是金门的吉祥物，是亲友间相互馈赠的礼品。它现在已是一种旅游工艺品。各种材质制造的或方或圆或长或短或大或小或村或俏或敏或钝，非常生动。有做给女士用的饰品，有做给小孩用的玩具，有佩带物，也有悬挂件，可谓五花八门，万象纷呈。我离开金门时，金门的朋友送给我一尊风神爷，那是一个钥匙链的坠子。这坠子是我访问金门的珍贵纪念品。

金门地面不大，只是东南海中的一座岛屿，属于大的闽南文化圈。平心而论，金门有自己地方特色的文化资源，不是很多。但就是一个可爱的小老头，却活生生地造出了仅仅属于金门的著名品牌。对此我不免有些感慨，大陆旅游点的礼品市场，已经千篇一律到了令人生厌的地步，不论何时，不论何地，都是景泰蓝的瓶子，都是穿着各色民族服装的布娃娃，从南到北，从东到西，不论是山区还是平原，都是一例的劣质的玻璃珠子！但是金门小小一座岛，一个风神爷，却造出了万种风情。金门的经验颇值得我们深思。

金门人引以为骄的第二件宝物是金门高粱。金门是海岛沙地，盐碱很重，原先这里并不产高粱，当然也不造高粱酒。20世纪50年代，金门成了前线，驻军云集。军队要生产，驻军官兵要喝酒。而且那时北方的兵多，他们思乡心切。北方人是要喝白酒的，酒能解除乡愁。据说是守军的一位将军基于这些原因，开始引种高粱，同时找一些北方子弟会酿酒的，终于在海岛上酿出了高粱酒。在那边，那时也没有什么竞争，金门高粱是独一家。士兵退伍了，把金门高粱带到了台湾。终于又为台湾居民所钟爱。

那年我到台湾，前年我到金门，当地的朋友们在觥筹交错之际，每每隆重推出金门高粱，以示友情之重。每当这个场合，金门高粱也总不负众望，它成了两岸朋友心灵沟通的纽带。几杯金门高粱下肚，大家也都到了一种难忘的醉意。前面说过，金门原先并不产高粱，金门人也不酿高粱酒，但金门却硬是造出了这样闻名遐迩的名牌来。这样的事又不免使人再度发出感慨来。以大陆的丰富而优越的条件，应该能做出更多的地方品牌来才是。可惜的是，大陆的很多资源，都被平庸的思维白白地浪费了。

现在该说到那第三件宝物了。这第三件宝物是一把刀，金门人引为骄傲的金门菜刀。菜刀是到处都生产的，但金门菜刀却是一般所谓的"名优产品"无法比拟的。先说原料，就很特别。金门菜刀的原料来自五六十年代的金门炮战。那时有著名的单双日打炮的公告。每逢打炮的日子，海岸这边的远程大炮，就会向金门前沿阵地和其他军事目标倾泻出暴风雨般的炮弹。这些散落各处的弹片和部分哑炮，后来就成了金门菜刀的珍贵原料。炮弹用钢是极讲究的，用这样的弹片制成的菜刀当然也是无与伦比的。至于工艺，金门有第一流的工匠，他们世代相传，有着民间传统的高超技艺。

在金门的那些日子，我们参观了许多家制作和贩卖菜刀的铺子，这些铺子规模都不大，保留了民间前店后坊的格局。我们看到在飞扬的火焰中，炮弹厚厚的弹壳怎样被烧得通红，通红的炮弹怎样被切割、被锻造，最后变成一把又一把闪闪发光的金门菜刀的。炮弹意味着战争，菜刀意味着和平。那些战争的利器，如今化作了家居的平和和温情。感谢金门，感谢金门的乡亲，是他们以自己创造性的劳动，化干戈为玉帛。金门菜刀价格不菲，每把大约需要人民币一百多元至数百元不等。以这样的价格来购买一把菜刀，是要有一些决心的。幸好飞机上不让携带刀具，我们也就乐得省下这笔开销了。

金门三件宝，除了风神爷，其余两件均与战争有关。因为防守，于是有了在驻军倡导下的种植和酿造；因为进攻，于是有了成千上万吨炮弹的落下和爆炸。有趣的是，这些基于战事的原因，却意外地造出了反向的效果：高粱酒和菜刀，它们意味着日常生活的安定和温馨，它们连接着亲情、友谊，连接着和平时代的交流和沟通。在金门访问的那些日子，作为客人，我一方面享受着主人给予的热情而周到的款待，感受到亲情和乡情的温暖。另一方面，由于我曾经有过一段军旅生活的经历，特别由于我所服役的那支部队，曾经在金门交战中遭受过惨痛的损失，因此在金门，我有着与一般旅游者不同的内心感受。

我怀念那些记载着我们热情和单纯的失去的日子，怀念那些为自己的理想而献出生命的可敬的人们，我更为我们的今天祝福。值得庆幸的是，昨天曾经是炮击和爆炸的对话，今天则变成了名酒和欢宴的对话。那曾经充斥在漫长岁月里的仇恨和敌意，如今正在被鲜花、美酒、充满兄弟情谊的聚会，以及笑容可掬的风神爷所代替。我感谢金门的三件宝。

2004年7月7日于北京昌平北七家村

古宁头落日

在金门游览的程序表中有古宁头看落日一项。古宁头我们是去了，但却没能看到落日。那天很怪，一天都是晴朗的天气。我们去了马山观测站，又去了金门国家森林公园，都是一派风和日丽的景象。南方海岛上的秋日，仍是一片碧绿。甘蔗已经成熟，高粱却是青绿的饱满。太阳很暖和，也是灿烂如花。一路上，都是金门明亮的太阳引导着我们。可是我们就是没能看到灿烂如花的古宁头的落日景象。

这一天的行程安排得紧，早餐在金沙镇上吃"广东粥"（其实是闽南——可能是仿效广东的早茶——特别风味的一种咸粥）。这种粥用料考究，有十多种配料，鸡胗、鸡蛋、皮蛋、各色丸子、牛肉、鱼，外加青菜。就餐时，佐以一种特制的酥皮烧饼。这种烧饼吃时需特别小心，要用一种专门制就的纸托着，免得吃时饼屑四撒。这家食店生意好，它专做咸粥一项，做出了品牌。这顿早餐是金门采风文化发展协会理事长黄振良先生个人请客，没有任何仪式，也不客套。极朴素的一家小店，极具本地风味的著名小吃，这顿早餐给我们留下了深刻的印象。黄先生是此次诗酒文化节的具名邀请人，但他却没有机会表达地主之谊，所以挤了这天早点的时间来表达他的心意。

早餐匆匆结束，我们径往马山观测所。马山位于金门岛北端突出部，在那里，我们用肉眼可以看到对岸的角屿和大、小嶝岛的村落和山野。在森林公园我们在丛林环抱中有愉快的休憩。我们一路紧赶，为的是去看古宁头的落日。真的很怪，一路上一样都是晴朗的天气，待得临近古宁头了，天突然地阴晦了下来。闽南海岛的秋日的傍晚，应当是秋阳美艳如花的时节，可是，当我们到临古宁头的时候，那海滨却是一片愁云惨淡的景象。

古宁头在金门岛北端，那里有一片海湾，有一片沙滩和石礁，海水在那里缓缓地拍打着岸上的岩石。原先想象中的那一片血般的落日的殷红凄艳，此刻却为看不到头的愁云惨雾所取代。但见海涛翻滚之处，天边闪现了无际的灰暗。落日是看不见了。不看也罢，我给自己来了个安慰：要是真的看到了古宁头惨烈的落日，那将带给我们以何等沉重的心灵的伤痛？古宁头是一个很特殊的观光点。导游许燕萍小姐没有说明理由——她是金门旅行社的专职导游，我们则是来自大陆的客人，一切都无须说明，一切都彼此心中明白——她只是用严肃的语气向我们宣布不能高声说笑，不能照相，不能吃零食。一路上的轻松谈笑，都停了下来。我们依照旅游观光的路线，导游小姐也不再做任何介绍，大家用无声的沉默来感受那一段悲哀的历史，感受那已经消失在历史风烟中的噩梦一般的昨日，昨日的海浪的呼啸和海风的怒号，昨日的硝烟和火焰。

没有看到古宁头的落日，也许别人会觉得遗憾。因为从一般的观光者看来，能够站在金门北海岸的一个突出部，观看瑰丽而庄严的日落仪典，眺望那一派灿若黄金的、燃烧的丹红的熄灭而复归于寂静，那一定是非常惊心动魄的时辰。而在我，却是私心庆幸。我不愿看到那一切。我对那里曾经发生的一切有刻骨铭心的深知。我没能赶上看到那一伤心惨目的景象，对我来说是一种躲避。在想象中，那夕阳一定是极艳、极惨烈的殷殷之红，一定是闪着强光的、达于极限的、近于黑紫的那种绝望的红。是飞溅和迸裂，是爆炸和燃烧，是喊叫和呼啸，是一弯静水换成了激越的狂涛，而最后归于寂灭。连叹息也没有，就这样在那里沉没，在那里变成泥土，赶着春天生起遍地的绿。

在古宁头，大家无言。欢笑和歌声都没有，全车的人都在沉默。导游小姐说，这一带过去发生过许多怪异的事，搅得乡里不宁。人们说，这里阴气太重，很多孤魂不能回乡，因为没有旅资。善良的乡民集资请道士诵经超度，异兆终于平息。归途经过慈湖，湖边有一小孩在看垂钓。她向我微笑，天真地送给我一个飞吻。慈湖的轻浪拍打着岸，岸的那边，用截断的铁轨竖起了钢铁的栅栏——那是昨日阴森的记忆……

古宁头是伤心地，不说也罢，不说也罢。

2003年4月15日记金门游踪于北京大学畅春园

一生中最美丽的月亮

我们来到水头码头的时候，天已经暗下来了。码头上弥漫着一片悄悄地欢乐而又安详的气氛。人们排队等候出航，准备出席今天海上的中秋约会。三只轮船：金龙号、马可波罗号和太武号，分别载着来自各地的宾客，大家次第登船。我们这些来自大陆的客人，享受着贵宾的礼遇，乘坐的是其中最豪华的太武轮。太武轮以太武山命名。太武山是金门的最高峰，是金门的象征。

海面没有风，也没有浪，出奇地宁静。多情的海，仿佛是敛着气，也屏着声，生恐哪怕是一点点的喧哗也会惊走这半个世纪苦苦等待的甜蜜。这是2002年的中秋之夜，我们在金门岛。金、厦两门相约，今夜于海上举杯邀月共庆中华的团圆节。三艘满载着嘉宾的轮船出海了，我们的心中满怀着幸福的期待，就像是去赴爱情的密会。太武轮走在最后，这船的顶层，正在现场直播金门各界的中秋联欢，以及县长举行的酒会。张惠妹的演唱，月亮代表我的心，欢乐的舞，还有充满泥土气息的闽南的乡音……

南国的秋夜依然和暖。那风仿佛是酒，吹得人醉。我们穿的只是薄薄的正装，却经不住海上的风一吹，又有了夏季的热情。也是过于殷切的盼望，也许是过于热烈的期待，盼望着那一刻，期待着那一刻，总是与宁静的大海成反比的不宁静的心情——那里，每一个人的内心都是一座激情澎湃的大海。

从厦门的何厝用肉眼可以望见金门，同样，在金门的马山前沿可以非常清晰地望见对面的炊烟和树林。金厦两门，隔着的只是盈盈一水。可就是这一弯碧水，却把它们隔成了可望而不可即的两个彼此原本熟悉却显得陌生的世界。半个世纪的漫漫岁月，这海峡的上空，飞着的不是鸟，也不是云彩，而是炮弹，而是连绵不绝的爆炸声！这边的相思树，那边的甘蔗林，都在炮火中呻吟。无论是那边，还是这边，孩子们都只能在战壕和坑道里上学。如今，我们终于来到了这里，这里住着的是自己的乡亲，一样的装束，一样的方音，一样让人垂涎的蚵煎和面线糊。这里原本就是我们自己的家园，这边是，那边也是。

我们是幸运的，我们的头顶没有了战机，我们的眼前没有了刺刀。白鹭从这边飞到那边，花香从那边飘到这边。记得诗人说过欧洲内陆的那面后来已拆掉的墙，曾把一个国家切成了两半，把一座城市拆成了两半，但风依然吹着，花香和云影都阻挡不了。我们这里也曾有一面眼睛看不见的墙，虽然无形，但却同样的深，同样的厚。但是月亮能够切割么？不能。亲缘和血脉能够割断么？不会的。那么语言呢？方块字呢？还有五千年流传至今的文化传承呢？这一切能把我们分开么？

三艘从金门出发的船只开到宽阔的海面上停住了。金门的乡亲，还有作为大陆客人的我们，仿佛受到了感染，屏住了呼吸，静下来了，都把目光投向了海面。突然，厦门的方向升起了礼花，那是迎接我们的！礼花把大海幻成一座灯光织成的花园。晚九点，从厦门驶出的新集美号来到了我们的身边。这边、那边都放起了烟火，彩带、鲜花、锣鼓、歌声，把原先宁静的海面搅成了癫狂的世界！

这是两岸同胞隔绝五十年之后，第一次在海上共度中秋的夜晚。象征着团圆的大月饼，从那边抬到了这边；象征着浓浓的亲情的金门高粱酒，从这边抬到了那边。几艘船靠在了一起，那是久别重逢的激情的拥抱。这船上的人来到那船，那船的人来到这船，这里没有边检，这里不需要证件，这里只有信任，只有一颗颗真挚的心。我们是赴爱情的约会而来的，难道爱情还需要审查么？

浪依然平静，风依然柔和，我们听不见浪花拍打船舷的声音。音乐在耳边，笑语在耳边，但海是沉思的。它在沉思这令几代人痛苦的长久的别离，沉思今天这来之不易的团聚，沉思这不易的团聚何时会变成日常生活的常态。平静的大海此刻也变得不平静了，烟花光影里，礼炮声浪中，我仿佛看见那多情的碧海闪动着泪花，它在为我们祝福，祝福这平安而宁静的夜晚年年岁岁，岁岁年年！

告别的时候到了，太武轮拉响了汽笛，它掉头的时候，船尾放起了美丽的烟花。在烟花的光亮中，我仿佛看见那含着泪花的眼睛，是快乐，是依恋，又有一些伤感。人们的双眼都是湿的。

我站在太武轮的船舷上，望见了太武山的上空悬挂着一轮月亮。那不是我在峨眉山金顶上面看到的那一轮月亮么？那不是我在渤海之滨看到的那一轮月亮么？是的，它是。不仅是我所看到的今天的月亮，而且也是李白在万户捣衣声中望见的悬挂在长安城头的那一轮月亮，也是杜甫在客中想象中悬挂在故乡窗前照着妻子湿湿的云鬟的那一轮月亮。但是，我认定，此刻我所望见的悬挂在太武山上的这一轮月亮是最美的。

美丽的月亮。我已经看到的，我还将看到的，所有的月亮都比不过它——2002年中秋节的夜晚，我在驶还金门的太武轮上望见的悬挂在太武山巅那一轮水晶一样的、玉石一样的月亮，今生今世，我所能看到的最美丽的月亮！

2002年10月31日于北京昌平北七家村

蝴蝶也会哭泣

香港有位诗人出了一本诗集，叫《蝴蝶不哭泣》。当然，他是以诗喻蝶。他把这种表达情感的诗当成了花间蝶影，送给他之所爱。这本诗集勾起了我关于蝴蝶的一些记忆。一些人喜欢把香港视为沙漠，沙漠就不会有蝴蝶。然而，令我们这些外来人吃惊的是，在这个高度发达的金融社会里，在这个高楼丛林般耸起的国际大都会里，蝴蝶依然在飘飞，在繁衍。

我所在的岭南学院，建于半山地带。由这里向前俯瞰，东为铜锣湾，西为中环，正面对着湾仔的繁华市区。都市挤到了山间。于是岭南学院找到了一个绝好的位置，它背倚金马伦山，苍郁的亚热带植物瀑布般向它倾泻而来。岭南学院整个就笼罩在绿海中。山间有奇花异草，温湿的气候使百卉丛生。山间上下有来来往往锻炼身体的人，可是森林却被保护得无懈可击。于是，这里也成了蝴蝶世界。蝴蝶飞到操场上，走廊里。

香港这一景观改变了我们从别处得到的定见——这里不仅是文化沙漠，而且也是名副其实的自然沙漠。不对了，六百万固定人口，加上数十万流动人口的密集区，而自然生态相对来说，却得到了很好的保护。噪声和粉尘都比我生活的那座名城少。在那座城里生活，鞋面和领口半天就可以蒙尘变黑，而这里不会。这里的蝴蝶不哭泣。

勾起的一段记忆是，上个月的某日在内地，一位来自云南的诗人向我说起了那里的一则新闻。是这则让我吃惊的新闻给了我这篇文字的题目：蝴蝶也会哭泣。不幸的蝴蝶在另一些地方哭泣，其中包括我情有独钟的丰富、美丽、神奇的土地：云南。

云南是蝴蝶的王国。据说它拥有世界上最多的蝴蝶品种。云南有非常奇妙的自然景观，有一些地区，高寒地带的雪山冰峰和河谷地带的热带雨林共存于同一时空。它有外边罕见的"立体气候"。大理蝴蝶泉是造物者赐给云南的天下瑰宝。二十年前我到大理，就听说蝴蝶泉看不到蝴蝶了。因为农药的大量施放，以及空气污染，那里一年一度的"蝴蝶会"也被永远地取消了。那地方尽管以极度的诗意诱惑着我，但是，与其在现实中失望，不如在想象中永存那美好。那时我有一段很长的时间住在下关，但仍然不去咫尺之近的蝴蝶泉。我受现实的伤害已多，我不愿心灵再受创伤。

事情是那位诗人引发的，他说，云南也是为"对外开放"

寻找窍门。"开发旅游资源"的一大发明便是捕捉蝴蝶做标本卖钱。他们很得意地宣布：我们有的是资源，我们的蝴蝶品种最多，也最美丽。这个消息被刊登在当地一家销量很大的报纸的头版显著位置上。

这消息之所以让人震惊是人们并没有为已经死去的蝴蝶哀悼，他们似乎着意于毁灭那里的全部蝴蝶。愚钝使人们决心与自然血战到底，他们并不在意毁灭自然的结果是毁灭人类自身，他们只要有钱就行。

蝴蝶会笑吗？蝴蝶会哭吗？在我们号称文明古国的富庶大地之上，蝴蝶的确在哭泣，哭泣、死亡将不可挽回地降临。世代繁衍在这片美丽土地上的蝴蝶，也许将为它们濒临灭绝而惊悚。

1993年6月25日于香港

金马伦山麓

我惊喜，这山间小径竟为我而设！从这里至山腰不过数十米一道陡坡，但却设了十几道盘山曲径，为的是使攀援者不感吃力。这小径宽仅容人，窄处一人也需侧身。但你脚下的每一步都设计得恰到好处：小泥铺设不用说了，你若感到坡陡踩踏不适，脚下便悄然出现小凳为你方便。你行在此间，总觉得步步有人事先为你安排停妥。来香港近两个月了，每日上下的除我不见有第二个人。我之所以惊叹，在于一条人迹罕至的小径，竟有如此周到的体贴入微。况且，这山路沿线，却有不止一条这样让人感动的攀缘小径。

从香港的地图上看，这里的位置应当是港岛中部的金马伦山。我们住的岭南学院风景秀丽，校舍倚山而筑，红墙青瓦点缀于满山青翠之间。从铭衍堂东行，数百步登山，过卫园，有小门半开，似在迎逛人的到来。由此往上走，便是开头提到的那条"为我专设"的小径。身行此间，全为树木和藤蔓所包围，不及百步而止，赫然出现一条沿山而建的健身径！

健身径车辆禁行，林木苍郁，遮天蔽日，寂然一僻静山野。然自林丛间隙外望，中环、湾仔、铜锣湾如林的巨厦耸峙于眼前，竟是如此奇伟的现代都市风光。置身城市繁华而拥有山林静坐的奇观，不身历其境者定难置信。

宝云道健身径全长4000米。沿线所及，设涵洞以泄急流，置支架以固危石，山路断处有桥梁通接，林荫深处设座椅以憩游人。山道之旁，处处设果皮箱，设热线求助电话，设各种健身器械。每日清早，各种肤色各种年龄的人齐来晨运，或跑或走或不跑不走地练拳运气，也可带狗出行。可说是华洋杂处各得其所，一派安谧和谐的气氛。

有趣的是，现代方式的健身运动与传统的宗教敬神活动在这里有奇妙的结合。宝云道沿途诸多神龛佛像，敬神的品类也颇庞杂，大抵是观音、财神、土地，也有"丘仲尼"。这里禁止抽烟，却不禁焚香烧纸。神像香火不断，鲜花时果常新，敬奉者多为年长女性，也有土洋结合边跑步边礼拜的。

这场面让人感到平和和宽容。社会的组合繁复驳杂，人际关系却相对单纯和谐。信仰和习性各不相类，但却彼此尊重而能共处。但人人必须自觉遵守约定的秩序，否则，全社会都会起而谴责。在宝云公园见到一则告示，从内容到文风都富有香港情趣："这地区内，有狗只曾被毒害。现建议阁下替你的狗只戴上口罩及佩上狗绳。跑马地警署分区指挥官示。"我发现沿途不少狗,果然被主人戴上了口罩,佩上了狗绳。

这社会很精细,每一个细节都有人想到,也都有人管。而处于每一个细节中的人,人人都遵守社会共约。香港弹丸之地,人口密集拥挤世所闻名,但从地铁站到巴士站,从电车到的士站,不管队伍有多长,后来者总自觉地站到队伍的最后。在公共电话房前,只要有三个人等候,就会主动地排出一条队来。香港街头人流如注,摩肩接踵,人们总是笑脸相向不见恶语伤人,当然更少见拳脚交加之事。因而,置身于繁华的都市,反而觉得寂静而安详。

我初上宝云道健身径时所发出的"为我而设"的惊叹,也许是一个外来者的少见多怪。这城市的居民对社会为他们的周到安排早已安之若素。宝云道只是这个巨大城市的一根纤维。它有那么多的通衢大道,有那么多的广场中心,时时处处无不让人感到,这一切原来是为我而设!那么,这金马伦山麓的区区4000米的山道又有什么可惊叹的呢?

1993年8月1日于香港岭南学院

维多利亚海滨绿意

现在我站在九龙半岛的最南端，身边是古老的原九广铁路起点站的钟楼，以及近年新建的香港文化中心。这是一个庞大的建筑群，集中显示了香港要在商贸以外的领域中发挥更大作用的宏大意愿。

温柔的维多利亚港在我面前展开它的一片蔚蓝。它被香港最繁华地段的中环、金钟、湾仔和铜锣湾所拥抱。从上环逶迤向着北角，仿佛是半个月牙簇拥着一片软缎似的碧波。香港是飘满花香的港湾，这个位于中国南方的宝石一般的岛屿，整个飘散着柔柔的、软软的、轻轻淡淡的亚热带情调。

这里的雨是轻轻地洒，风是轻轻地吹。暖雨熏风加上南海辐射过来的阳光的照晒，楼群仿佛就是一阵春雨过后冒出地表的竹笋，竞相向着业已相当拥挤的天空。

我住在香港的这段日子，正是暑热而多飓风的季节。偶尔有豪雨喧哗，也偶尔有台风袭击。香港对此作出了不免夸张的反应：海边升起了风球，电视台不断报告风力的等级，轮渡也停了。这给外来的客人以局势严重的印象，其实，对于习惯了西伯利亚寒流和蒙古戈壁刮来的风沙的人来说，香港所大声喧嚷的风情雨意是有点大惊小怪。香港是太习惯于舒适的环境了。

香港这片楼群的森林就在这样温湿气候的抚摸下，拔节有声地向着天空伸展。这些高楼把太阳遮蔽了，也把月亮吞食了。但香港人怀想大自然的景色，他们把前面提到的那座文化中心里最大的菜馆取名映月楼。我来到此间的那个夜晚，香港友人招宴映月楼。那晚虽是晴天，依然望不见月色，当然也无从领略海水映月的美景——地面和空中的灯光太亮了。这样的名称当然表达了香港人对于自然的渴望和向往。

在我们以往的认知中，认为都市的繁荣和社会的发达必须以牺牲自然生态为代价。但香港的现实改变了这种看法，它证实，社会的文明程度决定了社会对于自然的保护和尊重可能达到的程度。香港岛面对九龙这一面海滨，自北往南是一个斜坡。由此渐行而海拔渐高，至太平山为港岛制高点。那些坡地和山巅如今也到处都是拔地而起的楼群。但即使如此，在峰峦和沟谷间，却依然披带着南国不凋的葱绿。

从尖沙咀眺望香港岛，你会由衷赞叹人类的伟力。一方面，人类在这里不遗余力地保留自然的创造：这里的海滩洁净，这里的花木葱茏，这里的绿草如茵。另一方面，他们又试图再造一个世界，以代替自然所给予的。他们用自己的大脑和双手果然创造了一个新世界：这是用钢材、水泥、电力和电子技术造出来的。人类在建设物质财富方面表现出非常卓越的才能，以及咄咄逼人的气势。这物质世界无穷尽地占领，仿佛要把大自然逼迫到无法生存的所在。如同现在香港所从事的那样，楼群和建筑物可说是见缝插针般蔓延着。

但自然世界并没有在物质世界面前退却。自然和人类在这里神奇地保持了和谐。在号称水泥沙漠的香港，能够发现满目可见的绿洲实在是一个意外。在中文大学和岭南学院，甚至是处于市中心的香港大学，这里的学府都笼罩着绿荫。在中环，号称香港华尔街的银行区，集中了全世界最显赫的巨贾豪商，但这里的街树依然绿着，草地依然绿着。香港动植物园赫然在闹市一角制造一片绿色的静谧。在摩天大楼的间隙，点缀着绿色的皇后广场、纪念花园和遮打花园。

在香港，看不到在别处触目可见的情景，那些开发区和旅游点的建立，都无一例外地伴随着绿色的毁灭——往往是以扼杀稻田和砍伐树林为代价制造"繁荣"。在那些地方，人类每向前一步，就多了一分自然的死亡，人和自然的战争没有终止之日。

登太平山看香港夜景

　　到香港不到山顶看夜景是一大遗憾。但到香港的客人大抵都不会错过这个机会，因为这里的主人很为他们拥有如此奇景自豪。我不止一次听到香港人由衷地称赞说，全世界城市的夜景只有香港最美。我相信这话，因为他们走的地方多，有比较。

　　纽约的夜景我看过，在帝国大厦的最高层。灯火弥漫处但看哈德逊河浩瀚注入大西洋，那景色非常壮观。但纽约似乎有点大而无当，帝国大厦在风中颤颤悠悠，让人心里紧张，减少了欣赏景色时应有的那份从容。再则，纽约是一个铺展的平地，没有起伏，景色也单调。整个给人的印象是壮阔、沉雄、博大，但不够舒缓平和，似乎少了点余韵。

　　香港不同，比起纽约，香港要小得多。但香港有山，有海，另外，那市街闹区和楼群建筑都相对集中，无非是铜锣湾至中环由东向西面对维多利亚港这一线。这样，从山上高处望去，灯海灯山，参差错落，高处峭拔，低处含蓄，张弛合度，繁盛绮丽而充满祥瑞气氛。

在山顶看香港夜色，感到是香港在向世界炫耀它的豪富，它把金光闪烁的珠宝撒得天上地下一片辉煌！但这一切，都在寂然无声中透出它震天动地的喧哗。那色彩斑斓的光流电波，那珠光宝气的飞云飘雾，如狂涛急雨般向你扑来。这一切是那样地势不可阻，却又使你心境恬然，在喧嚣中静享安谧。

纽约代表西方的美感，热情、奔放、汹涌澎湃，重外在的表现而不以蕴藉为期许。而香港则代表东方的美感，它平和、内蕴，不尚夸饰，却让你在不知不觉中接受它丰富雄浑的震撼。

那日自上环港澳码头经步行桥走至中环，夕阳映照着对岸九龙半岛的尖沙咀，那边反照着一道柔和的光晕。维多利亚的海水总是那么湛蓝。海上泊有货轮，而来往于岛与半岛、离岛之间的轮渡，也在平静而有节奏地运行着。香港是如此繁忙，但你置身其中，却感受不到市声的袭扰，似乎一切震颤与跳宕都被这东方式的包容和谦和所消融。

行走在这步行桥上实在是极大的享受，烈日风雨都袭击不到它，也不受风驰电掣车流的威胁。一边是秀丽的海景，一边是繁华的市街，在这里你可以感受到舒适、美好，似乎一切现实和心灵的重压都得到了释放。都说都市生活拥挤、嘈杂、不洁，但香港有足够的理由让你改变这样的看法。

不觉间来到中环。从这里乘坐缆车或巴士可以直抵山顶。

缆车登山是香港一趣，但我却更喜欢乘坐巴士。我总是跑到巴士楼上那一层，找最前面临窗的座位坐下。香港街道都不宽，在那里我可以居高临下地饱赏大都会繁盛多彩的街景。珠宝金饰的光艳和街旁食肆蒸腾的热气，都和你没有间隔，这种亲切感，是其他大城市如纽约、伦敦、北京都享受不到的。

从中环巴士总站登上开往山顶的巴士，途经干诺道，过爱丁堡广场，在金钟转入皇后大道东行，沿司徒拔道蜿蜒而上。我乘坐的十五路巴士从中环开出的时候，周围是一片黄昏景象。我担心观看香港夜景可能时间早了些。但却不然，车子登上山路，左旋右转，曲折逶迤，及至来到山巅，恰是夕照入海华灯满城的时刻。

这时香港展示了它全部的富丽堂皇。从缆车和巴士上来的，乘小巴和驾着私人小汽车上来的，全是为了一睹这繁荣祥和的太平景象。在香港，灯火不是为节日而设，而是夜夜如斯，年年如斯。太平山永远祝祷着年年岁岁的太平。那山下山上，海滨山崖，冲天拔地而起的圆柱形的、尖锥形的、方形和菱形的灯柱，构成了固体的火树银花的世界。此时夜正深沉，星河灿烂，灯海翻腾，都在无声地颂赞着世界东方的永远的平安夜。

1993年8月21日于香港岭南学院铭衍堂

相聚在澳门

澳门大学坐落在氹仔半山，依山建校。汽车进校环行可达山顶，从那里可以俯瞰碧蓝而柔婉的南海波涛。夜晚登山，眺望连接澳门和氹仔的两座跨海大桥，宛若撒在海上的两串珍珠，而在白天，则是连接岛与半岛之间的两道彩虹。

我到澳门大学时正是北方天寒地冻的季节，而在澳门却依然是乱花迷眼的春天景象：草依然在绿，花依然在开。路旁和山崖也开满了在香港到处可见的紫荆花，那些南国艳丽的攀缘植物，三角梅和凌霄花，也都在晴朗的天宇下无忧无虑地绽放着。在澳门，我甩掉了臃肿的御寒衣服，意外地获得了一年里的第二个春天。

更重要的是心情，我在澳门大学的每一天，都像是生活在春天里。不仅是这里有宜人的气候，而且是我的学生们让我愉快并变得年轻起来。我授课的这个班，是澳大中文系招收的第一批在职硕士生班。学生们来自澳门的各种行业，他们平时没有时间，都是利用双休日的空闲时间来这里上课。从星期六上午到星期天下午，整整两天课都排得满满的。这些在职研究生，他们必须用别人休息的时间来完成自己的学业。当然，所有的费用也必须由自己筹措。一些成了家的学生，甚至也把孩子带到学校"陪读"——因为他们找不到更好的办法让孩子过自己的假日。澳门是一个忙碌的商业社会，人们的日子都过得紧张。这些学生，他们既不能放弃他们的职业，也不能放弃他们的求知，较之他人，他们有加倍的忙碌和付出。这情景很让人感动。

于是，在澳门短暂的时间里，我因有和学生们共同拥有的双休日的忙碌，而获得了意外的充实。上午下午排得满满的课程，老师和同学都疲于奔命，我们只能在课程休息的间隙聊聊课程以外的事情，那也是匆匆忙忙的。每日中午，是我们师生最轻松也最愉快的时刻。这些"走读"的学生们中午只能在学校用餐，学生们都愿意借这个机会和老师交谈。他们总是逐日周到地安排餐馆，使我们在享用各有特色的美餐时，在情感上也能够得到融洽的交流。

中午的餐叙一般都在学校的近处，新世纪酒店是我们常去的地方，那里有最正宗的粤菜。有时兴起，则驱车前往海岛市——那里是氹仔的老城——找各种有特色的菜馆。有时是粤式茶点，有时也改换口味，找葡萄牙式的西餐厅。海岛市区有一家著名的葡国餐馆叫"小飞象",他们的看家菜有烤沙丁鱼、咸马加休煮土豆、咖喱越南蟹等。标榜是正宗葡京风味,懂行的人则说未必,数百年来的中葡文化互融,早已是你中有我、我中有你了。例如这店里的菜谱上就有"咸猪手"一道,就让人怀疑它的"正宗性"。

亚热带的冬日中午,依然有懒洋洋的阳光。我和我的学生们,围坐在老榕树的浓荫下,饮着咖啡或啜着香茗,谈人生,谈学术,也谈工作,享受着南国迷人的中午的宁静。但这种忙里偷闲的聚会毕竟匆匆,令人销魂的"工作午餐"不能不匆忙地结束,我们下午还有课。学生们总是用车送我到宿舍,让我稍做休憩。他们则聚到教室里,或伏案假寐,或阅读书报。而后,又开始午后紧张的学业。

那一日午后上课,我推开教室,里面飘出歌声。因为是周末,四邻无人,他们正在无拘无束地引吭高歌。站着、坐着、拥着,完全地放松,完全地陶醉。我被这动人的场面所吸引,也受到了感染。在电视上我看到过那些忸怩作态的拙劣表演,也曾在一些餐叙场合领略过那些卡拉OK的即兴演唱,但那些都引不起我的兴味。而此刻,这些澳门学生们既无伴奏又不化装的集体演唱,却深深地感动了我。他们是那样尽兴,那样投入,为自己所陶醉,也陶醉着别人。他们从"黄河大合唱"唱到"毕业歌",从"夜半歌声"唱到"歌唱祖国"。我跨进了教室,他们似无所知,歌声仍不停止。他们是完全地忘情了!

那一次午休时节的歌咏，给了我深刻的印象。我发现我和我的学生们的心一下子靠近了：这是我的澳门学生，这更是我的中国学生！他们的血管里流着中国血，他们的生命植根于中国的大地。中国的历史、文化的滋养，中国式的思维和情感方式，他们和我原来是这样的亲近！那次返京，我选择了从珠海入关。从澳门市区来到珠海的拱北，只是一步的跨越。我的突出感受是：我脚下的土地毕竟是连在一起的。

1998年12月4日于北京大学畅春园

古代游记文学的荟萃

——读《中国古代游记选》

　　一代人又一代人匆匆地走过去，他们把山川名胜留给了后人。我们如能登临其地，看到的却不仅是那些迷人的风物，还有"历史"。我们仿佛听见那些匆匆的或是缓缓的脚步声，听见他们因各自的经历而在同一对象面前实现心灵对于客体的"再造"：或生发兴亡的慨叹，或寄托品格与操守。永州那些小小的丘山和小小的石潭，久远地鸣响着柳宗元藏于清淡平和之中的深深的忧愤；赤壁夜游前后二赋，于超然放达之中传达着苏轼内心并不平静的清高自恃。我们在山水林泉之中看到了先人的忧患欢乐。别看那是一座座静默的山，一道道无言的水，我们都可以视它们为那些历史上杰出人们的"情感的化石"。

　　中国的疆土异常辽阔，山川风物之盛世所罕有。要是我们来到一座古寺，望见一片翠岚，我们眼前只有"无生命"的自然界或是建筑物，我们不知道它建于何时，因何得名，历史上曾有哪些名人登临过，他们曾在此抒发了什么样的感慨，寄托了什么样的情怀，尽管我们面对雄关宝刹，我们的所获却与名山胜景的价值极不相称。基于这样的认识，我向读者郑重推荐中国旅游出版社上、下两巨册《中国古代游记选》。

由于本书五位选注者都是研究中国古典文学的专家，因而这个选本的特点是史的观念十分突出。选注者注意到游记文学发生发展的全部历史，他们在叙述这个历史时，把游记这一文体的出现及其成熟，紧紧联系着历史上的文学观念的沿革加以考查。他们信守着一个严格的界定，即从韵文中分离出来作为散文的游记文学，是伴随着文学观念的日趋完善的历史产物。但他们也还是从最初的不纯粹的文章中发掘出并选录了有着纯粹的文学性质的游记文学。

选本的首篇是东汉马第伯的《封禅仪记》，选自《后汉书·祭祀志》的注引。作者系跟随汉光武帝刘秀登泰山行封禅仪并预为登山检查道路的虎贲郎将，他以实录体文字生动有趣地记录了两千年前人们登泰山的情景。两千年后的我们登泰山，要是首先了解了这段文字，一定会使我们的旅游活动充满了历史意识。本书的选注者从非文学的著作中发掘出文学的结晶体，由此可以说明选家渊博的学识和他们严肃的治学精神。这方面的实例甚多，如他们注意到郦道元在《水经注》中曾经提及的谢灵运佚失的《山居记》，由《山居记》而推及尚存的《山居赋》。因为前者属于应用文字，后者属于辞赋骈文，均不是严格意义上的散文体文学游记，但编者依然注意到了《山居赋》的注文，认为是"近似游记的片段"。现在看看那些选注者援引的片段文字，确是极优美的游记作品。由此可见选注者开阔的视野以及缜密的治学态度。据此可以判断：《中国古代游记选》充分地体现了文学史学者的编选风格。

前已述及，这个选本的选目是在严格的散文的游记文学的概念下确定的，故选目的严格精当不失为选本的另一重要特色。能够体现一个时代的游记文学之精髓的作者的选目每人多达五或三篇，来必能概括一个时代，但确能体现作者的艺术个性者则择其一二精品。这些文章连贯起来，我们便可以得到这一多彩多姿的古代文学支派的发展的脉络。

随着人类对大自然山水的认识和征服，古代游记创作的发展也经历着观念的变化。从先秦两汉对于自然的神化和随后的把山水君子化，经过魏晋的玄虚化，南朝的隐逸化，唐宋的志士、仁人的作品体现了游记文学的学者化，到从晚明小品开始而迄于清的把山水作为艺术的欣赏而呈现的旅游的特点，至晚清、近代的政论化，历代游记作品鲜明地表现出各自的时代精神和艺术风格。从另一侧面看，随着文学语言的变化，古代游记又经历着由骈而散的发展过程。从中唐以后真正的游记散文作品大量出现，经过历代文人的艺术实践，终于形成了古代游记散文的优良传统。

全书共选入八十多人的一百余篇作品，内容有前述东汉《封禅仪记》的片段和六朝骈文中的记，而以唐宋以后的文学游记为主。读者手执一卷，既可以精要地欣赏古代优秀游记作品，又可从中大体了解作为文学的游记发生发展的轮廓，从而获得一定的历史知识。特别值得称道的是本书的注释，为了适应更多读者的阅读要求，本书注释详尽而简明，不作烦琐的考证和征引，以切实地有利于读者为目的。如郦道元《三峡》最后一句"山水有灵，亦当惊知己于千古矣"并无典故，但为了方便于广大的读者，还是加了注文："意谓如果三峡山水有灵性的话，则也应当因为远古以来遇到一位知己而吃惊了。'千古'，久远的年代。"不熟悉古文的人，遇到困难不仅在于文中用典，有时在于文意不能贯通，编选者的精心建立于对读者的了解之上。

中国悠久的历史，辽阔的疆域，构成了独特的时空，再加上到处可见的自然景观和历史文物，使它成为东方文明的历史化身。从宏观的角度考察，游记文学的功绩不仅是把这一切文学化了，而且是人格化了。张岱的《西湖七月半》不仅是一篇简洁优美的游记小品，我们透过作者轻松随意的文笔勾画出来的令人眼花缭乱的人情世态，可以体察到一个身经亡国之痛的士人的愤世嫉俗的心境。至于徐霞客的游记，却不仅是保存了丰富的地理资料，也不仅是笔墨酣畅的旅游文学，而且是一个有抱负有追求的人在艰难路途上的坚韧跋涉。我们得到的不光是艺术的享受，还有勇敢、毅力和顽强坚持的人格教育。即使不是作为旅游者，我们手执一卷《中国古代游记选》，做历时千百年、行程千万里的"神游"，也是一件极快乐的事。

编后记

刘福春

　　说谢冕老师喜欢"游山玩水"一点都不假。虽然谢老师《美丽而亲切的台大校园》一文中在"喜欢'游山玩水'"之后加了"癖性"二字，但我还是认为在谢老师的词典中"游山玩水"这个词含有满满的正能量，令人羡慕。谢老师七十岁后到外地旅行的次数明显增加，有时竟连去两三地甚至更多，当然这些外地之行多与学术和诗歌有关。让人惊喜的是，谢老师七十六岁实现了绕西湖跑一圈的愿望，八十三岁又一次徒步登上了泰山，这叫多少年轻的朋友自愧弗如。而更令人敬佩的是，谢老师的旅行，每每都能化为一篇篇优美的文字，本书所选就是这些文章的一部分。

　　我曾多次与谢冕老师一同外出，学术或诗歌活动之余，如遇风景名胜，主办者总会安排前去参观。每次观光活动中，谢老师可以说是唯一一位最认真的游览者，随身带着一个笔记本，紧跟着导游或陪同，边听边记，还不停地提问。这些笔记，有时会当即成篇，像书中的《神奇》一文，就是"2004年8月13日凌晨匆匆记于阿克苏"；也有的是就地开头返京再续写，如《温州山水记》是"2016年4月26日始写于温州，2017年1月5日续写于北京昌平"；而更多的则是回到北京后慢慢地回味，成文于"北京昌平北七家村"。

谢冕老师的兴趣非常广泛。奔流的长江、神奇的大山、温柔的月光、秀美的湖水，只要是有特色的自然风光和人文景观都能深深地吸引谢冕老师。读谢老师的这些文章，感受最深的就是一个字："爱"。因为"爱"，谢老师去探寻山水与历史，收获的一篇篇文字呈现的也是"爱"。而对"爱"的表达，谢老师常常是毫不掩饰，有时更是直接、大胆、强烈，犹如热恋中的年轻人。像《平生最爱是西湖》一文，标题不算，不到三千字的文章竟用了十二个"爱"字，有的还是"最爱"。当然谢冕老师也并非一味地赞美。谢老师有自己的选择和坚守，比如谢老师就"不想看三峡"，而这"不想看"也是源于"爱"，更深的"爱"。

我不认为谢冕老师这些"游山玩水"的文字是研究之暇的轻松余墨，这也应该是谢老师学术成果的一部分。这里面有思考，有发现，有赞美，也有批判。如果读谢老师谈诗的文章是感受诗歌之美，欣赏此类文章就是分享山水之秀。让我们跟着谢冕老师去旅行，去热爱。

2020年8月16日